멍청나라의 길동무

멍청나라의 길동무

초판 1쇄 인쇄 2023년 2월 6일
초판 1쇄 발행 2023년 2월 13일

지은이 주영희
펴낸이 강인묵
펴낸곳 이음솔

신고번호 제 2015-000144호
주 소 경기도 파주시 회동길 37-29, 2층
Tel. 031.945.9771
Fax. 031.945.9772

ISBN 979-11-87695-09-7

값 17,000원

멍청나라의 길동무

주 영 희 지 음

이음솔 lu msol

어떤 이는 65세에서 75세까지가 인생의 황금기라고 한다. 그 말이 그럴듯해서 기대하며 그 시간을 기다렸다. 인생의 의무를 끝내고 한가하게 나만 위해 살아도 되는 줄 알았다. 홀가분하게 짐을 내려놓아도 되는 연령인 줄 알았다.

그런데 그 나이가 돼도 정신연령이 어려서 그런지 오히려 인생의 짐은 더 무겁게만 눌러온다. 은퇴 계획만 해도 그렇다. 33년 다니던 직장을 퇴직했다. 이제는 우리가 오랫동안 살던 집을 팔아야 하고 또 새집을 찾아야 한다. 너무나 엄청난 일이다. 인생의 한 장을 정리하고 새로운 장을 여는 무거운 결정의 두려운 순간이다.

자녀들도 그렇다. 평생 끝나지 않을 부모 노릇 아니던가. 부모님 문제도 맞닥뜨린다. 엄마의 치매와 건강 쇠로의 길은 내 인생을 통째로 흔든다. 내가 사는 미국에서 엄마가 사는 한국에 오가며 감당해야 하는 숱한 문제들도 무겁다.

하지만 이 시간도 지나갈 것이고 내가 계획했던 것보다 더 아름답게 지나갈 것임을 안다. 지금의 이 무겁고 어려운 시기가 나에게 자양분이 된다는 것을 미래의 어느 순간에는 깨달을 날이 올 것임을 안다.

생각 전환을 해 본다. 내게 다가온 매 순간에서, 감추어진 축복을 감사하며, 기대하며, 최선을 다해, 기쁘게 내게 주어진 생명의 시간을 대하기로 마음을 정했다. 비록 원하던 결과가 아니더라도 내가 알지 못하는 어느 순간에는 덕이 될 것으로 알고 참으로 감사하고 아직 알지 못하는 축복에 감격하게 되기를 기대한다.

　이번 3집 출판은 지각임이 틀림없다. 글 쓰는 것은 재미있지만 책이 난무하는 오늘날, 나의 잡문이 세상에 내놓을 만한 가치가 있는지 회의가 들었다. 하지만 그것도 나의 교만이라는 생각이 들었다. 내 인생의 가는 길이 늘 비척거리지만 인도하시는 에너지가 분명히 있다는 것을 알았기 때문이다.

　또다시 나의 부끄러움을 드러내지만, 그 또한 나의 자양분이 되리라고 생각하고 감사하련다. 늘 용기를 주는 남편과 기꺼이 통째로 출판을 껴안은 동생 부부 박용구, 주미화에게 감사한다. 지금은 깜깜한 터널을 지나는 엄마의 시간도 감사할 때가 올 것이라 확신하며 이 책을 우리 엄마 손진선님께 바치고 싶다.

2023년 1월

목차

두 얼굴의 사나이

내일 아침 9시 40분발 중국행 비행기를 타야 한다. 그러니까 5시에 나가야 한다고 남편은 고집하고 나는 6시에 가면 될 거라고 옥신각신했다. 남편이 4시 반에 휴대전화의 알람을 맞춰두고 우리는 잠자리에 들었다. 뒤척이다가 2시가 넘어서야 겨우 잠들었다가 눈을 떠보니 6시가 넘었다. "6시 9분"이라는 나의 외마디 소리에 남편은 평소와 달리 전기에 감전된 듯 단숨에 기상했다.

나는 얼른 옷을 챙겨 입고 세수하고는 아침에 먹고 가려고 준비해 뒀던 조반을 공항에서 하려고 챙겼다. 그러는 동안 남편은 옷을 걸치고 간밤에 내가 준비해둔 양말을 한 짝만 신고는 다른 한 짝을 찾아다니고 있다. 행방이 묘연한 양말 한 짝은 찾을 수가 없다고 택시 잡으러 내려가겠다는 것이다. 전화로 프런트에 부탁하면 된다고 해도 내려가는 것이 빠르다고 그 바쁜 시간에 고집부리고 내려가겠다는 것이다. 나 혼자서 숨 가쁘게 마지막 점검하는 과정에 남편은 하나도 도움이 안 될 뿐만 아니라 앞에 떡 버티고 서서 수선스럽게 맘을 더 급하게 한다. 이럴 때는 도움받기보다는 방해만 덜 받았으면 좋겠다.

그를 모른 척하고 프런트에 전화해서 택시를 불러달라고 부탁했다. 호텔 방에서 엘리베이터까지 가면서 쉽게 끌고 갈 수 있는 가방을 힘들게 들고 가면서 남편은 벌써부터 쓸데없이 진땀을 빼고 있다. 내가 남편 손의 가방을 받아서 손잡이를 빼 올려 쉽게 끌고 가는 것을 보고 세수도 안 한 눈곱 낀 눈을 크게 뜨고 날 가만히 쳐다본다. 아마 존경의 눈초리 이리라. 가끔 남편이 이렇게 외계인처럼 행동할 때는 참 난감하다.

호텔 로비에 가니 엄마는 우리가 궁금하셨던지 지팡이를 짚고 걸어오신다. 미국에 사는 우리 가족과 동생 가족이 엄마 구순을 축하하기 위해 귀국해서 호텔로도 쓰이고 있는 엄마의 노인 아파트에 숙식하고 있다가 남편의 학회가 있는 중국으로 동반 여행을 가는 중이다. 우리는 3층에 머물렀고 엄마 아파트는 1층이다. 지난밤에 아침 5시에 나가야 하니 아침에 인사 못 드릴 것이라고 미리 엄마께 인사를 했었다. 근데 나는 양말 한쪽만 신고 요란하게 덜렁대는 남편 때문에 폭발하는 웃음을 가눌 수가 없어서 엄마께도, 프런트 데스크에서 택시 불러준 분에게도 인사를 대충 하고 문밖으로 나섰다. 아마 나는 이런 남편과 사는 동안 큰 웃음보가 하나 생겼는지 실없이 잘 웃어서 사람들의 눈에 나도 외계인처럼 보일 때가 많을 것이다.

남편의 머리도 못 빗고, 세수도 못 하고, 셔츠 단추도 잠그지 않고, 양말은 한쪽만 신고 있는 모습이 택시를 기다리는 짧은 순간에 내 눈에 들어온다. 생수병을 주면서 물 마시라고 하니 미처 화장실 갈 시간이 없었기에 방광이 꽉 차서 못 마시겠다고 한다. 잠자리에 나와서 옷만 걸치고 나온 것이다. 나도 급하게 나왔으니까 남편과 별로 다른 모습이 아닐 것이니 남편 흉볼 것도 없다.

근데 참 신기하나. 우리는 서의 같이 일어나서 나는 세수하고 옷 입고 용변 보고 짐 챙기고 택시도 부르고 했는데 어떻게 남편은 옷도 제대로 못 입고 섰는지…. 남편의 앞 단추를 여며주고 나는 생수 한 병을 열어 달래서 마시면서 택시로 들어갔다. 택시 속에서 물 마시고 있는 나에게 남편이 잔돈을 달라고 해서 천 원짜리와 오백 원짜리를 찾고 있는데 휴지를 또 달라고 한다. 남편은 택시 속에서도 나를 정신없이 만든다. 그러는 사이 금방 공항버스 타는 곳에 도착했다.

줄 서서 버스를 기다리는데 우리를 태워줬던 택시 기사 아저씨가 택시에서 내려서 우리에게로 웃으며 다가온다. 남편이 덜렁거리다가 천 원을 덜 준 것이다. 더 주지는 못할망정, 남편의 실수에 바쁜 기사 아저씨가 차에서 내려서 오면서도 우리 대화를 듣고 남편의 별난 품성을 터득했는지 화내는 대신 웃음으로 대해주니 고맙고 민망하기 짝이 없었다.

공항까지 한 시간 남짓 걸리는 공항버스 안에서 우리는 비로소 큰 숨을 쉬고 마음을 가다듬었다. 남편이 맞춰둔 휴대전화의 알람이 월요일부터 금요일까지였고 우리가 가는 날은 일요일이란 것을 우리는 그제야 깨달았다. 나는 한쪽만 신은 남편의 양말을 벗기고 새 양말로 갈아 신기려 했지만, 남편은 고집을 부리고 거부를 한다. 나는 덩달아 보란 듯이 사진까지 찍어서 가족들에게 돌렸다. 남편은 한곳에 꽂히면 다른 것은 전혀 상관하지 않는 사람이다. 지금은 중국서 발표해야 할 세미나 준비에 꽂혀서 다른 것에는 전혀 마음이 가지 않는 것 같다. 아마 발가벗었어도 개의치 않았을 것이다.

그렇게 우여곡절 끝에 중국의 대련 대학에서는 세미나가 끝나고 이제는 서남 대학에서 세미나를 하려고 남편은 강단에 섰다. 남편의 세미나 동안 대련 대학에서는 책을 갖고 가서 봤는데 이번에는 가져가려고 했다가 깜빡 잊고 갔다. 할 수 없이 남편의 세미나를 들어야 했다. 하나도 이해할 수 없는 수학 이야기들이 내게 무슨 흥미가 있겠는가. 속으로 한숨을 삼켰다. 그러나 이상한 일이 일어났다. 나도 모르는 사이에 차츰 남편의 신비한 표정과 카랑카랑한 목소리와 아우라가 퍼져 나오는 것 같은 모습에 빠져들어 가기 시작했다. 옆에 앉아있던 이연주 교수는 "진짜 수학을 하시는 분이에요. 저도 저렇게 수학을 하고 싶어요. 진짜 부러워요. 정말 신나셨어요." 이 교수에 덩달아 나도 경의에 찬 눈으로 한 시간 세미나 동안 계속 남편을 올려다보게 되었다.

정말 이 교수 말이 맞는 것으로 보였다. 평소에 유난히 큰 목소리가 상스럽고 시끄럽다고 생각했었는데 강단에서 저렇게 유용하게 쓰일 줄이야. 카리스마와 자신감에 넘치고 재미가 나서 못 견디겠다는 표정이다. 우리 아들이 자전거를 배울 때 처음으로 도움 없이 혼자 탔을 때의 표정이다. 저 남자가 내 남자가 맞는지…넓은 칠판에 가득 알 수 없는 수학기호와 숫자들을 몇 번이나 썼다가 지우고 다시 쓰곤 하는 데 목소리만큼이나 글씨도 힘차고 진하다. 정열적으로 온 방을 사로잡고 왔다갔다 하면서 강의를 하는 손에는 분필 가루로 뒤덮여있다. 중간중간 첸 교수가 학생들에게 중국 말로 설명해 주고 있다. 첸 교수가 남편에게 위임해서 남편과 같이 연구하고 있는 그의 수제자라는 '증 유'가 보충 설명을 하는 것 같았다. 남편의 강의를 '증 유'는 잘 이해를 하는지 내 뒷줄에서, 옆의 나이 든 교수에게 설명해 주고 있는 것 같다.

첸 교수의 질문에 남편은 눈을 반짝이며 쉬운 것 같은 예를 여러 가지를 들어가면 성심껏 답을 한다. 강의가 끝나사 첸 교수와 강의실의 모든 사람이 일어나서 기립박수를 쳤다. 남편이 기를 쓰고 방학 때마다

고생스럽게 먼 나라들을 무거운 책을 짊어지고 다니는 이유를 이제야 대강 알 것 같다. 이 남편이 덜렁대며 양말 한쪽만 신고 왔던 그 남편인지 참 헷갈린다. 34년을 같이 살면서 처음 본 남편의 모습이 꽤 괜찮아 보였다. 완전한 반전이다. 남편이 두 얼굴의 사나이였던 것을 이제야 알았다.

꼭두각시 놀음

공항행 버스에 오르는 내게 남편은 "도착하면 전화해" 하고 계속 말한다. 미국인들 앞에서 목청 높여 한국말을 하는 남편이 참 예의 없고 무식해 보였다. 그래서 나는 한국말로 답하지 않고 연신 "오케이" 하면서 버스에 들어갔다. 남편은 내 말을 들었는데도 버스 속에 머리를 디밀고 또 크게 말한다. 버스 속의 모든 사람이 쳐다본다. 창밖에서 또 한참 동안 버스가 떠날 때까지 손을 계속 흔들고 있다. 버스는 다음 정거장에서 사람들을 더 태워서 고속도로로 들어갈 것이다. 그곳은 남편이 직장동료와 만나서 같이 출근하는 곳이기도 하다. 나 또한 버스가 다음 정거장으로 들어가려고 커브를 돌 때부터 남편을 찾기 시작한다.

아니나 다를까 남편은 버스가 서는 곳에서 벌써 기다리고 있다. 그리고 차 밖에서 또 "전화해"라고 입 모양으로 말하고 손을 흔들고 있다. 주위에 전혀 신경을 안 쓰는 사람이다. 내가 물을 마시려고 잠시 몸을 돌렸더니 그 새 내 시야 안에 들어오는 차 앞으로 이동해 있다. 기사 아저씨 눈에도 별나게 보였던지 당신도 가느냐고 남편에게 묻는다. 가라고 손짓해도 안 가고 있다가 차 문이 닫히니까 계속 내 쪽으로 바라보고 손 흔들면서 가더니 차가 가는 방향으로 먼저 가서 기다리고 있다가 이제는 온몸으로 손을 크게 흔들고 있다. 한국 방문 3주하고 온나는데 영영 이별하는 장면을 연출하고 있는 남편의 행동이 민망했다. 버스 속의 사람들이 나만 쳐다보는 것 같다.

　버스를 타고 가는 동안 남편의 행동에 내내 웃음이 실실 나왔다. 그는 이렇게 어린애같이 행동할 때가 많이 있다. 우리는 30년 넘게 같이 살았다. 처음 10년은 싸움닭처럼 서로 푸다닥거리며 싸워대곤 했다. 지금보다 훨씬 더 철이 없었던 그때는 양보라는 단어가 있는지도 모르는 것처럼 살았다. 나는 그 당시에 내 친구 다이안에게 내 속에 있는 남편에 대한 모든 험담과 분노를 다 쏟아 내곤 했다. 다이안은 언제나 관심 있게 들어주고 상담도 기꺼이 해주었다. 어떤 때는 내 편을 들어서 같이 남편을 성토하기도 하고 어떤 때는 그의 입장에서 나를 이해시키기도 했다. 그러던 어느 날 나는 심각하게 친구에게 남편과 더는 살기 힘들겠다고 했다. 친구 또한 심각하게 끝까지 다 듣더니 내게 물었다. "평소에 네 남편이 널 웃게 하니?" 나는 그녀의 엉뚱한 질문에 다시 생각해 봤다. 그는 날 웃게 하는 사람이었다. 그렇다고 하는 나에게 다이안은 "그러면 이혼하지 마. 고쳐서 데리고 살아."

　남편은 늘 엉뚱하게 날 웃게 한다. 나는 언제나 정해진 짧은 시간 내에 해야 할 수많은 일에 눌려 긴장해 있었고 웃음을 점점 잃어가고 있었다. 그런 나를 남편은 웃기기로 작정한 것 같았다. 그런 쪽에 전혀 소질 없는 남편의 순수한 생각과 행동이 유치해 보일 때도 있지만, 긴장을 늦춰주는 역할을 했던 것 같기도 하다.

　아들이 사춘기 때, 몸에 겨운 힘든 운동을 하고 온 날이면 다음 날 아침에 잠에서 깨어나는 것이 힘들었다. 나는 몇 번 깨우다가 화를 내고야 마는데 남편은 아들을 웃겨서 깨운다.

　"아빠, 10분만"

"아빠, 5분만"

"아따, 또 분만하냐? 몇 번을 분만하냐? 도대체 우리 손자가 몇 명이나 태어나는 거야?"

"분만이 뭐야?"

"뭐긴 뭐야. 아기 낳는 거지."

"푸하하하…"

아들은 피곤해서 눈도 잘 못 뜨면서도 웃으며 일어나곤 했다.

남편은 세상에 무서운 것이 없는데 자식들과 마누라가 제일 무섭다고 한다. 딸에게는 큰 호랭이, 아들은 작은 호랭이, 나는 만만한 호랭이라고 한다. 자기는 못된 호랭이들을 사육하는 간이 배 밖으로 튀어나온 토끼라고 한다. 딸이 전화하면 남편은 반가워서,

"아이고 야가 누고?"

"큰 호랭이" 하고 딸은 대답한다. 우리는 동물 가족이다. 남편은 전화하면 자기가 하고 싶은 말만 하고는 전화를 끊어버린다. 그러면 딸은 다시 전화해서 아빠에게 통화 예절에 대해 한참 강의한다. 그러면 남편은 "각하 알겠습니다. 시정하겠습니다." 해놓고 다음에 또 그렇게 전화를 받는다. 교육이 안 되는 사람이다. 오랜만에 내 동생이 형부하고 통화하게 되니 반가워서 말을 하는 중에 남편은 자기 할 말만 하고 나를 바꾼다. 동생이 섭섭해서 다시 바꿔주니 그제야 한참 식구대로 바꾸어 가며 전화를 한 날을 동생은 기념할 만한 날이라 했다.

이른 아침에 야채 주스를 침실로 갖다주면 내 야채 주스 컵하고 쨍하고 건배해야 먹겠디고 떼를 쓰는 짓은 우리 애들이 세 살 때 하던 행농과 똑같다. 가끔 장 보러 같이 가면 애들처럼 큰 식료품점의 카트에 올

라타고 주차장에서 쏜살같이 달린다. 식료품의 시식 행사에는 절대 빠지는 법이 없다. 입맛에 맞으면 눈치 없이 자꾸 가서 기웃거린다. 진료실에서 의사를 기다리는 동안에 서랍 속이 궁금해서 견딜 수가 없어서 끝내는 열어 보아야 직성이 풀린다. 치아 건강이 엉망인데도 치과에는 겁이 나서 못 간다. 보험료는 꼬박꼬박 내는데 치아가 건강해서 보험이 필요 없는 나만 혜택을 받는다. 일 년에 한 번 정기 의료 검진도 한참 다투고는 겨우 날을 잡는다. 헬스클럽에 같이 가면 여자 샤워실 앞에서 큰소리로 내 이름을 불러댄다. 딸을 방문할 때마다 딸 아파트 앞에 있는 옷을 벗는 나무에다 내 이름을 쓰고 장난한다. 그러면 딸은 사진을 찍어 돌린다.

화장실이 세 개인데 꼭 내가 사용하고 있는 곳에 와서 급하다고 빨리 일어나라고 하는 것은 무슨 심보인지 모르겠다. 나를 밀어내고는 변기통을 타고 앉아서 큰 것이 빠져나오는 과정을 화장실 문을 활짝 열어두고 중계한다. 안 그래도 큰 목소리로, 오르락내리락, 때로는 숨 막히게, 때로는 간드러지듯, 해석을 곁들여서 상세하게, 단계적으로 정열적으로 온몸을 흔들어가며 중계한다.

"아… 난산입니다."

"끄응"

"고지가 바로 눈앞입니다. 조금만 힘을 더 쓰십시오.'"

"끄으응"

"자 이제는 호흡을 가다듬고 젖 먹던 힘까지 보태서 더 길게 한번 쏘아 주세요."

"끄으으… 응"

"국민 여러분 기뻐하십시오. 역사적인 순간입니다. 드디어 대한민국의 아들이 해냈습니다. 오랜 산고 끝에 황금알이 탄생했습니다. 난산을 순산으로 이끄는 대단한 기술입니다. 뼈를 깎는 인내와 번뜩이는 기지로 해냈습니다. 역시 대한의 자손입니다. 빵빠라 빵…"

일인이역의 이 희귀한 중계도 내가 듣고 있을 때만 한다. 내가 아래층으로 내려가면 집이 떠나갈 듯이 나를 불러들인다. 나 혼자 유일한 그의 청중이다. 하지만 아래층에서도 너무나 소상하게 잘 들릴 뿐만 아니라 그 기막힌 모습을 보는 것과 진배없다.

다이안은 내가 남편을 잘 고쳐서 데리고 산다고 한다. 하지만 나는 남편이 나를 고쳐서 데리고 산다는 생각이 든다. 남편은 일찍이 '지는 것이 이기는 것이다.'라는 속담을 깨친 것 같다. 그리고 마누라의 힘을 빨리 깨달았던 것 같다. 그는 내 이름의 'ㅎ'자가 범상치 않다는 것이다. '히틀러', '히데요시', '히데기' 등 독재자들은 'ㅎ'자 항렬이니까 진작 숙이고 들어왔다고 한다. 요즘 한국에 회자하는 말로 남편은 나더러 '갑 양'이라고 부르고 자기는 '을 군'이라고 스스로 칭한다. 또 나를 마님이라고 하고 자기는 마당쇠라고 한다.

우리가 젊었을 적에는 맛있는 것은 자기만 먹는 줄 알던 남편이었다. 싫어하는 것이 자기 국그릇에 있거나 먹다가도 먹기 싫으면 나한테 다 갖다 놓던 남편이 이제는 반대가 되었다. 아직도 음식 때문에 많이 다투지만, 이제는 맛있는 것은 나부터 주고 내가 먹다가 못 먹으면 남편이 처리한다. 무조건 내 편이다. 이렇게 비굴하게 자기를 낮추면서까지 나를 올려주고 대접해 주면서 평생 나를 죽도록 부려 먹고 있다. 그러니까 그는 내 머리 꼭대기 위에 올라서서 내려다보며 나를 꼭두각시 조정하듯 살아가는 것이다. 아마 내 뒤에서 회심의 미소를 짓고 있을지도 모른다.

그런데 이만치 와서 보니 남편의 생각 일부분은 맞는 것 같다. 되풀이되는 인생사, 오늘의 재앙이 내일의 축복이 되는 인생사, 모든 것은 다지나가는 것, 이 행성에서 영원히 살 것도 아닌 것을, 더욱이 내가 바꿀수 있는 것이 얼마나 되는가. 그러니 세상에 매여 심각하게 고민할 일이 무엔가. 감사하며 사랑하며 좀 부족해도 웃으며 사는 것이지. 내가 이렇게 생각하게 된 것도 남편의 꼭두각시놀음에 놀아나는 것이 아닌지 모르겠다. 생각해 보니, 내 남편은 엄청난 고단수임이 틀림없다.

멍청나라의 길동무

"너거 언니는 머리에 베개만 갖다 댔다 하면 코를 엄청나게 골아 사서 내 평생 잠을 제대로 잘 수가 없다." 오빠는 한숨을 푹 쉬며 넋두리한다. 잠 못 자는 오빠도 딱하지만 죄 없이 죄인이 된 언니도 참 안됐다. 그래도 각방 안 쓰는 것을 보면 부부 금실은 좋은 모양이다.

사실 나도 코골이라면 할 말이 없다. 몇 년 전에 친구와 같은 침대에서 이야기하다가 잠들었는데 한밤중에 깨어보니 친구가 없어졌다. 내코 고는 소리 피해서 거실의 소파에서 자고 있었다. 의도치 않게 친구에게 피해를 줬다. 집 떠나면 이런 일들이 종종 생긴다. 참 미안하고 부끄럽다. 의도적으로 한 것은 아닌데…. 잠들고 나면 내가 코를 고는지 알지도 못하는데… 올케언니 마음이 애틋하게 느껴진다.

그런데 남편은 한 번도 내 코골이에 대해 말한 적이 없다. 남편은 언제 어디서나 숙면을 할 수 있으니 코골이가 방해되지 않을 수도 있을 것이다. 그리고 그 또한 코 고는 데는 누구에게도 뒤지지 않는 실력자라서 내 코골이쯤은 문제가 안 되었을 것이다. 공항 대합실에서 자다가 깨면 많은 사람이 남편을 기이하게 쳐다본다고 하니 코골이 실력을 거기서도 유감없이 만인에게 보여준 것 같다고 한다. 나는 천둥소리 같은 그의 코골이기 시작되다가 한참 숨을 안 쉬고 있으면 머리를 옆으로 돌려보기도 하고, 깨우기도 한다. 그러다가 도저히 잠들 수 없어서 다른 방에 가서 잠을 청할 때가 더러 있다. 그리고 시시때때로 남편 코골이를 핀잔하고 놀려 댄다. 말도 안 되는 나의 타박에도 그는 언제나 빙긋이 웃으며 큰 죄인이 되어 미안하다고만 한다.

그런데 언제부터인지 남편의 그 고약한 코골이가 고마운 콧노래로 들리기 시작했다. 만약에 오빠 부부처럼 나만 코를 골고 남편이 오빠처럼 내 코골이로 인한 불면을 호소하고 다니면 어쩔 뻔했을까? 생각만 해도 아찔하다. 남편의 약점이 내게 평안을 가져다줄 수 있을 줄 누가 알았겠는가. 이제는 같이 늙어가면서 비슷한 실수를 많이 한다. 오늘 나는 어렵게 잡은 피부과 의사와의 약속 시간을 깜빡했다. 그리고 남편도 방학 중이지만 직원 사진 촬영 날이라고 학교에 갔는데 이번 주가 아니었고 다음 주라고 한다. 내 말을 들은 다음 순간 남편은 내 실수가 무척 반가운 듯 '우리 둘이 같이 멍청해서 참 좋다.'라며 해맑게도 웃는다.

젊었을 때는 숱하게 부부 싸움을 했다. 그러다가 서로의 허점을 드러내 놓기 시작하면서 싸움은 잦아들었다. 그래도 더 멍청한 행동으로 가정사에 손실을 초래하는 일등 공신은 단연 남편이다. 그러니 자연히 남편은 매사에 철저하지 못하고 용의주도하지 못한 것을 이미 자신도 인정하는 바이다. 그가 집안일을 하고 나서 내가 다시 확인해 보지 않으면 나중에 오는 부작용은 참으로 감당하기 힘들다. 하지만 자기 전공 분야는 아직도 주위에서 인정받고 잘 주도하고 있는 것 같으니 모든 면에서 모자란다고 할 수는 없을 것 같다. 아마도 자기 일만 중요하게 생각하고 집중하고 있으니 다른 일에는 뇌의 에너지가 잘 미치지 못하는 것으로 생각하고 포기했다. 아마 나도 그가 저질렀던 수 없는 기막힌 일들로 인해 더 이상 기운 빼는 일은 인생의 낭비라는 것을 깨달았기 때문일 것이다.

부부가 서로 닮느라 그런지 이제는 둘 다 똑같이 멍청한 행동을 밥 먹듯 하니까 매일 바보 나라에 온 것 같고 멍청이 대회를 하는 것 같다. 그래도 마음은 예전보다 편하다. 웬만한 일을 저질러도 이제는 웃음만 나온다. 나도 남편처럼 이제는 실수를 저지르면 아예 "오늘도 한 건 했지!" 하면서 무용담처럼 자랑스럽게 실수담을 펼쳐 놓는다. 그러면 같이 눈물을 흘리며 배꼽을 잡고 오줌을 찔끔거리며 웃는다. 고희가 눈앞인데 우리는 갈수록 애들처럼 미숙하고, 나사 몇 개쯤이 빠진 것 같다. 언제 어른이 될지 모르겠다면서 또 마주 보고 킥킥거린다. 멍청한 짓을 하고도 이렇게 즐거운 것을 보면 바보 나라에서는 바보가 더 존중받고 상을 받는 것인가 보다.

이제는 나의 지나온 발자취들을 정리하고 아름답게 마무리해야 할 때를 살고 있다. 매일 살아가는 즐거움보다 삶의 무게에 더 기울어졌고 아파하며 지나왔던 숱한 날들이었다. 다시 돌아가서 고치고 싶은 수많은 지나온 날의 발자국들이 아프고 안타까워서 스치는 실바람에도 가슴이 서늘하고 쓰라렸다.

하지만 아직도 내 인생의 가는 길을 알 수 없지만 왔던 길을 흘깃 돌아보면 어떻게 나 혼자서 여기까지 왔다고 할 수 있으랴? 눈에 보이거나 안 보이거나 나를 여기까지 옮겨 놓은, 수 없는 도움의 손길이 분명히 있었다는 것을 절대 부인할 수 없다. 내가 태어나기 전부터 지금까지, 나를 조성하신 분의 강하고 펴신 팔이 나를 위해 곳곳에 준비해 둔 사람들이 갈 길을 일러주고 안아주고 교육하고 때론 업어 나르기도 하면서 오늘 이 자리에 서 있게 되었다. 그런데 나는 어리석고 무지하게 나 혼자 무거운 짐을 지고 가는 것처럼 아파하며 외로워하며 살 때가 얼마나 많았던가.

내 인생 여정의 희로애락 속을 지금까지 함께 가고 있고 끝까지 갈 단 한 사람이 남편이라는 것이 새삼 애틋하게 다가온다. 인생의 무거운 짐을 같이 지고 가면서 제일 가까이에서 나를 귀하게 여기며 인정해 주는 남편에게 고마워한 적이 있었던가? 오히려 그를 나의 짐으로 생각하지는 않았던가? 그는 내 인생길을 지루하지 않게 해주는 이 세상에 둘도 없는 참된 친구다. 나의 교만하고 예민하고 까다롭고 절제 못 하고 참을성 없는 성정을 어루만져 둥글게 공글려주는 나의 천사이기도 하다.

그의 코 고는 소리가 이제는 나에게 정겹고 안심시켜 주는 소리다. 쉽게 잠들지 못하는 나를 위해 그는 거꾸로 누워서 내 발을 주무르다 먼저 잠들어 기차 소리 요란하게 낸다. 거친 콧김을 내 품고 있는 그가 참 고맙고 믿음직하면서 불쌍해 보인다. 심하게 코 골다가 무호흡이 오래가면 고개를 돌려준다. 순간 쌔근거리며 평안한 호흡을 한다. 우리는 이렇게 서로에게 기대어 손잡고 간다. 40년 넘게 같이 온 우리의 날이 앞으로 얼마나 더 남았는지 알 수 없지만 우리는 이 세상 끝까지 손잡고 함께 갈 하늘이 주신 길동무다. 다른 사람들의 눈에는 우리가 멍청해 보일지 모르지만 멍청해서 더 행복한 길동무이다.

일 절만 하시지

주말에 집회가 있는 시카고의 선배님 교회를 방문했다. 감기가 들어서 망설이다가 한 주 전부터 설레며 계획했었고 남편이 중국 비자도 그곳에서 받아야 했던 터라 강행군을 단행했다. 교회 가는 길을 잘못 들어서 헤매다가 집회가 시작되고 손님 소개하는 순서 때에 들어가서 선배님 부부가 앉아 있던 뒷자리에 앉게 되었다. 목사님이 늦게 살며시 들어와 앉는 우리를 소개했다. 앞에 앉아 있던 선배님은 몸을 돌려 이제 막 열리려 하는 크림색 장미 두 송이를 내게 내밀며 "사랑해!" 했다. 나는 너무 뜻밖이고 말을 잘 못 알아들은 것 같아서 되물었다.

"예?"

"사랑한다고!"

"아, 예. 감사합니다."

뭔가 적절한 응답을 해야 할 텐데 나는 어정쩡하고 엉뚱한 대답을 하고 말았다. 집회가 시작되기도 전에 선배님은 이렇게 나를 감동시켰다. 그리고 계획에는 없었지만, 선배님 댁에 하룻밤을 머물게 되었다. 감기가 심하게 들어있어서 선배님 댁에 가기가 꺼려졌지만, 초청을 거절하면 무척 섭섭해하실 것 같아서 염치 불고하고 늦은 시간에 선배님 부부를 따라갔다.

선배님댁에 도착했을 때는 밤 10 시정도 취침에 들 시간이었다. 우리가 자야 할 방으로 안내해 주시는 선배님도 무척 피곤해 보였다. 내일 아침에 뵙겠다고 하고 바로 세수만 하고 잠자리에 들 준비를 했다. 그런데 눈보다 더 하얗고 깨끗한, 금테를 두른 이불보와 침대 보가 우리 부부 눈앞에 펼쳐져 있는 것이었다. 새 침대 보와 이불보인 것 같았다. 꼭 이 집 주인을 닮은 단아하고 고급스러운 침대 앞에서 우리는 눈이 휘둥그레졌다. 나는 갈등했다. 우리가 이런 고급스러운 곳에 잘만한 자격이 있는가. 그리고 조심스러워 잠은 잘 수가 있을까. 침대에 들기를 망설이고 있는 내게 남편이

"밤새도록 그라고 있을끼가? 자자 고마!"

하면서 감기약 나이콜 두 알을 건네주었다. 나는 나이콜을 삼키고 잠자리에 들었다. 남편은 눕자마자 코를 곤다. 잠자리가 바뀌면 오랫동안 뒤척이는 나도 너무 편안한 침대 탓인지 나이콜 탓인지 바로 잠에 빠져들었다.

맞춰놓은 알람 소리에 잠이 깨었으나 포근한 침대에서 나오기 싫었다. 오히려 집에서보다 더 편하게 잠을 잔 것 같았다. 아래층에서 도마질하는 소리가 아련하고 경쾌하게 들렸다. 먼 옛날 객지에 살다가 집에 가면 지금처럼 아직도 따뜻한 이불 속에 있을 때 부엌에서 들려오는 엄마의 도마질 소리와 비슷했다. 집에 왔다는 것을 확인시켜주고 안심시켜주는 행복을 만끽하는 기분 좋은 소리였다. 그 푸근하고 따뜻한 과거와 현재를 왕래하고 있는 행복한 순간에 남편의 비아냥거리는 소리는 나를 현실로 돌아오게 했다.

"선배님은 부엌에서 일하시는데 새까만 후배는 이불 속에 게으름 피우고… 이거 참 그 학교 위계질서는 완전히 엉망일세!!"

나는 얼른 일어나 침대 정리를 하고 샤워를 하고 거기다 화장까지 하니 남편 왈 "이제는 간이 배 밖까지 나왔구먼."

그 말을 뒤로하고 나는 아래층으로 내려갔다. 부엌을 못 찾아 두리번거리는 내게 선배님 남편 되시는 장로님께서 아침 인사를 건넸다. 아직도 쌀쌀하니까 슬리퍼를 신으라고 하는데 급하게 부엌으로 들어가자 장로님은 슬리퍼를 부엌까지 직접 갖다주셨다. 목도리를 건네주시며 코트 깃을 여며주시던 친정아버지 생각에 콧등이 찡해 왔다.

두 분께서는 우리가 일어나길 기다렸던 것 같다. 그러면서도 서두르지 않고 여유를 갖고 천천히 식사할 수 있게 빨리 잘 내려왔다고 하신다. 내가 뻔뻔스러운 것인지, 선배님 부부가 우리를 너무 편하게 해 주는 것인지, 우리 부부는 넉살도 좋게 선배님이 진수성찬으로 차려둔 식탁에 앉았다. 아침은 왕처럼 먹으라는 말의 모본이었다. 식탁에는 야채가 많이 들어간 맵지 않은 현미 떡볶이, 두부 요리, 김치 볶음, 토마토와 피망 등 생야채들, 간을 많이 안 하는 것도, 야채를 많이 쓰는 것도, 맵지 않은 것도, 우리 집 음식과 비슷했다. 조그만 냄비에 현미 잡곡밥을 소담하게 맛있게 하신 것은 정말 맛있었다. 기도하고 딸기와 레즈베리를 먼저 먹는 그 댁의 식사법을 따랐다. 식전 과일을 먼저 먹는 것이 소화와 음식 흡수에 좋다는 것을 책에서 읽은 적이 있다. 하지만 남편이 따라주지 않고 나도 강력하게 주장하지 않아서 흐지부지하게 지나갔는데 이제는 우리도 이렇게 해야겠다. 남편에게도 이제는 새로운 명분이 생겼으니 말이다.

모두 모여앉아 식사를 막 시작했는데 선배님은

"깻잎김치 줄까?"

"아녜요."

그래도 꺼내 오신다. 한 술 떠시다가

"유초이 김치 있는데…"

"괜찮아요."

또 일어나서 갖고 오신다. 또 한 술 떠시다가

"조기 구운 것 있는데 줄까?"

"아이고, 제발 됐어요. 이제 식탁에 자리도 없는데요."

장로님께서

"갖고 오지 묻기는 왜 물어. 나는 있는데 안 갖다주고 묻는 사람 제일 싫더라."

선배님은 또 일어나서 구운 조기 네 마리를 상에 또 올리셨다. 우리 친정엄마도 저렇게 식사 때 여러 번 일어나서 우리를 챙겨 먹였는데…. 남편은 그중 세 마리를 비늘까지 삽시간에 없애버렸다. 근데 선배님이 또 물었다.

"현미밥 더 줄까?"

"아니요. 진짜 되었어요."

이번에는 장로님께서 벌떡 일어나시더니 현미밥 한 그릇을 고봉으로 퍼 오셨다.

"말보다 행동으로 하라니까."

두 분의 재미있는 대화가 참 아름답고 귀하게 느껴졌다. 장로님께서 또 말린 무화과, 자두와 견과류를 갖고 오셨다. 우리는 정말 맛있는 아침 식사를 왕처럼 했다.

나는 내가 잘 할 수 있는 설거지로 실력 발휘를 하려고 잔뜩 벼르고 있었다. 식사가 끝나고 나는 설거짓감을 옮기는데 장로님이 개수대 앞으로 오셔서 요지부동을 안 하신다.

"원래 이거는 내가 평소에 하는 거니까 여기 오지 말아요."

"장로님, 제가 잘해요. 제가 할게요."

"안 돼요. 나도 잘해요."

우리는 끝까지 염치없게 설거지마저도 장로님께 넘겨버렸다.

남편과 나는 부엌에서 쫓겨나서 집 구경을 했다. 깔끔하고 아기자기한 실내 장식이 집주인과 참 어울린다고 생각했다. 있을 것이 제자리에 있고 정리 정돈이 되어있으면 차분하고 안정된 느낌을 준다는 것의 정석을 깨달은 것 같다.

손님도 아닌 우리를 눈에 보이게 안 보이게 이렇게 신경 써서 편하게 해 주시는 두 분이 참 편하고 고맙다. 두 분은 성서대로 살아가려고 노력을 많이 하시는 분들이다. 성서에서 나그네 대접을 잘하라고 했다. 그래서 손님방을 이렇게 예쁘고 편안하게 꾸며 놓았나 보다. 주변에 멘토가 없는 우리 부부에게 모본이 되는 귀한 분들이다. 객지에 사는 우리는 친정 다녀온 것 같은 푸근한 느낌을 듬뿍 담아왔다. 두고두고 내 추억의 창고에 따뜻하게 남아 있을 것이다.

그날 선배님 댁 방문에 진짜 큰 소득은 따로 있었다. 나는 맹세코 아무 말도 안 했는데 설거짓거리는 그날 이후 완전히 남편의 몫이 되었다. 시청각 교육의 효과가 확실히 나타난 것이다. 그래서 예로부터 어른 주위에서 잘 보고 배우라고 했던가 보다. 남편은 오늘도 내가 아침에 쪼금 잘못 씻어둔 그릇을 내 눈앞에 디밀며 확실하게 내 눈도장을 찍는다. 그리고는 기고만장해서 그 그릇을 다시 유난하게도 뽀독뽀독

씻으며 주저리주저리 길게도 나를 타박한다.

"그러면 선반에 있는 그릇들도 다 꺼내서 다시 닦으시든지. 근데 일절만 하시지…."

"어째 그건 내가 많이 하던 소리 같은데…."

합하여 선을 이루다

오늘은 남편이 한국으로 출장 가는 날이다. 새벽, 네 시에 일어나서 여느 때와 같이 한국의 엄마와 화상 전화로 간단하게 예배드리며 하루를 열었다. 남편의 점심으로 김밥을 싸서 과일과 함께 챙겨 넣었다. 여기서 비행기에 탑승하면 환승해서 오후 2시가 넘어서야 출발하는 비행기라 점심을 공항에서 해결해야 하기 때문이다.

5시 반에 조반을 하고 6시 조금 넘어서 집을 나섰다. 공항에서 남편을 내려주면서 오늘의 빡빡한 내 일정을 말해주며 응급이 아니면 전화하지 말라고 당부했다. 무소식을 희소식으로 알 테니까 한국 도착 후에 연락하라고 부탁했다.

남편을 공항에 내려주고 나는 7시 반에 시작되는 인터넷 Zoom 기도 집회에 참석하려 집으로 향했다. 아침에 읽었던 기도 책을 정 집사님의 낭랑한 목소리로 녹음해서 보내준 것이 생각나서 가면서 들으려고 전화를 열었다. 그런데 전화 화면에 불이 나가면서 녹음 소리가 들리지 않았다. 운전 중에 이런 적이 한 번도 없었지만, 기도 책의 내용이 너무 좋아서 조심스레 화면을 만지며 운전하면서 녹음한 것을 들었다.

그런데 화면에 남편 전화가 오는 것이 뜬다. 운전 중에는 원래 전화를 받지 않지만, 응급 시에만 진화할 남편이라 받았다. 전날 직장의 회의 중에 전화 소리를 줄여뒀던 것을 모르고 있어서 전화가 와도 몰랐을 것이다. 마침 그때 녹음을 들으려고 화면을 보고 있지 않았다면 전화 온 것을 모를 뻔했다. 차를 돌려 공항으로 다시 가서 남편을 차에 태웠다. 남편의 코비드 검사 시간이 오후 3시였는데 오전 5시에 했다고 기록이 잘못되어있어서 검사 후 72시간이 지났기 때문에 비행기를 태워줄 수 없다고 쫓겨났다는 것이다. 검사한 약국으로 가서 시간을 고쳐 달라고 해야 할 것 같았다. 시간 안에 일이 해결될지 염려가 되었다. 남편은 출국을 거의 포기한 듯 보였다.

불현듯 조금 전에 낭독하던 기도 책의 내용이 생각났다. 우리가 하나님과 친분을 쌓으려면 첫째는 매일 성령 침례의 경험을 해야 하고 둘째는 우리의 삶을 통해 겪는 각종 경험이라고 했다. 운전하면서 남편에게 그 말을 했다. 이 일에서 하나님께서 어떻게 인도하셔서 우리와 친분을 두텁게 하실지 포기하지 말고 최선을 다하면서 기도하고 지켜보자고 했더니 남편이 크게 "아멘" 했다. 약국에 가니까 이 시간에 오직 문을 열고 있는 같은 계열회사의 약국으로 가라 해서 급하게 갔다. 거기서는 약국은 검사만 해서 검사실로 보내니까 검사한 회사에 전화하라고 한다. 계산해 보니 전화해서 다시 서류를 보내주면 뽑아서 가져가야 하는데 시간이 안 될 것 같았다.

사실은 코비드 검사할 때 만약을 대비해서 두 군데서 하고서 음성 결과도 두 군데서 받았다. 한 곳은 생년월일이 틀리게 기록되어 있어서 다른 곳의 것을 사용하기로 했었다. 그런데 사용했던 그 약국의 서류에 시간 기록이 잘못되어있는 것은 몰랐었다. 남편이 그 시간은 체크해 보지 않았다. 옛날 같았으면 어떻게 그렇게 중요한 시간 체크도 안 했냐고 내가 한 소리 했을 것인데 그때는 내가 챙겨보지 않아서 미안하다는 말이 나왔다. 남편이 다시 생각해 보더니 공항에서 생년월일은 보지도 않고 시간과 결과만 보더라면서 두 개를 다 갖고 가보겠다고 했다.

나는 급하게 또 공항으로 차를 돌렸다. 이젠 출근 시간이라 도로에 차들이 붐비고 복잡해져서 맘이 더 조급해졌다. 남편은 한국을 못 가도 되니까 마음 놓고 천천히 운전하라 하지만 나는 초조해졌다. 그 순간 아침에 엄마와 화상 통화로 예배드릴 때 불렀던 찬양이 생각났다. '평안을 너에게 주노라, 세상이 줄 수 없는 세상이 알 수도 없는 평안을 너에게 주노라.' 하는 노래를 다시 한번 큰 소리로 불렀다. 정말 알 수 없는 평안이 온몸을 감싸 안는 것 같았다. 공항에 남편을 내려줄 때까지 그렇게 복잡했던 출근 시간의 도로에서도 신호등에 거의 안 잡히고 신기하게 계속 잘 빠져나갔다. 넉넉하게 시간 안에 공항에 잘 도착했다.

남편의 공항 검문을 잘 통과했다는 연락을 받고 나는 공항을 떠났다. 남편이 검사했던 약국으로 다시 가서 일어났던 일을 말했다. 친절한 약사는 몇 장의 종이를 프린트해서 보여주면서 오후 3시에 검사한 것이 틀림없다고 했다. 아마 검사 결과를 발표한 곳과 시간대가 달라서 그런 것 같다고 한다. 집에 와서 검사 한 시간의 뒤에 붙어있는 CST를 인터넷에 찾아보니 Central Standard Time, 우리보다 이 시간은 8시간이 더 빠른 시간이었다. 공항 직원도, 우리도 몰라서 이런 일이 벌어졌다. 아는 것이 힘이라 했던가? 무식하면 우리처럼 고생한다.

지식이 부족해서 이른 아침에 진땀을 빼고 기도회도 빠지게 되었다. 아무리 생각해도 참 어이없는 우리네 인생이다. 하지만 내 온몸을 파고드는 이 평안함은 무엇인가? 아무것도 나의 힘으로 나의 계획으로 되는 것이 없었다. 그런데 이 평안함은? 내 뜻이 아니고 그분의 뜻으로 사는 평안이 이런 걸까? 합해서 선을 이룬다는 말씀이 육신이 되어 우리에게 임하신 것이라는 생각이 들었다.

오늘 기도회 참석은 못 했지만, 오늘 기도회 내용을 아까 녹음으로 들었고 더욱이 남편과도 나누고 우리 둘이 같이 하나님을 친밀하게 느끼는 오늘의 내용을 경험했다. 그리고 차 속에서 기도 책 낭독을 듣지 않았더라면 남편의 전화 온 것 발견도 한참 후에야 했을 것이고 그러면 정말 비행기를 타지 못했을 것이다. 그리고 촉박했던 순간에 평안의 찬양이 나에게 갖다 준 놀라운 평안, 운전에 서툰 내가 번화가의 그 복잡했던 거리를 잘 빠져나가 공항에 시간 맞춰 갈 수 있었던 것. 이 모든 것이 내가 계획한 것도, 내가 생각한 것도 아니고 내 힘으로 한 것은 더욱 아니다.

문득 또 아침에 헐레벌떡 약국을 오갈 때 약국 앞의 휠체어에 앉아있던 노숙자에게 급하게 지갑 뒤져 달랑 10불 손에 쥐여주고 와 놓고서 그것 때문에 복을 주는 것인가라는 미신 같은 망령된 생각이 나도 모르는 새 스쳐 지나간다. 이런 오랜 잘못된 습관에서 벗어나지 못하는 나 자신이 참 기가 막힌다. 그런데도 나를 만들어 가시는 그분께 감읍할 뿐이다.

남편이 다음날 코비드로 인해 염려했던 문제들은 다 잘 지나가고 한국에 잘 도착했다고 연락이 왔다. 이번 한국 방문에서 출장 간 일도 다 잘 되었지만, 오랫동안 골치 썩히던 친정엄마 땅을 남편이 나가서 해결했다. 일사천리라는 말이 이럴 때 사용하는 것이던가. 오로지 하나님 안에서만 가능한 단어라는 생각이 압도한다.

섰을 때 넘어질까 조심하라는 말씀이 생각나는 때다. 일이 잘된다고 감사하는 것뿐 아니라 그리 아니하실지라도 감사하며, 상황에 상관없이 숲의 새같이 기뻐하는 하늘의 백성으로 살고 싶다.

내 인생의 숱한 헛발길질들

수십 번을 시도했지만, 남편과 전화 연결이 안 된다. 급할 때는 언제나 전화를 안 받는 남편에게 화가 머리끝까지 난다. 방학 때라 한가할 것 같은데 늘 바쁘다고 잰걸음 하는 남편에게 싸여 있던 스트레스가 폭발할 순간이었다. 이제는 연륜이 쌓여 웬만한 일에는 끄떡없을 줄 알았는데 또 내 성급한 기질이 영락없이 비집고 올라온다.

은퇴할 때쯤 되니까 이제야 여유를 갖고 주위 사람들의 아픔과 필요가 눈에 들어오고 억울한 일도 화나는 일도 어느 정도 하늘에 맡길 수 있게 되는 것 같은 느낌이 들었는데… 인간관계 속에서 드러나는 나의 모습이 진정한 내 모습인 것을 늦게야 알았다. 혼자 있으면 내 숱한 결점은 숨어버리고 나 자신 천사처럼 생각되기가 일쑤였지 않던가. 그런 의미에서 나의 모난 성품을 조금이라도 갈아엎으려면 사람들 속에서 관계를 계속해야 할 것 같았다. 마침 남편도 활발하게 일하고 있으니 퇴직을 좀 더 미루기로 했다.

그래서 퇴직 대신에 직장 유지에 필요한 정규적인 시험을 보기로 했다. 필수적인 여러 가지 시험이 있지만 이 시험은 2년마다 필기와 실기를 겸해 온종일 걸쳐 시행되는 시험이다. 많은 동료는 이것이 귀찮아서 이 시험 봐야 할 즈음에 맞춰 은퇴하기도 한다. 한 주일 동안 틈틈이 공부해서 300여 쪽 되는 책을 자세히 읽어보고 시험 준비를 끝냈다. 원래는 아침에 컴퓨터로 직장이나 집에서 필기시험을 보고 오후에 실기를 본다. 하지만 필기시험은 내게 편한 시간에 맞춰서 그리고 여유 갖고 며칠 전에 집에서 보고자 계획했다.

그런데 이 컴퓨터와 관련된 일은 내게는 순조롭게 가는 일이 별로 없다. 컴퓨터는 내 뜻대로 따라주는 적이 거의 없다. 직장의 정보통신 기술 센터에 전화해서 전화로 지시받아서 하고자 하는데 내 컴퓨터의 크롬이 반응을 안 한다. 거기서도 더 이상 도움 줄 수는 없다는 것이다. 오늘 안으로 시험을 끝내려고 계획했고, 할 일은 산더미 같은데, 해는 금방 넘어갈 텐데 이런 불상사가 생겼다. 그러나 지금이라도 직장에 가서 하면 오늘 중으로 끝낼 수 있을 것 같았다. 보따리 싸 들고 집을 나서기로 했다.

그런데 새로운 난관에 부딪혔다. 내 차를 남편이 갖고 가고 차고에는 남편의 차만 둥그러니 있었다. 남편의 새 차는 내가 운전하기는 조심스럽고 나에게는 낯선 새로운 작동을 해야 하므로 나는 그 차를 운전할 생각은 아예 하지 않는다. 그가 가까운 곳에 있으니 전화하면 올 것이라고 생각했다. 전화에 불이 나도록 수십 번 계속했으나 안 받는다.

남편 도움을 포기하고 집에서 10여 분 걸어 시립 도서관에 가서 컴퓨터를 여니 거기서도 작동을 안 한다. 택시 타고 직장으로 갈까 하다가 도로 집으로 갔다. 집으로 걸어가면서도 계속 남편에게 전화해도 안 받는다. 이제는 화살이 남편에게 스멀스멀 가기 시작한다. 괜히 애꿎은 남편에게 화가 머리끝까지 났다. 집으로 다시 걸어가면서 머릿속으로 남편과 박 터지게 싸워 보기도 하고 원망도 해보다가 불타 오면 화들 어느 정도 가다듬을 수 있었다. 나 자신과 타협하고 포기를 하면서 남편이 전화를 받지 않은 것이 다행이라는 생각을 하며 집으로 걸어왔다.

집에 와서 행여나 하고 인터넷 사파리를 열어보니 반응하는 것이 아닌가. 그리고 남편 컴퓨터도 옆에 있는 게 눈에 들어온다. 내 컴퓨터의 크롬이 아닌 사파리로 시험을 볼 수도 있었고 남편 컴퓨터의 크롬을 사용할 수도 있었을 것인데 생각조차 못 했었다. 내 못된 소가지는 마음이 조급해지면 짜증이 나고 오관이 작동을 안 하는 것을…. 고대 이스라엘 민족이 광야를 지나면서 힘든 일만 생기면 짜증이 나고 원망이 가득 차게 되어 큰 실수를 하고 일을 그르쳤다고 한다. 마치 나를 보는 것 같다. 사람은 위기 때 본성이 나타나는 것인데 내 본성은 늘 이런 모습이다. 아까는 왜 지금 보였던 것이 안 보였을까?

얼마 전 남편이 한국 갈 때 공항 직원이 실수로 서류 미비라고 탑승 거부를 했다. 이른 아침에 여러 군데 헐떡거리며 서류하러 다니다가 포기할 수밖에 없었다. 결국은 공항에서 요구하는 필요한 다른 서류가 남편 손에 있는 것을 발견했다. 호랑이한테 물려가도 정신만 차리면 살아나올 수 있다는 말이 괜히 생겼을까? 정신을 똑바로 차렸다면 이렇게 헤매고 다니지 않아도 되었을 텐데….

정신 차려 생각해 보니, 내 차분하지 못한 성정이 주위의 사랑하는 이들에게 쓸모없는 불편함과 고통을 많이 안겨줬을 것이란 생각이 든다. 불편함을 준 장본인이 나였다는 것이 이제야 내 눈에 보이고 부끄럽기 짝이 없다. 천천히 가자. 이제 어떤 모양으로 가든지 끝이 가까워져 오는데 재촉할 이유가 없는 것을… 이제는 좀 마음의 여유를 갖고 살아도 되는데 왜 이렇게 허둥대고 사는지… 가슴 펴고 큰 숨 한 번 쉬고 정신 똑바로 차리고 살자. 호랑이 굴에 갇히더라도 정신을 가다듬고 찾으면 찾을 길이 열린다는 것을 이제는 깨달을 때도 되지 않았나⋯.
내 인생의 위기 때 되풀이했던 숱한 헛발길질을 이제는 차분하게 잘 살
펴보고 깊이 자성해서 조금이라도 줄이며 가야 하지 않겠는가 말이다.

오늘도 좋은 날

큰일 났다. 7시까지 출근해야 하는데 눈을 떠보니 6시 43분이었다. 출장 가고 부재중인 남편 도움 없이 나 혼자 가야 하는 날이 아닌가. 오늘은 평일 아침 출근 시간, 준비 시간은 빼고라도 지금, 이 시각이면 빨리 가도 주행 시간만 15분에서 20분 정도는 걸릴 것이고 또 주차장에서 내가 일하는 곳까지 가는 것도 한참 걸린다. 이 시간에 주차할 곳도 찾기 쉽지는 않을 것이다. 30년 넘게 일하면서 한 번도 지각한 적이 없었는데… 어쩌나. 짧은 그 시간에 내 머릿속은 온갖 생각들이 바쁘게 왕래했다.

오늘이 한 달여 동안 한국 방문 후 귀가한 지 꼭 일주일째다. 오늘은 버스 타고 출근하겠다고 마음먹었던 첫날이기도 하다. 버스를 타려면 집에서 6시 25분에 나가야 한다. 간밤에 아직 시차 적응이 되지 않아서 빨리 잠들지 못했다. 그리고 내가 무척 사랑하는 숙모님이 한국에서 혼자 죽어가는 모습에 마음이 타서 여러분께 기도 부탁 메시지를 보내고 새벽 2시가 지나서 잠들었다. 그런 데다 자명종 시계마저도 무슨 일인지 날 깨워주지 않았다. 창문 밖이 훤해 오는 것 같아서 깼는데 이렇게 늦게 깨어났다.

샤워도 화장도 생략하고 후다닥 세수만 하고 초속으로 머리 빗고 옷 입고 차 시동을 걸었다. 노란 불에 지나가다가 빨간 불이 되기를 몇 번 되풀이하다 가면서 이러다가 사고 날까 봐 겁이 나기 시작했다. "지각 하더라도 사고 안 나고 도착하게 해주소서." 무의식적으로 하던 "지각 안 하게 해주세요." 하던 기도가 스스로 생각해도 어이없다는 생각이 들어서 평소에 출근길에 하던 기도를 바꿨다.

늦었는데도 감사하게 주차할 곳을 쉽게 찾아서 주차했다. 차에서 내 려서 뛰었다. 엘리베이터에서 내려 또 뛰어서 2번째 엘리베이터를 타고… 시간이 잘 맞아떨어지지 않으면 주차장에서 내가 일하는 북쪽 날 개 건물 5층까지 10분 넘게 걸리기도 한다. 그런데 엘리베이터도 금방 오고, 숨차지 않게 날렵하게 뛰어서 잘 갔다. 마침내 안전하게 6시 58 분에 내 이름표로 출근 스캔할 수 있었다.

나는 평소에 운전이 미숙하고 겁이 많아서 대담하게 운전하지를 못 하는데 이렇게 바람의 속도로 오다니… 아무리 생각해도 어떻게 이런 일이 가능했는지 도무지 지금도 이해가 안 된다. 그리고 평소에 겉으로 드러내지는 않았지만 지각하는 동료들을 속으로 경멸하고 판단하고 있 었던 자신의 옹졸함이 부끄러워졌다. 이것이 기적이 아니겠나. 내 생각 을 정립해 주시고 무의식중에 했던 불가능한 기도까지 응답하시는 좋 으신 나의 하나님.

한 달여 만에 다시 보는 동료들의 따뜻하고 반가운 환영과 직장의 일 상이 또한 너무나 고맙다. 오후에 한 젊은 동료가 혈액은행과 여러 곳 에 전화를 바쁘게 주고받고 하는 것이 어려운 상황이 벌어지고 있는 듯 했다. 무슨 일이냐고 물었다. 자기 환자가 수혈이 필요한데 혈관을 찾 지 못해 여러 사람이 실패하고 마취 의사가 오기로 했는데 1시간이 지 났는데 아직 안 온다는 것이다. 그래서 혈액은행에 전화해서 혈액 한

봉지를 혈액은행에 좀 보관해 달랬더니 안 된다고 한다는 것이다. 그리고 혈액이 혈액은행에서 나온 후 4시간 안에 수혈하지 못하면 폐기해야 하는데 이미 2시간 이상 지나서 마음이 급하다는 것이다.

내가 혈관 한 번 보면 안 되겠냐고 했더니 힘들 것이라고 한다. 마취의사가 올 때까지 기다리는 것이 나을 것이라고 했다. 혈관을 보고 한 번에 못 하겠으면 안 하겠다고 약속하고선 그녀의 환자 방을 찾아갔다. 창백하고 겁먹은 듯한 환자에게 인사를 하고 혈관을 살펴보니 그렇게 나쁜 편은 아니었다. 금방 물이 쏟아질 것 같은 환자의 두 눈을 보니 내 속에 긍휼이란 것이 뜨겁게 용솟음쳐 왔다. 나도 같이 쏟아낼 것만 같았다.

하지만 먼저 해야 할 일이 있으니 맘을 가다듬고 절제하며 속으로 하늘에 기도하고 그녀를 보고 환하게 웃어 주었다. 혈관에 순환이 잘되어 잘 드러나 보이도록 따뜻한 물에 적신 타월로 주사하려고 작정한 손의 혈관에 감싸 주었다. 주사 준비를 하는 동안 혈관도 준비가 되어서 잘 드러나 보여 정맥주사를 한 번에 쉽게 끝냈다. 그녀는 바늘이 들어가는 줄도 몰랐다며 참았던 눈물을 떨어뜨렸다. 안도와 감사와 그동안 참았던 설움의 눈물이리라. 나도 그녀와 같이 울고 싶었지만 참고 그녀의 눈물을 닦아주었다. 그분이 나한테 그랬던 것처럼 그녀의 따뜻하고 강한 산성이 되어 주고 싶었다.

나는 오래 같이 일해오던 동료들에게는 정맥주사에 능하다고 알려져 있다. 예전의 내 상관은 나를 'Hot Shot'이라고 불렀다. 하지만 무더기로 들어온 새내기 간호사들은 그것을 모른다. 마침 인계 시간이어서 담당 간호사가 다음번 간호사와 같이 인계하러 왔다. 정맥주사로 인해 근심에 가득 차서 들어왔던 두 간호사와 환자의 얼굴에 웃음꽃이 피었다. 오늘 아슬아슬하게 힘들게 출근한 이유를 다시 한번 알게 되었다.

오늘은 좋은 날, 아니, 오늘도 좋은 날, 지금, 이 시각 내가 이렇게 여기 있다는 것 또한 기적이다. 아침에 눈 뜨고서부터 우리는 늘 기적과 함께 사는 것을 모르고 산다. 오늘은 일이 잘 풀려서 좋은 날이 아니라 그렇지 아니할지라도 나를 이 땅에 태어나게 하신 분의 크신 계획을 믿고 감사가 넘치고 넘치는 좋은 날들 속에 늘 살고 싶다. 내가 계획했던 것보다 상상도 못 할 만큼 훨씬 더 좋은 것으로 채워 주시던 분이 아니던가! 나에 대한 그분의 크고 완성된 계획과 그림을 믿고 눈앞의 절벽과 좁고 답답한 길을 보고 놀라지 않고 담대하게 나아 가리! 그러면 어찌 한순간이라도 기쁘게 살지 않을 수 있으리오!!

과거와 현재의 경계선에 서서

고국을 방문하고 집으로 가는 비행기에 몸을 실었다. 내 나라로 향할 때 한껏 부풀었던 가슴에 반해 집으로 돌아갈 때면 언제나 서러움 같은 것이 울컥울컥 몰려온다. 흘러가는 세월을 멈출 수 없어서 서럽고, 엄마의 줄어들어 가는 키가 서럽고, 천진하던 동생의 얼굴에 주름이 늘어가는 것이 서럽고, 단발머리 찰랑거리던 친구의 물기 잃어가는 머리카락이 서럽다. 자꾸만 변해가는 낯선 조국 산천이 서럽기만 하다. 하지만 머무르지 않는 세월이기에 더 가치 있고 더욱 애틋한 것이겠지. 이제는 어디에서도 찾을 수 없는 것들이기에 내 기억의 창고는 더더욱 애틋하고 진귀하다. 잡을 수 없는 시간은 더 간절하게 그리움을 쌓는다.

눈을 감고 정신없이 꿈같이 지나간 아쉬운 고국에서 몇 주간의 시간을 되돌려본다. 이 여행은 어느 때보다 알차고 순조롭게 지나갔다. 아마 세월에 부대끼면서 낮아진 나의 맘도 일조했을 것이다.

이번 방문의 제일 큰 목적은 친정아버지 산소 이전이었다. 안개 낀 새벽길의 동부 고속도로는 색다른 신선함이 있었다. 제부는 바쁜 사람이라 한사코 말렸는데 산소 이전에 참여하고자 먼저 나선다. 운전하는 제부의 등이 참 든든해 보인다. 이런 일에는 남자가 있어야 한다는 세상 사람들의 생각을 옳다고 여긴 적이 없었다. 하지만 아들이 없는 엄마의 마음이 되어 제부가 한없이 고맙기만 했다.

이전한 아버지 산소가 참 맘에 든다. 사방으로 그림같이 고운 단풍이 병풍처럼 두르고 있다. 맘속의 구름이 걷힌 느낌이 들고 홀가분하다. 친정아버지 산소 문제로 오랫동안 머쓱하게 지내던 사촌 오빠와 사촌 동생과의 관계도 잘 정리가 되었다. 조화지만 예쁜 꽃으로 장식해 둔 아버지 처소가 밝고 아담해서 기분이 좋다. 이런 장소를 물색하고 어렵게 엄마를 설득한 동생 미화가 고맙다. 엄마도 기분 좋아하고 안심하는 것 같아서 나의 귀갓길도 가볍다.

엄마와 동생 미화와 함께 일박 이일 단풍 여행도 다녀왔다. 비가 오긴 했지만, 청량리에서 기차를 타고 풍기에서 내려 부석사를 거쳤다. 한국에서 물이 제일 좋다는 비단결같이 부드러운 백암 온천에 몸을 담갔다. 막내 미성이가 같이 못 간 것이 아쉬웠지만 오랜만에 엄마와 동생과 한방에서 자면서 웃음꽃을 피웠다. 화장실 변기가 벽을 보고 앉아 있는 것이 우스워서 한참 웃고 또 웃고 변기 사진을 찍어와서 보고 또 웃었다. 호텔의 아침 식사가 온갖 산나물, 도루묵 조림, 뭇국, 육 해 공군이 총동원한 보기 드문 맛있는 진수성찬이었다. 미국 호텔의 아침 식사하고는 비교가 불가한 왕의 식탁이었다.

다음날은 주왕산의 아름다운 단풍과 물속에서 자라나는 나무들을 구경하러 갔다. 엄마를 휠체어에 태우고 동생이랑 번갈아 가며 짤막한 시간 안에 뛰어서 갔다 왔다. 아름답고 곱게 물든 단풍 숲이 굽이굽이 끝이 없었다. 잘 익은 감나무들과 군데군데 졸졸 흘러내리는 맑은 물과 단풍이 함께 어우러져 있는 한국의 가을을 깊숙이 들어와 숨 쉴 수 있었다. 금수강산 내 나리를 두고 니는 이디에서 헤매고 있나….

친구들이 쇼핑 가자고 해서 나섰다. 고속버스 지하상가, 옛날에 많이

도 지나다녔던 곳이다. 하지만 너무나 바뀌어서 도무지 알아볼 수가 없었다. 양말, 따뜻한 바지, 남편과 나의 따뜻한 잠옷, 우리 아버지 산소에 꽂을 조화들을 골랐다. 그런데 친구들이 작당해서 내가 사는 것마다 먼저 계산해 버리는 것이다. 그러면 내가 점심 사겠다고 하는데 그것마저도 통하지 않는다. 친구들은 백화점처럼 비싼 것도 아닌데 그까짓 것을 갖고 그러냐면서 핀잔을 준다.

며칠 후에 동창회에도 갔다. 많은 친구가 이제는 할머니들이 되어 손주 자랑을 한다. 모두 비슷하게 눈썹을 그리고 나왔다. 같은 곳에서 눈썹 문신을 단체로 했다고 한다. 친구들은 바지도 같이 사고, 눈썹 문신도 같이하고, 가발도 같이 사고, 여행도 같이 다녀온다. 아직도 학생 기숙사에 사는 것 같다. 그래서 이 친구들이 늙지들 않는가 보다. 우리는 아직도 마음은 젊은 날 그대로인데 이제는 할머니의 길에 들어서고 있다. 그래도 우리는 즐겁다. 아름다웠던 추억을 공유하고 있는 한 우리는 아직도 소녀들이기 때문이다.

내 꿈과 갈등이 자라기 시작했던 마산에 갔다. 그런데 그 마산은 없어졌다. 이제 마산은 창원 시내에 속한 작은 동네로 둔갑해 있었다. 여중 때 창밖으로 늘 보이던 앞바다도 아주 좁아졌다. 가난했던 시절 버스비로 친구들과 군것질하고 걸어가다 발에 물집이 잡혔던 가포 해수욕장도 없어졌다.

사촌 오빠 부부와 같이 마산의 유명한 국화 축제에 참석했다. 같이 자라나면서 언제나 맘이 잘 맞던 오빠는 직장에서 조퇴하고 국화 축제에 나를 데리고 갔다. 갖가지 아름답고 희귀한 국화 전시를 보는 동안 오빠는 올케언니와 나를 국화를 배경으로 계속 사진을 찍는다. 아직도 촌스러워 멋있는 포즈를 취하지 못하는 나를 오빠는 옛날 어린 시절처럼 놀린다. 사진에 전문가인 오빠는 동영상을 만들어 디스크에 넣어서 언제라도 수시로 볼 수 있게 해줬다. 오빠가 사주는 손수레에서 파는 추억의 국화빵을 어릴 때처럼 호호 불고 먹었다. 옛날 생각에 가슴이 뭉클한다. 오빠가 아침에 썼다면서 차 속에서 시 한 수가 든 봉투를 내게 내밀어 기어이 내 눈에 이슬이 맺히게 한다.

내 누이 영희   진영규

월영동 골목
매운바람 때굴때굴 구르면
문방구 연탄불 호빵 통 태운다.
서리맞은 호빵 하얀 김 뿜으면
벌써 주머니 속 동전보다 더 따뜻하다.

빵 빵
호빵
거친 손등 녹이고
잊었던 허기 부르면
속살은 이미 친구도 외면한다.

월영 초등학교 문방구 잎
사라진 호빵 통 곁에 누이가 섰다.

동그란 얼굴
동그란 안경
아직 동그란 미소 흘리면서

굵어진 가로수 손잡고
허연 머리카락 숨기고 누이가 섰다.
그때를
아름다움으로 되살린 책
갈피갈피 닦고 서 있는 내 누이.

마산 바다
파도 소리 무서우면
나는 또 누이를 그린다.
아직도 둥근 빵에 향기 심는
소설 같은 누이를…

이제는 신기루가 되어버린 가난하던 어린 시절, 나의 든든한 울타리
로 자리하고 있던 내 피붙이 오빠, 늘 그리운 내 어린 날의 아련한 그림
속에서 서성여 보았다.

길고 가느다란 옥색 리본을 머리에 꽂고 하늘을 나는 듯한 스카프를
삐딱하니 멋스럽게 단 비행기 승무원들이 상냥하게 눈을 맞춰온다. 미
국 비행기 승무원들이 이렇게 예쁘고 친절한 것을 본 적이 없다. 프로

정신으로 임하고 있는 고국의 승무원들이 참 믿음직하다. 이제 세계인들이 한국의 프로정신과 봉사 정신을 배우러 한국으로 몰려올 때가 머지않았다는 느낌이다.

열네 시간 속의 좁은 비행기 좌석에 앉아서 만 가지 상념에 잠긴다. 생각의 나라에서 울다가 웃다가 지치면 음악을 듣고, 영화도 보다가, 책을 읽기도 한다. 화장실 옆의 빈 공간에 가서 스트레칭을 하기도 한다. 몸은 힘들지만 내 현재와 과거가 만나고 있는 이 시간을 나는 잠시라도 낭비하지 않고 깨어서 피부로 느껴보고 싶다. 내 친구 다이안이 나는 미국도 아니고 한국도 아닌 중간지점인 태평양 위에 서 있다고 했다. 그 태평양 위로 지금 나는 지나가고 있다. 문화도 생각도 시제조차도 나는 언제나 중간지점인 태평양 위에 머물고 있는 것 같다. 과거와 현재의 경계선에 떠 있는 비행기 속의 순간이 자꾸만 흘러가는 것이 아쉽고 애틋하기만 하다.

이제는 현실로 돌아가고 있다. 엄마의 줄어든 키도 동생의 주름진 얼굴도 친구의 퍼석거리는 머릿결도 받아들여야 하는 현실이다. 꿈같은 현실이다. 지금, 이 순간도 자꾸만 흘러가 버리는 과거가 되어가는데… 나는 지금, 이 순간을 감사한다. 아름다운 과거가 있어 감사한다. 이 비행기가 도착하면 나를 기다리고 있을 나의 미래 또한 설레고 감사하다. 나를 만나기를 애타게 기다리고 있을 나의 남편, 나의 가정, 나의 직장, 나의 생활이 감사하다. 이 행성에서의 나의 일정이 끝날 때까지 감사하며 만족하며 살리라.

비행기에 오르기 전 눈에 넣어둔 고국의 금수강산은 찬란했건만 시카고 오헤어 공항은 진눈깨비가 날리는 어두침침한 날씨다. 찬란한 날씨도 이어지면 지겨울 것인데 물릴만할 때 어두운 날씨도 경험하게 됨도 감사하다. 공항의 자동문 앞에서 눈이 빠지게 나를 기다리고 있는 남편의 품이 이 시간의 나에게는 설레며 다가가는 종착역이다. 나를 여기까지 오게 해준 수많은 나의 과거와 현재의 아름다운 사람들이 참 귀하고 감사하다. 그 귀한 분들을 나를 위해 그 자리에 미리 배치해 주신 그분께 더더욱 감사하다.

한밤중에 깨를 볶는 여자

9시부터 잠자리에 누웠다. 잠자는 시간을 놓쳐서 잠에 빠져들지 못하는 것이 아닌가 싶어서 그랬다. 방안의 환기도 잘 해뒀고 이부자리도 너무 무겁지도 가볍지도 않고 침대도 적당히 딱딱하다. 헬스클럽에서 과격하지 않게 적당히 운동도 하고 미온수에 샤워도 했다. 빛을 차단하는 블라인드를 내려서 우리 침실은 칠흑같이 깜깜하다. 오늘 자극적이거나 특별히 염려되는 일도 없었다. 만반의 준비가 다 되었다. 거기다 적당히 피곤해 있어서 몸은 나른해져 오고 있었기에 오늘은 잠을 잘 잘 거로 생각하며 잠자리에 들었다.

그런데 잠으로 가는 길은 멀기만 하다. 남편은 이제 아예 거꾸로 누워서 내 두 발을 번갈아 가며 떡 주무르듯 지압하고 있다. 시간이 지나 남편은 코를 골기 시작한다. 피곤한 하루를 보낸 남편은 내일 아침에도 출근해야 하는데… 깨우지 않으려고 나도 가만히 누워 있다. 속으로 숫자도 거꾸로 세어보고 기도도 해보고 잠에 들어가 보려고 온갖 노력을 해본다. 몸은 피곤한데도 갈수록 정신은 더 맑아진다. 살며시 일어나서 아래층으로 갔다. 책을 보려고 펼쳤지만, 눈이 따갑고 안 떠지고 정신은 멍하다. 몸이 천근만근이다. 스트레치를 해봐야겠다는 생각은 들지만, 기운이 없다.

생양파를 침상 곁에 두고 자면 진정 작용을 해서 잠을 잘 잘 수 있다고 해서 양파를 잘라서 침대 옆에 두었지만, 소용이 없었다. 의식해서 햇빛에 많이 노출하고 두유를 만들어 마시기도 한다. 이웃에 사는 유 박사님이 천연성분의 수면제를 일부러 날 위해 주문해 주었지만 처음 며칠이 지나고 나서는 효과가 없다. 멜라토닌도 듣지 않고 다른 여러 가지 약초도 효과가 없다. 파스를 잘게 잘라서 얼굴의 몇 군데 지압 점 에 붙이고 자면 된다고 해서 그렇게 해봐도 처음에는 듣는 것 같더니 이제는 그것도 안 통한다. 족욕도 해봤다. 그래도 아직 나는 밤이면 올 빼미가 된다.

밖은 깜깜하지만, 지금은 내가 좋아하는 찬란한 색깔이 온 누리를 덮 고 있는 아름다운 가을인데 나는 잠을 못 이루고 아래층 거실 소파에 누웠다. 나를 찾아온 이 불면증은 2~3년 정도가 되었다. 근심이 있어 서 잠을 설친다고 흔히 말한다. 하지만 나는 여느 사람과 같이 인생을 이어가면서 만나는 평범한 일상의 일 외는 다른 특별한 걱정거리는 없 다고 생각한다. 여자로 살아가기에 필요한 호르몬이 갑자기 많이 줄어 든 것밖에 별다른 이유가 있는 것은 아니다. 그렇다고 호르몬 치료받을 생각은 없다. 매일 밤이 그런 것이 아니고 2~3일에 한 번은 잘 자니까 죽을 지경까지는 아니다. 젊었던 시절 밤 근무를 할 때 잠 한번 실컷 자 보는 것이 소원이었는데 지금은 잠잘 시간이 되어도 잠이 오지 않는다.

다음 날 아침에 출근해야 할 때가 문제다. 며칠 전에는 새벽 4시 반에 잠이 들어 6시에 깨서 부리나케 출근했다. 그런 날들이 종종 있었다. 그러면 출근해서 눈 뜬 송장처럼 다닌다. 젊었을 때 잠 못 자고 밤일하 러 갔을 때도 아마 그랬을 것이다. 그러니까 간호사로 임상에서 일하면 서 의료사고 안 내고 여기까지 온 것은 기적이라고 말해도 될 것이다.

움직일 힘도 없이 널브러져 있는데 온갖 생각이 꼬리를 물고 지나간다. 참 이상하다. 내 몸을 가누지 못할 때, 내 능력 한계의 경계선에서 바둥거리고 있을 때도 그 어려운 순간들은 항상 잘 지나갔다. 몸을 그렇게 혹사하며 살았는데 크게 아픈 데 없이 여기까지 온 것도 기적이다. 잠을 잘 잘 때가 축복이었다는 것을 모르고 살았다. 남편의 코 고는 소리가 여기까지 들린다. 축복받은 자여. 자는 얼굴도 평안이다.

온 힘을 다해 일어났다. 밀린 집안일이라도 해야지 이렇게 시간 낭비해서는 안 되겠다는 생각이 들었다. 머리를 많이 안 쓰는 단순노동을 해야 부담이 없을 것 같았다. 부엌의 싱크대에 설거지해 둔 그릇이 마른 것을 보고 선반 속으로 집어넣었다. 내일 갖고 갈 남편과 내 점심 도시락을 준비했다. 그리고 깨를 볶았다. 온 집안에 고소한 냄새가 번져온다. 깨를 볶아 깨끗한 유리병에 넣어 뚜껑을 열어두고 화장실에 들렀다가 살금살금 침실로 들어가 남편 곁에 누웠다.

다시 맘을 가다듬고 잠자리에 등을 대고 누웠다. 맘을 비우자. 생각을 비우자. 아무 생각 없이 멀뚱멀뚱하게 또 한 시간이 지나갔다. 이제는 오래 누워 있으니 잠자리가 불편해 온다. 어떤 자세로 누워 있어도 불편하다. 지붕 위에 다람쥐가 뜀박질하는지 윗동네가 요란하다. 경찰차인지 구급차인지 밤의 적막을 뚫고 요란하게 경적을 울리면서 간다. 남편도 곁에 있고 아이들도 이곳에 살지 않으니 불안하게 하던 소리도 내 잠을 방해하는 요인이 될 이유가 없었다.

순간 내 가족이 당하지 않은 불행이라 안심하는 내가 참 이기적이라는 생각이 든다. 시금 누군가는 아주 신급한 상황에 있을 것인네… 이 시간 위기를 맞고 있을 어떤 사람이 이 고비를 잘 견디게 해달라고 속으로 빌었다. 바로 우리 집 건너편에 살던 얼마 전에 암으로 죽은 앤이 생각난다. 앤도 밤에 구급차에 실려 갔었지. 늘 예쁘게 웃으며 인사하던 상냥한 이웃이었는데 1년 동안 암과 투쟁하다 겨우 53세의 나이에 갔다. 앤은 지금 아무 생각 없이 잘 자고 있겠지. 자주 바뀌던 앤의 멋진 차가 주인 없이 세워져 있는 것을 보고 인생무상을 본다. 내 아들보다 한 살 어린 앤의 외아들 맥스의 축 처진 어깨가 맘을 무겁게 한다. 왜 이렇게 불쌍한 사람이 많을까…. 내가 걔를 위해 뭘 해줘야 할까…. 또 생각이 꼬리를 문다.

아니야, 난 자야 하는데…. 내일 출근해야 하는데 이런 생각들을 하지 말고 맘을 비워야지…. 한 시간마다 울리는 괘종시계는 또 울린다. 자정이다. 남편 깨우지 않으려고 조심하다 보니 더 잠자리가 부자연하다. 난데없이 오밤중에 노래가 부르고 싶어진다. 이래서 많은 사람이 나이가 들어가면서 부부가 각방을 사용하나 보다. 그래도 나는 아직 각방 쓸 준비는 안 됐다. 남편이 곁에 있어야 안심이 되기 때문이다.

나는 또 안방에서 살금살금 나와서 비어있는 아들 방으로 갔다. 노래도 하고 맘대로 움직이는 자유를 누릴 수 있었다. 어떤 때는 아들 방에서 숙면할 때도 있다. 일단 잠만 들면 중간에 깨어도 다시 금방 잘 수 있기 때문에 아들 방에서 자기 시작했지만, 화장실 갔다가 안방에 가서 자기도 한다. 그러다 보니 나는 주로 한밤중에 방방을 돌아다니는 희귀한 습관이 생겨서 남편을 헷갈리게 한다.

또 안방으로 갔다. 여전히 잠은 내 주위를 맴돌고 있지만 내 안으로 들어오진 않고 있다. 속으로 또 기도했다. 눈을 감았는데 눈앞에 글자가 보인다. '잠언 3장 24절'이란 글자가 내 눈앞의 종이 같은 것에 쓰여 있다. 기운이 없어서 일어나기도 힘들었지만 망설이다가 아래층으로 다시 내려가서 성경을 찾아보았다.

'네가 누울 때 두려워하지 아니하겠고 네가 누운즉 네 잠이 달리로다.' 나는 성경에 있는 말씀을 보고 망치로 머리를 맞은 것같이 아연실색했다. 두 눈에 타고 내려오는 눈물을 막을 수가 없었다. 밤마다 잠 못 자고 헤매면서 고통을 받고 있을 때도 나 혼자가 아니었다. 그분은 나의 이 고통을 보고 계셨다. 나와 함께 계셨다. 그러나 난 내가 이 말씀처럼 달게 잘 수 있을는지 믿음이 가지 않았다. 나는 성경 말씀을 믿는다고 하면서도 책 속의 글이지 나하고 상관있는 글이라고는 생각하지 못했다. 성경 말씀이 하나님의 약속이란 것을 마음으로 믿지 못하고 있었던 것이었다. 이런 강퍅하고 믿음이 없는 나를 도와 달라고 기도하면서 난 금방 잠에 빠져들었다. 그 이후 1년가량이 됐다. 잠이 안 오면 그 말씀을 외우며 금방 잠이 들곤 했다. 말씀이 육신으로 내 속에 오신 것이다. 이제는 한밤중에 깨를 볶는 일은 없다.

두뇌 태교

"엄마, 또또가 이모 아더띠 무떠어떠 또또 울어떠." 우리 손자가 두 살이던 어느 날, 며느리가 보내온 동영상에서 자기 엄마에게 한 말이다. 통역을 하자면 '이모 아저씨가 무서워서 또또가 울었어.'라는 말이다. 손자 시윤이는 말을 겨우 하기 시작했을 때 자기를 가리켜 스스로 자기 이름을 '또또'라고 명명했다고 한다. 시윤이라는 이름이 있는데 왜 자기 이름을 '또또'라고 했을까? 그 이름은 어디서 온 것일까? 이제 겨우 한두 마디 하는 젖먹이가 자기 이름을 지었다는 말은 들어본 적이 없어서 참 의아했다.

그런데 시윤이 태명이 '똘똘'이었다. 그러면 뱃속에서 똘똘이라고 부르는 말을 들었단 말인가? 말을 하기 시작하자마자 자기 이름이 '또또'라고 했다면 아직 똘똘이라는 발음을 못 해서 '또또' 라 했다고 생각할 수밖에 없다. 시간이 더 지나 발음이 어느 정도 되어가는 3살쯤 되었을 때 장난감 강아지를 '똘똘'이라고 이름을 지어 준 것을 보면 자기 태명이 '똘똘'이라는 것을 알았지 싶다.

태아가 20주쯤 되면 엄마 목소리를 인지한다고 한다. 그리고 태아는 저주파를 더 좋아해서 고음인 엄마 목소리보다 저음인 아빠 목소리에 더 반응을 잘한다고 한다. 아들과 손자가 생후 몇 달 때 아직 앉지도 못하면서 누워서 아빠랑 눈을 맞추고 대화하듯이 서로 주거니 받거니 옹

알이를 한참 동안 하던 기억이 난다.

뇌의 '해마'라는 기억을 담당하는 기관이 태아의 1~3개월부터 형성되어 지속해서 발달한다는 연구 결과가 있다. 그렇다면 그때부터의 기억이 저장될 수도 있다는 것이다. 태내의 기억은 4세가 되면 영아기 기억상실이 시작되면서 점점 사라져서 5세가 되면 거의 사라진다고 한다. 하지만 어른이 되어서도 잠재된 기억 속에 남아 있을 수도 있어서 활성화해주면 기억을 다시 떠올린다고 한다. 얼마나 경이롭고도 두려운 일인가?

요즘에는 후성 유전학이 자주 해자 되고 있다. 유전자와 환경과의 상호작용으로 태내 환경을 조성하여 좋은 유전자로 전환할 수 있다는 것이다. 사실 그것이 오늘의 일이 아니라 임부의 몸과 마음가짐에 대한 우리 조상들의 지혜의 가르침이 예로부터 있어온 터이다.

후성 유전학의 다른 표현으로 요즘 젊은 부모들이 심혈을 기울이는 '두뇌 태교'라고도 할 수 있겠다. 아기의 뇌 신경세포의 대부분은 태속에서 만들어진다. 그래서 신생아의 머리는 몸집보다 커서 출산 시 머리가 산도를 통과하면 큰 다른 요인이 없는 이상 어려운 관문은 지난 것이다. 신생아의 뇌는 어른의 ¼ 정도의 크기로 태어나지만 2세 정도가 되면 ¾으로 크고 5세가 되면 거의 성인과 비슷하다. 그래서 임신기간과 생후 1년 동안은 뇌 발달에 아주 중요한 시간이다. 그중에서도 임신 기간 중에 뇌 구조가 어떻게 형성되느냐에 따라 감정적 대응과 조절 능력이 결정된다고 한다. 그리고 이때 형성된 뇌 구조 중에 감정처리 영역은 바뀔 가능성이 거의 없다고 한다.

이미 두뇌 태교를 위해 임산부의 몸에 기발한 방법이 입력되어 있다는 것이 알려졌다. 임신하면 태아 보호와 성장을 위해 엄마의 뇌도 활성화된다는 보고가 있다. 엄마와 태아가 협력하여 아이의 뇌를 성장 발달 시키는 프로그램이 이미 입력되어 있는 것이다. 태속의 태아의 뇌와 엄마의 뇌는 상호작용하며 발달한다. 임산부가 되면 똑똑해진다고 해석하면 된다. 아기를 잘 돌보기 위해서 필요한 사고와 판단하는 뇌 기능의 특정 부분이 커지고 일부는 작아진다는 보고가 있다. 그래서 임산부들에게 일시적 건망증이 오기도 한다. 하지만 아기 돌봄에 필요한 직감이나 지혜는 탁월하게 발달한다. 보통 임신 6개월에서 산후 6개월까지 이런 현상이 온다고 알려져 있다. 이렇듯이 두뇌 태교는 인위적으로 외부에서 태아에게 외국어나 수학을 가르치는 것이 아니다. 그 외국어나 수학 공부가 엄마에게 기쁨을 주고 정서에 긍정적인 영향을 가져오는 것이 아니라면 말이다.

아이는 엄마의 보살핌과 주위 환경의 영향을 아주 많이 받는다. 태아는 엄마의 음식, 감정 상태, 약물복용, 음주, 흡연, 영양상태, 공기, 유해물 노출 등 엄마의 모든 것을 공유한다. 이런 요인들이 태아의 건강과 두뇌 발달에 큰 영향을 끼친다. 아름다운 생명을 탄생시키기 위해 임산부의 몸에 입력된 천연의 프로그램과 부모가 협력해야 한다는 말이다. 태아기나 영아기에 학대받은 아이들은 뇌 속의 변연계의 편도체와 해마가 발달을 원활하게 못 해 기능을 제대로 못 해서 공감 능력, 적응 능력, 학습 능력이 떨어지고 인격장애가 올 수가 있다. 엄마가 우울증에 있다면 태내 환경의 음성적 조성으로 태아가 어른이 되어서도 사회적, 경제적 요건에도 결핍을 가져오는 큰 영향을 끼친다고 보고되었다.

임신기간 280 일 동안은 태아 탄생 후 일평생 심신의 건강과 삶의 질과 방향을 결정하는 참으로 중요한 시간이다. 태아 두뇌 교육은 엄마의 긍정적이고 행복하고 늘 배우며 계속 자가발전해가는 자세는 아기에게 사랑이 넘치고 안전한 환경을 마련해 주는 것이다. 물론 엄마의 역할이 제일 중요하지만, 가족이 같이 참여해서 부모가 되는 준비를 해야 한다.

아빠는 엄마가 겪어가는 임신, 출산, 육아 등 모든 과정에 같이하고 능동적으로 참여해야 할 것이다. 임신 전부터 부모는 태속에서부터 교육과 태아와 친분을 쌓는 것이 소중한 자식의 일생을 얼마나 행복하게 만들 수 있는지를 꼭 알아야 한다. 산과 간호사로 있으면서 신생아와 부모와의 사이의 반응에서 특이한 것을 보게 되었다. 울던 아기가 아빠의 목소리를 듣고 차분해지는 것을 보게 되는 경우가 종종 있다. 그런 아빠는 태중의 아기와 많은 교분을 이미 쌓은 관계였다는 것을 발견하게 되었다.

우리 손자는 자기 이름이 시윤이라는 것을 알지만 또또라는 이름을 더 좋아하는 것 같다. 넘치는 에너지와 행복한 웃음이 떠나지 않는다. 폭발하는 장난기로 주위 사람들 웃겨 주기를 좋아한다. 좋은 친구보다 재미있는 친구가 되고 싶다고 한다. 행복 에너지 공장인 우리 또또는 오늘도 손에 밧줄을 들고 스파이더맨처럼 벽을 타고 오르기를 힘쓴다.

이제 둘째를 태속에 갖고 있는 우리 며느리는 시윤에게 그랬던 것처럼 임신 전부터 준비된 교육으로 최선을 다해 우리 손주에게 아름다운 이야기와 행복을 심고 가꾸어 주고 있다. 자녀교육을 조물주의 섭리에 따라 겸손히게 순종히면서 맡기는 이제는 딸이 되어버린 며느리가 참 고맙다.

김치 교실

직장 친구 '원'이 김치를 만들었다면서 작은 병 하나를 내게 내밀었다. 잘했는지 평가해 달라는 것이다. 김치가 세계 5대 건강식품 중에서 2등으로 자리매김을 한 다음부터 내 주위의 많은 미국인이 김치에 관심을 두고 물어오고 있다. 김치의 조리법이며 더불어 한국의 된장에 대한 관심도 상승하고 있다. 그래서 나는 때때로 원하는 사람에게 김치를 갖다주기도 하고 김치 조리법을 만들어 복사해서 필요한 사람에게 돌리기도 했다. 김치 조리법을 요구하면서 다들 만들어 본다고 했지만 만들어서 내게 평가받겠다고 갖고 온 사람은 여태까지 이 친구가 처음이었다.

그런데 '원'이 만든 김치는 내가 준 조리법대로 안 했던 것이 자명했다. 김치의 색깔은 검정 색깔에 가까웠다. 양념 재료들만 가려고 했는데 배추까지 갈았던 것 같다. 우리가 생각하는 김치 모양이 아니고 배추를 잘게 썰어 넣은 시커먼 다진 양념같이 생겼다. 맛을 보니 쓰기가 한량없다. 생강을 얼마만큼 넣었느냐고 물었더니 한 주먹 정도 넣었다고 했다. 생강을 무척 좋아하는 까닭에 레시피 재료의 양은 완전히 무시한 것이다. 색깔이 왜 이러냐고 하니 검은색 고추를 사용했다고 했다. '원'은 내 눈치를 살피면서 겁먹은 듯이 목소리가 점점 잦아들면서 조심스레 대답했다.

나는 기가 막혀 터져 나오려는 웃음을 참기가 힘들었지만 '원'이 무안해 할까 봐 겨우 참았다. 내가 그녀에게 김치를 갖다 준 것만 해도 다섯 번이 넘는데 어떻게 배추를 저렇게 만들 수 있는지 각 사람의 생각과 눈과 귀가 다 다르다는 것을 다시 한번 절감했다. 수십 번을 했던 설명을 또다시 한다고 해도 김치 다운 김치가 나올지 알 수 없는 일이었다. 그래서 남편이 한국 출장 간 후에 우리 집에서 김치 만들기 실습을 하기로 했다. 시간을 겨우 맞춰서 남편 오기 며칠 전에 날짜를 잡았다.

한여름의 열기가 주춤하던, 하늘이 드높고 햇빛 찬란하던 칠월의 어느 날, 우리 집에서 김치 교실이 열렸다. 8명의 백인 친구들과 나를 엄마라고 부르는 중국계 영양사와 베트남계 친구가 우리 집 부엌에 모였다. 12시에 모이기로 했는데 몇 년 전에 우리 교회의 '태리'와 같이 김치 담을 때 못 온 것을 늘 아쉬워하던 '메리'와 그의 언니 '머나'는 15분선에 와서 기다리고 있었다. 금발이 고운 '메리'는 같은 교회의 교우인데 중풍으로 어눌해진 언니를 잘 돌보는 안팎이 다 아름다운 사람이다. 멀리서 오는 친구들이 시간 안에 도착을 못 했지만 3시까지 오후 근무가는 친구들이 있어서 더 기다릴 수 없어서 시작했다.

나는 김치 교실이 있기 전날 저녁에 배추 한 포기를 소금에 절여 두었다. 지난번에 만들어 나눠줬던 레시피는 포기김치였다. 하지만 처음 배우는 미국인들에게는 아무래도 어려울 것 같아서 한입에 들어갈 만큼 썰어서 절였다. 그리고 젓갈 대신 사용할 채소 국물을 다시마, 마른 표고버섯, 무, 양파 등을 끓여 미리 만들어 냄비째로 두었다. 그리고 각종 재료와 점심도 사람들이 오기 전에 다 준비해 두었다.

드디어 김치 교실은 시작되었다. 나는 아들이 페루에서 사다 준 예쁜 앞치마를 둘렀다. 종이와 볼펜을 각 사람에게 나눠주고 김치 만드는 과정을 보고 나름대로 잘 적으라고 했다. 우리 조상들의 지혜롭고 과학적인 사랑이 깃든 건강 음식을 이 행성의 많은 종족에게 나눠보고자 함이다. 온 세계에 증명된 우리 음식의 위상을 잘난 척하며 뽐내고 싶지만, 우리 조상들의 정신을 더럽힐 수 있을 것 같아 겸손한 몸짓으로 엄숙하게 김치 교실을 열고자 마음먹었다.

중간 정도 크기의 배추 한 포기를 전날 저녁에 했던 그대로 썰어서 잠길 만큼 굵은 바닷소금 물에 절이는 것을 보여주었다. 그리고 전날부터 절여서 이제는 잘 절여져 있는 배추를 보여주면서 지금처럼 절인 배추가 18시간이 지나니까 이렇게 되었다고 했다. 그리고 그 절인 배추를 여러 번 씻어서 소쿠리에 건져 두었다.

배추에서 물이 빠지는 동안에 양념을 만들었다. 주먹만 한 크기의 무를 채 썰어 소금을 뿌려 절였다. 양파 작은 것, 빨간 색깔 피망 한 개, 마늘 6쪽, 생강은 완두콩 크기, 바닷소금 반 큰술, 긴 통고추 큰 것 3개, 현미밥 3 큰 술, 사과 중간 크기 반쪽과 어제 만들어 두었던 채소 삶은 물 한 컵과 채를 썰어 소금에 절였던 무를 꼭 짜서 나오는 물도 함께 믹서기에 넣고 갈았다. 재료 간 것에다 마른 고춧가루를 넣고 농도를 걸쭉하게 맞췄다. 거기다 무채를 넣고 파를 썰어 넣고 통깨 한 큰 술 넣으면 양념 만들기는 끝이다. 양념도 전날에 만들어두면 적당히 숙성도 되고 색깔도 더 선명해진다. 이제 장갑을 끼고 배추와 양념을 버무리면 끝이다. 무를 듬성듬성 썰어 밑에 깔고 버무린 배추를 넣으면 시원한 무김치를 즐길 수 있다. 요즘 같은 여름에는 유리병이나 항아리에 넣고 실온에 하루 정도 두면 적당하게 발효가 되어서 먹을 수 있다.

늦게 온 사람들을 위해 여러 번 되풀이해서 설명을 자세히 했다. 친구들은 장면마다 사진을 찍고는 질문을 폭풍같이 해 댄다. 채수는 얼마 동안 끓여야 하나, 마른 표고버섯은 어디서 사나, 모든 재료 구매에 대한 질문들, 계절에 따른 숙성시간, 나는 대한의 주부답게 능숙하게 모든 대답을 부가 설명까지 붙여서 청중들을 충분히 만족시키는 데 성공했던 것 같다. 그리고 어떤 배추가 맛있는 것인지 배추 고르는 법까지 일사불란하게 끝내고 나니 더는 질문이 없다. 이제는 즐거운 시식 시간이다.

준비해 뒀던, 두부가 동동 뜨고 있는 보글보글 끓고 있는 뚝배기 된장찌개를 상 가운데에 갖다 두었다. 오늘 만든 김치는 아직 맛이 안 들었지만 맛보라고 한 종지 갖다 두고 잘 익은 김장 김치도 한 사발 고봉으로 올렸다. 울긋불긋한 잡채, 그린 빈 간장조림, 콩나물무침, 무생채, 우리 뒤뜰 표 방울토마토, 오이, 깻잎, 상추도 큰 접시에 소담하게 담고 쌈장도 곁들여 올렸다.

모두 눈이 휘둥그레졌다.

"와우! 진수성찬!"

"아름다운 무지개 색깔!"

"겁나게 멋있는 항아릴세!"

나는 의연하게 대답했다.

"우리는 매일 이렇게 먹고살아."

'메리'가 식사 기도를 하고 우리는 미국 한복판에서 백인 친구가 주를 이루는 모임에서 완전한 한국 식사를 시작했다. 질문 공세가 또 터졌다. 반찬 하나하나에 관해 설명해 주고 뚝배기는 어디서 구할 수 있는지도 답했다. 나는 상주 위에 깻잎을 올리고 그 위에 현미밥 한술 얹고 김치, 무생채 등 반찬과 쌈장을 올리고 싸서 입을 있는 대로 크게 벌려서 먹는 시범을 보였다. 모두 따라서 쌈을 싸 먹으면서 깻잎에 대해서 한마디씩 한다. 독특한 향의 매력에 모두 폭 빠져들었다. 깻잎이 고혈압에 좋다고 하니 원이 "나는 저혈압이라 먹으면 안 되겠다."라고 한다. 나는 또 일장 연설을 했다. 이것은 혈관을 깨끗하게 해서 콜레스테롤도 내려주면서 혈압을 내리는 것이고 천연 미네랄과 항산화 성분이 많아서 저혈압에도 오히려 좋은 것이니 마음대로 먹어도 된다고 했다.

한국 음식은 이렇게 약이 되는 음식이 많다. 한국 주방에서는 음식으로 고치지 못할 병이 없다고 한다. 오늘 먹은 점심 한 접시가 약이 될 수도 있다. 플레밍이 페니실린을 발견한 것보다 사실은 우리 조상들이 먼저 된장의 항생제 역할을 알고 상처에 된장을 갖다 바른 것이 아니었던가. 인간이 만들어질 때, 혹시 병이 나면 치료하는 약을 손쉽게 구할 수 있게 했을 것이다. 약을 따로 쓸 필요 없이 매일 먹는 식사만 잘하면 그 안에 약이 다 들어 있는 것이다. 얼른 뚝딱 T.V. 보면서 끼니 때우는 열량 만점, 영양 빵점짜리, 먹어도 먹어도 허기진 패스트푸드는 아니다. 오천 년 역사의 과학적이고 사랑의 음식인 우리 한식이 그 몫을 훌륭하게 해낸 것이 오늘날 온 세상에 증명되지 않았던가.

밥이 약이 되는 것의 일등 공신은 만드는 사람의 정성이다. 가족들의 육체적 정신적 건강에 따라 민감하게 준비한 밥상, 가족이 둘러앉아 서로 얼굴을 맞대고 심신에 무슨 구름 낀 일은 없었는지 서로를 사랑으로 살펴보는 일이 밥상 앞에서 일어난다. 혹 밖에서 상처 입은 일이 있어도 밥상 앞에서 식구들과 살갗을 맞대고 눈빛을 교환하면서 치료가 이미 시작되는 것이다. 엄마의 손으로 쭉쭉 찢은 김치가 얹혀있는 밥숟가락이 입에 들어가서 씹히면서 회복이 된다. 밥과 함께 사랑도 같이 씹어 삼키는 것이다. 밥은 집 나간 자식도 돌아오게 하는 설명할 수 없는 사랑이 녹아 있기에 힘이 있다. 그러니 우리에게 한국 음식은 사랑이고 약이고 고향이고, 행복이다.

중국에서 부모 따라 어릴 때 이민해 온 '베이'는 극구 말렸는데도 그 많은 설거지를 기어코 다 하고 갔다. 2년 전에 그 아이의 엄마가 죽은 후에 너무 그리워서 엄마의 성을 문신한 옆구리 속살을 내게 보여줬다. 그것이 내 성과 같다고 하니까 금방 눈물을 주르르 떨어뜨린다. 베이의 남자친구도 한국 사람이다. 한국말로 나를 엄마라고 불러도 되겠느냐고 애절한 눈빛으로 물어온다. 어떻게 거절을 할 수 있겠는가. 그러라고 했더니 병원 복도에서 만나면 멀리서 엄마하고 뛰어와서 안긴다.

'윈'이 들깨 씨를 어디서 구할 수 있는지 묻는다. 내년 봄에 들깨 모종을 필요한 사람에게 다 나눠주겠다는 나의 선언에 모두 환호를 질렀다. 모두 행복한 얼굴로 김치 교실을 떠났다. '베이'의 생일에 약밥을 생일 케이크 대신해 줬더니 또 눈물을 보이며 내게 안겨왔다. 어렸을 때 월남에서 왔던 '티'가 출산했을 때 미역국을 끓여 갖다 줬더니 참 행복해했다. 30년 이상 이곳에서 살면서 이제는 불편함이 없고 잊고 살 때도 많지만 내가 이방인이란 것은 부인할 수 없는 사실이다. 내 나라에 대한 그리움과 내 나라 사람들에 대한 사랑이 고플 때가 있다. 그럴 때, 나를 엄마 품으로 데리고 가는 내 나라 음식의 우수함을 나를 품어주는 이국인 친구들과 나눈다. 음식을 사랑과 함께 나누노라면 그들의 행복해하는 모습에서 엄마가 나를 보고 느꼈을 그런 행복을 나도 느낀다. 그래서 나는 더 아주 많이 행복하다.

우리 동네 풍경

따뜻한 남 캘리포니아에 사는 딸 집에서 가족이 크리스마스 휴가를 함께 보냈다. 남편은 거기서 바로 한국으로 출장을 가고 나 혼자 집으로 돌아왔다. 캘리포니아에서는 여름 옷을 입었는데 우리 동네는 눈이 잔뜩 쌓여 있다. 그래도 집 앞 보도와 우체부가 다닐 수 있게 부탁도 안 했는데 이웃의 해밀이네가 눈을 치워뒀다. 떠나기 전 남편이 눈 치울 사람 구하라고 했는데 적당한 사람을 구할 수도 없었고 바쁘게 이것저것 준비하다 보니 그냥 지나치게 되었다. 일기예보에도 가는 날만 가볍게 눈이 오고 계속 맑을 것이라고 해서 크게 신경 안 썼다. 그런데 폭설이 며칠 동안 왔다. 일기예보가 반은 거짓말이라는 것을 잠시 잊고 있었다. 해밀이네가 보도의 눈을 치우지 않았더라면 아마 벌금을 물었을지도 모른다.

나는 도착하자마자 옷을 갈아입고 눈을 치우기 시작했다. 눈 치우는 기계는 작동을 안 한다. 눈삽으로 열심히 치워도 밑바닥에 눌어붙은 얼음은 요지부동이다. 얼음은 어쩔 수 없고 눈만이라도 치웠다. 다음날 일 갔다가 퇴근을 해서 차를 차고로 넣어야 하는데 얼어붙은 경사진 우리 드라이브 웨이에서 자꾸만 차가 뒤로 미끄러져 내려간다. 소금을 뿌린 다음 다시 여러 번 시도해도 안 된다. 뒤로 미끄럼 타기를 한 시간가량 하다가 동네를 둘러봤다. 앞집, 옆집, 몇째 옆집들까지 불이 꺼져있다. 연말 휴가 때라 여행 중인 모양이다. 한 집에 불이 켜져 있어 가니까 그 집에서 여자가 나오며 남편은 허리를 다쳐 꼼짝 못 하고 누워 있다고 한다. 나는 차를 길옆에 세워둘 수밖에 없다고 생각하고 차고로 올라가서 차고 문을 닫으려고 하는데 차고 문이 닫히지를 않는다.

난감해하고 있는데 어떤 남자가 길 건너 쪽에서 나를 향해 급하게 다가오고 있다. 손에 소금 한 컵을 들고 있다. 한 번도 본 적이 없는 사람인데 왼쪽으로 몇째 번의 모퉁이 집에 사는 쟌인데 내가 어려움을 당하고 있는 것 같아 도와주러 왔다는 것이다. 소금을 더 뿌리라고 하면서 갖고 왔던 소금을 뿌린다. 쟌과 나는 아까 뿌리고 남은 소금을 더 뿌렸다. 그러고는 운전해 보라고 한다. 자신이 없으니까 대신 좀 해 줄 수 있겠냐고 하니까 기꺼이 하겠다면서 차를 쉽게 한 번에 차고에 올려 주었다. 차고 문이 닫히지 않았던 것은 내가 차고 문 밑에 눈 치우던 삽을 두었기 때문이라고 일러 주었다. 당황해서 눈삽을 거기다 둔 것을 보지 못했다.

오래전에도 이와 비슷한 일이 있었는데… 그때도 남편은 외국으로 출장 가 있었다. 직장의 크리스마스 파티가 12월에는 날이 안 잡혀서 일월에 했다. 내가 그런 모임에 안 가는 것을 내 친구 다이안이 알고 이번에는 꼭 와야 한다면서 회비를 나 대신 내버렸다. 그래서 나는 애들 밥을 챙겨 먹이고 숙제하라고 하고선 옷을 잘 차려입고 나섰다. 차고에서 차를 뒤로 빼다가 엄청나게 많이 쌓여있던 눈 구덩이에 빠져버렸다. 앞으로도 뒤로도 갈 수 없이 옴짝달싹할 수가 없었다. 파티에는 안 가도 되지만 이 차를 어떻게 할 것인가. 님편 부재중에 주부가 해가 지고 나서 애들만 남겨놓고 잘 차려입고 파티에 가다가 동네 사람들에게 딱

걸렸다. 나는 얼굴이 확 달아오르고 안절부절못하였다.

그때 앞집의 일 스톡과 그 아들이 눈삽을 들고 와서 순식간에 내 차 바퀴 주위에 있는 눈을 다 치워 버렸다. 나는 차에서 내릴 필요조차 없었다. 어디 가는지 물어보지도 않는 신사들인데 나 혼자 괜히 땀 흘리고 나의 늦은 외출을 어떻게 변명할지 쓸데없는 걱정을 혼자서 했다. 미국에 몇십 년을 살면서도 한국적 사고방식은 좀처럼 바뀌지 않는다. 옆집의 웨인도 눈삽을 들고 나왔다가 다 치운 것을 보고는 도로 들어갔다. 웨인은 그 뒤로 부탁도 안 했는데 우리 집 눈을 온 겨울 동안 맡아 놓고 치워주었다.

20년 전에도 온 가족이 몇 주 동안 한국 방문을 했을 때, 부탁도 안 했는데 웨인이 우리 집 잔디도 깎아주고 오가며 우리 집을 보살폈던 것을 나중에 알았다. 웨인이 나중에 말해줘서 알았는데 많은 동네 사람이 우리 집을 지켰던 것 같다. 같은 동네 여러 집 건너에 사는 아들 친구 마이클 집에 우리 집 열쇠를 맡기고 부탁해두고 갔다. 마이클 아빠가 자주 우리 집에 와서 둘러 보고 가는 것을 보고 길 건너에 사는 팀이 마이클 아빠 차 번호를 적어 두더라는 것이었다. 우리가 한국에서 돌아와서 대문 앞에 서니 대문을 온통 덮은 환영 플래카드가 붙어있었다. 백인들이 사는 동네에 동양인인 우리를 늘 따뜻하게 대해주고 환영해 주는 이웃이 참 고맙다. 이 동네에 산 지도 30년이 훨씬 지났다. 우리는 20년 전 좀 더 큰집인 지금의 집으로 6집 건너서 이사를 왔다. 이사 오던 날 아들 친구 알렉스가 집 구경 오는 동네 사람들의 안내를 맡았었다.

오래전에 우리 동네에 토네이도가 살짝 비켜 갔다. 그래도 피해는 만만치 않았다. 큰 가로수들이 뿌리째 뽑혀 넘어가서 우리 동네 앞길은 한동안 차가 다닐 수가 없었다. 전기도 며칠 동안 끊어지고 우리 집도 뒤뜰의 아름드리 큰 나무 두 개가 부러져 넘어가면서 지붕을 뚫어 물이 샜다. 뒤뜰은 쓰러진 나무들, 부서진 울타리, 창고 등으로 순식간에 난장판이 되었다. 인간의 무능함을 절감하는 순간이기도 했다. 길의 나무들은 시에서 빨리 치워줘서 차는 다닐 수 있었지만 집집이 치워야 할 쓰러져 있는 나무들이 산적해 있었다. 피해자가 많아서 보험회사들에서도 처리하는 속도가 늦어지고 있었다. 그러나 우리 동네 사람들은 마냥 손 놓고 그들의 손길을 기다리지 않고 분연히 일어섰다.

남녀노소 무론 하고 다 모여서 각 집을 돌아다니며 전기톱으로 쓰러져 누워있는 나무를 잘라 손수레에다 실어 날랐다. 아이들도 신나게 도왔다. 음식도 나누어 먹으며 완전히 잔치 분위기였다. 텔레비전 방송사마다 와서 인터뷰해가고 시장도 와서 우리 모두에게 격려의 악수도 하고 흥분된 분위기가 고조되어 가면서 이웃은 가족이 되어가고 있었다. 그 이후로 여름이 무르익어가면 길을 막아놓고 동네 블록 파티를 한다. 집집마다 별미 한두 가지씩 갖고 와서 화기애애한 이야기꽃에 밤 깊어가는 줄 모른다.

우리 아들 또래 애들이 많아서 여름방학이면 아이들이 몰려다니면서 놀았다. 동네에서 젠틀맨으로 통하던 아들은 동네 친구들과 집집마다 돌아다니며 누구네 집에 무슨 일이 있는지 훤히 꿰고 다녔다. 애들이 놀다가 넘어져서 다치면 우리 딸에게 와서 약 발라 달라고 오곤 했었다. 한 마장쯤 되는 같이 붙어있는 초등학교와 중학교를 다들 걸어 다녔다. 긴널목의 도우미 힐아버지는 애들 이름을 일일이 다 기억하여 불러주었다. 동네 개구쟁이들이 우리 뒤뜰에서 물총놀이를 하곤 했다. 헬

러윈 데이에 시끌벅적하게 몰려다니면서 사탕 얻으러 다니던 그 아이들은 이제 다 커서 모두 이 거리를 떠났다. 애들이 떠난 동네에 늙은 부모들만 남아서 오가다 만나면 자식들 이야기가 화젯거리다.

가을마다 그림처럼 아름답게 채색되는 가로수도 그대로 있고 눈을 감아도 누구네 집이 어디에 있는지 알 수 있다. 하지만 이제는 만나지 못하는 사람들도 있다. 어릴 때 매일같이 우리 집에 놀러 오던 릴리네도 이사하고 미셸네와 일 스톡도 이사를 했다. 늘 부지런하고 인자하던 웨인은 치매로 몇 년 동안 고생하다가 작년에 폐암으로 유명을 달리했고, 팀도 몇 년 전에 이 세상을 하직했다. 병든 부인과 집을 돌보기 힘들어 양로원으로 들어간 스티브 부부는 어떻게 되었는지 궁금하다.

하지만 내 뇌리에 기록되어 있는 그들에 대한 아름다운 이웃의 정은 지울 수 없다. 우리가 이 거리를 언젠가는, 어떤 이유에서라도 떠날 날이 올 것이다. 하지만 이 평화롭고 따뜻한, 이젠 우리에게 고향처럼 되어버린 이 거리의 아름다운 그림은 영원히 내 속에 남아 있을 것이다. 그 그림 속에는 아버지처럼 대해주던 웨인도, 과수원에서 가을마다 사과 한 바구니씩 갖다주던 준도, 친절하던 팀도, 대학에서 바이올린을 가르치는 타이런의 감미로운 바이올린 소리도, 우리 나무를 잘라주고 울타리를 손봐주던 젊은 변호사 마이크도, 뛰놀던 어린 우리 애들과 동네 애들도 있다. 폭설이 오면 옆집 안부를 물으며 눈을 치우는 풍경, 눈사람과 눈 집을 만들어 그 속에서 놀던 아이들, 우리 집에 와서 살다시피 하던 릴리, 마이클, 알렉스, 까르륵 웃는 해밀이 모습, 맑은 눈을 가지고 종달새처럼 예쁘게 말하던 진아, 직접 재배한 신선한 채소를 철마다 갖다주던 착한 요한이 엄마, 맘을 부풀게 하던 가을의 아름답게 조화를 이루던 가로수들, 낙엽 더미에서 뒹굴어 대던 아이들, 집집마다 각색의 꽃을 구경하느라 눈이 바쁘던 날들…. 많은 추억과 기억이 담긴 귀한 그림이다.

그런데 타이런과 그의 부인 쟈넷이 요새는 산보를 따로 다닌다. 매일같이 사이좋게 손잡고 잘도 다니더니… 사랑싸움의 대가인 그들이 또 한바탕 토닥거렸나 보다.

평온한 위스콘신

2010년에 나왔던 영화 '투어리스트(Tourist)'가 있다. 영화 속에 관광객 중에서 범인을 찾아내는 장면이 있다. 제일 어수룩해서 범인으로 지목받는 등외로 밀려난 사람이 '위스콘신에서 온 수학 선생'이었다. 그런데 내 남편이 바로 위스콘신의 수학 선생이다. 그 장면에서 터져 나오는 웃음을 참기가 힘들었던 기억이 난다. 아무튼 북미에서 위스콘신을 어떻게 생각하고 있는지 이 영화가 잘 말해 주고 있다.

위스콘신인들은 이렇게 어리숙한 촌사람으로 알려져 있다. 아닌 게 아니라 우리 집에서 멀지 않은 곳의 농가에 사는 많은 사람은 놀랍게도 위스콘신주 밖으로 평생 나가본 적이 없는 사람들로 수두룩하다. 위스콘신은 북유럽 이민자들이 처음 터전을 잡은 곳으로 독일계가 주를 이뤘다고 한다. 가족 농장을 경영하며 몇 세대가 가까이 모여 사는 곳이 많다. 촌스럽고 우직하게 보일지라도 성실하고 정직하고 바르고 순하다. 그들은 북미주 최고의 품질과 양의 유제품을 생산한다.

몇 년 전에 한국에서 방문해 오신 분이 같이 식사하면서 아무래도 호텔에서 현금 백 불을 더 낸 것 같다고 고개를 갸우뚱하고 있었다. 바로 그때 호텔에서 백 불을 더 냈으니까 찾아가라고 전화가 왔다. 위스콘신인들은 법을 잘 지키고 친절하다. 모르는 사람에게도 웃어주고 운전할 때도 양보를 잘한다. 위스콘신은 공기가 깨끗하고 사람들도 순진하고 자연과 더불어 사는 사람들답게 여유가 있고 너그럽다.

위스콘신주는 북미의 중북부에 자리 잡고 있다. 북쪽으로는 슈피리어호와 미시간주, 동쪽에는 미시간 호수, 남쪽에는 시카고가 있는 일리노이주, 그리고 서남쪽에는 아이오와주와 서북쪽으로는 미네소타주와 접하고 있다. 위스콘신이라는 이름의 원래의 해석은 다양하지만 제일 근접한 것은 인디언 단어에서 기원한 '붉다'이다. 위스콘신 델의 강과 기슭이 붉은 사암으로 된 것에서 유래된 것으로 보인다.

모든 북미주와 마찬가지로 위스콘신도 원래는 아메리카 원주민이 거주하고 있었다. 그런데 1600년대에 유럽에서 백인 탐험가와 기독교 선교사들이 들어오기 시작했다. 처음에는 좋은 의도로 시작된 것일지라도 인간의 역사에서 보듯이 통치를 위한 전쟁으로 이어졌다. 전쟁으로 원주민들은 여러 지역으로 흩어지고 위스콘신은 프랑스가 점령했다가 그다음에는 영국이 점령하고 있다가 1783년 미국의 영토가 되었다. 그 뒤로도 원주민들과 수많은 전쟁과 우여곡절 끝에 1848년 5월에 위스콘신은 30번째 주로 미합중국으로 가입했다. 현재 원주민들은 여러 곳에서 그들의 전통을 고수하며 모여 살고 있다. 미국 정부에서 원주민들에 대한 특혜가 많이 주어지고 있지만, 그들에게 얼마나 유용하게 받아들여지고 있는지는 알 수 없다.

첫 번째 주지사는 민주당의 '넬슨 듀이'였다. 유럽으로부터 온 백인 이민자들로 인해 주민들은 백인으로 주를 이룬다. 남북전쟁 중에는 노예제도에 반대한 북군으로 위스콘신의 많은 장군의 활약이 대단했다. 인구는 2019년에 약 590만 명 정도이고 면적은 약 17만 평방 km다. 우리나라 남북한 면적이 22만 평방 km에 인구가 7,750만 명 정도에 비교해 보면 인구 밀도가 아주 희소하다. 위도는 42~47도에 위치해 있으니 서울 북위 37도와 함경북도 43도와 비교하면 북한보다 더 추운 곳이라는 것을 알 수 있다. 큰 도시에 사는 젊은 사람들은 진취적인 민주당이 많고 시골 사람들은 보수적인 공화당이 많다.

위스콘신의 제일 큰 도시는 미시간 호수를 끼고 있는 밀워키이다. 미 중서부의 주요 금융의 중심 도시 중의 하나이다. 그리고 질 좋은 밀러 맥주 공장이 있다. 할리 데이비드슨(Harley Davidson) 오토바이 생산 회사가 있다. 할리 데이비드슨 박물관에는 세계적으로 유명했던 로큰롤의 제왕 엘비스 프레슬리가 탔던 오토바이도 진열되어 있다. 2023년 7월에는 120주년 할리 데이비드슨 축제가 나흘 동안 밀워키에서 열릴 예정이다. 이 뜨거운 축제에 매년 오토바이 애호가들이 열광하며 미국 각지에서 몰려든다. 볼거리로는 큰 규모의 유럽식 마을이 박물관에 있다. 아주 알차고 규모 있게 정렬이 되어있어 개인적인 견해로는 시카고의 광대한 필드 박물관보다 더 실속 있고 볼만하다고 생각한다.

다음 도시는 매디슨으로 우리가 사는 곳이다. 주 청사가 있는 교육도시이다. 젊음이 넘쳐나는 도시이다. 매디슨에 대해서는 다음에 자세히 알아볼 기회가 있을 것이다. 그리고 그린 베이가 있다. 이곳은 젊은이들이 열광하는 프로 미식축구팀 그린 베이 패커스가 있다. 미국 내 프로 미식축구팀이 있는 도시 중에 제일 작은 곳이지만 실력은 대단하다. 아이들도 어른들도 초록과 노란색으로 된 패커스팀의 유니폼을 자랑스럽게 입고 다닌다. 자연경관이 특히 아름다운 곳이다.

도어 카운티의 경관은 참으로 경이롭다. 그린베이와 미시간 호수 사이의 반도에 위치한 이곳은 아름다운 관광지다. 시카고의 한 노련한 한인 관광안내자가 북미 전국 중에 제일 단풍이 아름다운 곳이 이곳이라고 했다. 체리가 유명하기도 하다.

위스콘신의 산업은 식품, 음료, 종이 생산 등등… 낙농 제품은 미국의 ¼을 생산한다. 캘리포니아에 사는 딸은 집을 방문하고 돌아갈 때면 친구들에게 부탁받은 치즈를 잔뜩 사 간다. 거기서는 위스콘신 양질의 고소하고 진한 맛의 치즈는 찾아보기 힘들다고 한다. 그래서 치즈 주라는 별명이 있다. 옥수수, 콩, 밀 생산이 많다. 도심을 조금만 벗어나도 옥수수밭, 콩밭이 끝없이 펼쳐지고 소와 양을 키우는 목장을 흔히 볼 수 있다. 인삼재배에 적합한 땅이라 인삼 수확이 미국에서 1위이다. 이 인삼의 대부분이 아시아로 수출되고 있다고 하니 참 아이러니하다.

교육 수준이 높고, 미식축구 그린베이에 열광하고, 온몸을 문신으로 감싼, 가죽 잠바를 입은 할리 데이비드슨 오토바이 애호가 무리가 열정적으로 질주하는 모습을 흔히 볼 수 있다. 그리고 사회보장제도가 다른 주보다 비교적 잘 되어있다. 다른 주에서 사회보장 혜택을 받으려 이사 오는 사람들이 더러 있다. 바로 밑의 일리노이주는 곳곳에서 고속도로 통행료를 받지만, 위스콘신은 잘 닦인 고속도로 통행료를 받지 않는다. 인심이 좋은 주라고 말할 수 있다.

위스콘신은 겨울이 좀 길기는 하지만 한국처럼 사계절이 뚜렷하다. 사시사철 낚시할 곳이 수두룩하다. 골프장은 가는 곳마다 있다. 도심지에 있는 우리 집에서도 걸어갈 수 있는 거리에 있다. 자연과 같이 사는 곳이라는 감격이 다가오는 곳이다. 우리 동네 산책길에서 칠면조 가족을 보고 다람쥐와 까마귀가 큰 소리로 대화하는 깃을 흔히 본다. 가끔 시내서도 사슴이 지나가기도 할 만큼 사슴들을 가까이 볼 수 있다.

각종 형형색색의 새들이 노래하며, 아침에는 새소리에 눈을 뜨게 된다. 여름에는 반딧불이 뒤 뜰에서 빤짝거리며 날고 있고 풀벌레 소리 요란하다. 이름 모를 꽃들이 지천에 널려있고 여름에는 동네가 좁아 보일 정도로 짙은 초록으로 꽉 찬다. 가을에는 날마다 조금씩 단풍의 화려하게 변해가는 자태는 여간 가슴을 설레게 하는 것이 아니다.

우리는 남편 학교가 끝나면 한국으로 갈 것이라고 당연하게 생각하고 있었다. 미국 친구들은 많은 사람이 나처럼 말했다가 이곳과 사랑에 빠져 여기를 떠나지 못하고 평생 머무는 사람들이 많다고 했다. 나는 고집스럽게 아니라고 말했지만, 살아갈수록 마음이 비교적 안정되고 평온한 여기서 퇴직할 때까지 살았으면 하고 마음속으로 원했다. 나의 이 소망은 그 당시로서는 불가능한, 혼자 속으로 삭여야 할 소원인 줄 알았다. 이제 퇴직을 해도 되는 나이에 아직도 내가 여기 있는 것은 소리 없던 내 소망이 현실이 된 것이다. 고향 떠난 지 거의 40년인데, 첫 5년은 떠돌아다니다가 여기서 35년을 살았다. 익숙해지면 고향이 되는 것인가? 이 땅 위에 완전한 곳이 어디 있으랴마는 어수룩한 촌사람 프로필이 여기가 남편과 나한테 꼭 맞기는 한 것 같다.

젊음과 낭만의 도시 매디슨

1988년 8월 8일 8시에 임신 8개월의 몸으로 매디슨에서의 첫 직장에 첫 출근을 했다. 출산 2달 전의 뒤뚱거리는 나를 받아준 고마운 직장이었다. 남편의 박사 과정 공부를 위해 위스콘신주 매디슨으로 그 전날 이사 와서 짐도 다 못 풀고 출근한 것이다. 해산 전 두 달 동안 큰 스트레스를 받지 않고 일할 수 있는 곳이라서 마음도 편했다. 그해 가을에 고국에는 팔팔 올림픽이 열리고 있었고 아들 없는 집의 큰 딸인 나는 엄마의 평생 한을 풀어준 아들을 출산했던 좋은 해였다. 한국에서 산후조리차 오신 친정엄마와 함께 올림픽을 즐기며 아들을 선사한 매디슨과의 밀월의 달콤한 사랑에 빠졌었다. 이렇게 매디슨은 나에게 특별한 의미가 담긴 첫사랑의 도시가 되었다.

매디슨은 위스콘신의 주도이다. 주 청사가 있고, 명문 위스콘신대학, 큰 종합 병원이 네 개 있다. 시카고에서 자동차로 북쪽 2시간 30분 정도의 위치에 있다. 이곳은 미국의 중간쯤에 위치하고 있다. 매디슨 인구는 26만 정도지만 근접한 위성 도시의 인구까지 합치면 67만 가량이 된다. 수질이 좋아서 근처에서 제조되는 맥주는 미 전역에서도 유명하다. 그래서인지 이 대학의 술 소비량이 전국 대학 중에 3위라고 한다. 유동 인구가 많은 대학을 중심으로 도시가 이뤄져서 그런지 도시 평균 연령이 30세 정도이고 65세 이상은 10% 미만이라고 한다. 젊음이 넘치는 도시다. 다른 곳에 비해 추운 날씨 탓인지, 상업보다 공무원과 전문직 종사자들이 많아서 그런지 노숙자가 다른 주에 비해 훨씬 적다. 노숙자들도 양자 역학 책을 즐겨 읽고 대학원생들과 학문적인 토론을 열정적으로 하는 장면을 흔히 볼 수 있다. 노숙자에게 고액지폐권을 안 보는 사이에 살짝 가방 속에 끼워주고 가는 맘이 따뜻한 젊은이들을 보는 즐거움도 가끔 누릴 수 있다.

이 도시는 큰 호수 네 개를 끼고 있다. 시내 중심지는 두 큰 호수 사이에 끼어있어 지협(Isthmus)을 이루고 있다. 하지만 아무리 비가 많이 와도 그 지협으로 호수의 물이 넘쳐 나오는 적은 없다. 조물주의 질서를 새삼 실감하게 된다. 크고 작은 아름다운 공원들이 유난히 많은 것은 도시를 계획할 때 공원부터 먼저 설계했기 때문이라고 한다. 늘 바쁘게 살아가는 우리 부부는 주말이면 교회 갔다가 점심 후에 공원들을 찾아다닌다. 우리는 모처럼의 여유를 즐기며 호숫가를 거닌다. 조그만 연못 같은 호수가 있고, 아이들 물놀이 동산이 있는, 귀엽고 아름다운 공원으로 많이 간다. 하지만 바다같이 속이 시원하게 탁 트인 호수를 따라 긴 산책 길이 꼬불꼬불 고즈넉하게 나 있는 공원에도 간다. 그리고 동물원을 접하고 있고 가까이에 식물원도 있는, 우리 아이들이 어릴 때 자주 가서 수영했던 부드러운 모래사장이 빛나는 호숫가에 가기도 한다. 요즘은 우리가 자주 가는 호수 주변에서 오솔길이 나 있는 호젓한 데이트 코스들을 새로이 발견하고 환호를 올리고 있다.

매디슨에는 위스콘신 주립 대학이 도시 중앙에 자리 잡고 있다. 많은 대학 건물이 중심가에 있다. 고층 도서관만 해도 6개가 되고 그 외의 전공도서관이 24개 이상이다. 학교 울타리도 없고 도시가 온통 학교라는 느낌이다. 빅 텐(Big Ten)에 들어가는 이 대학의 미식축구팀이 결승전까지 올라가게 되면 도시 전체는 온통 축제 분위기로 들뜨게 된다. 곳곳에서 폭죽을 터트리고 모두 거리로 나와 모르는 사람과도 오래 친했던 친구처럼 어울려서 술을 나눠 마시고 어깨동무하고 같이 노래하고 춤추며 서로 축하한다. 캘리포니아에서 정월 초하루에 열리는 대학 결승전 로즈볼(Rose Ball)은 미국 전체가 즐기는 아주 인기 있는 국민 경기다. 많은 위스콘 신인은 대학의 마스코트 오소리(Badger)가 그려져 있는 빨간 옷을 입고서 위스콘신주의 주산물인 치즈 모양의 모자를 쓰고 가서 열광하며 응원한다. 위스콘신인 이라면 집집마다 빨간 오소리 티셔츠는 몇 개씩 있다. 이 대학교 출신인 우리 두 아이도 친구들과 로즈볼에 가서 목 터지게 응원했다고 한다.

매디슨의 명물, 내학가의 번화 도로 '스테이트 스트릿'은 볼거리가 많은, 젊음의 기운이 넘치는, 살아있는 거리다. 여기서 걸어갈 수 있는 주 청사 앞에서는 봄부터 가을까지 체임버 오케스트라 공연이 무료로 열린다. 근처에서 공연을 위해 실비로 제공하는 다양한 도시락으로 입맛대로 저녁 식사를 하면서 공연을 즐길 수 있다. 오후에 공연이 끝나면 그 앞의 모노나 테라스에서 차를 마시며 호수를 통째로 장밋빛으로 물들이며 넘어가는 석양에 흠뻑 잠길 수도 있다. 우리의 인생도 석양처럼 스러져가면서 아름답고 겸손하게 세상을 비춰주고 가면 얼마나 좋을까. 젊은이들의 데이트 코스로는 그만이다. 주 청사 앞에서의 야외 결혼식은 인기가 높아 오래전에 예약해야 한다. 남녀가 이곳에서 만나서 사랑하고 결혼까지 다 해결되는 곳이다.

여기서는 많은 것을 실비에 즐길 수 있는 것이 특징이다. 잘 짜인 동물원은 아예 입장료가 없다. 어린이 박물관이 근처에 있고 오브츄 센터에서는 유명한 공연이 늘 열리고 있다. 주말에는 청사 앞 광장에서 대규모의 시골장이 열린다. 여름에는 '맛' 축제(Taste of Madison)가 이 광장에서 열린다. 세계 각국의 음식과 문화를 실비나 무료로 가보지 않고 여기서 맛볼 수 있다. 대부분의 명소는 학교에서 걸어갈 수 있는 거리에 있고 자전거나 버스로 많은 곳을 이용할 수 있다. 대학 아파트에서 캠퍼스까지 무료 버스가 자주 운영되고 있고 자전거 도로는 전국에서 손꼽히게 잘 되어 있다. 호수를 따라 실바람을 가르며 달리는 자전거 하이킹 또한 가족과 연인이 즐길 수 있는 낭만적인 코스다.

탁 트인 바다 같은 호수가 바로 대학에 접해 있는, 학생회관 '메모리얼 유니언'은 일반 사람들도 많이 이용하는 곳이다. 주말이면 호숫가의 노천 공연장에서 학생들은 젊음을 불태운다. 낙농업이 발달한 곳이라 대학 낙농과에 나서 만들어 파는 밥콕(Bob cock) 아이스크림은 다른 데서는 맛볼 수 없는 깊고 오묘한 맛이 있다. 많은 사람의 사랑을 받는 이곳의 명물이다. 입속에서 버트 피칸(Butter Pecan) 아이스크림의 고상한 풍미를 음미하면서 호수를 따라 난 길을 산보하는 것은 쉽게 즐길 수 있는 일상의 행복이다.

대학의 카약 팀 또한 유명하다. 학생회관의 노천카페에 앉아서 바라보는 호수의 풍경은 참으로 다양하다. 쪽빛 하늘가로 비상하는 물새들, 카약을 저어가는 젊은 팔뚝들, 수상 스키를 하는 금발의 팔등신 여인, 낚시 삼매에 잠긴 사람들, 수영하는 아이들, 각각 한 폭의 평화롭고 싱그러운 그림이다. 눈부시게 하얀 유람선에서는 테너 음의 '여자의 마음'이 감미롭고 경쾌하게 아련히 들려온다. 솟구치는 생명의 기운이 온

몸을 감싸 안는다. 살아 있음의 감격에 흠뻑 잠겨 든다.

여기 이민 오는 분들은 대부분 대학에 종사하는 분들이고 숫자가 많지 않다. 박사 학위 과정에 있는 학생들이 많아서 대다수의 한인은 유동 인구이다. 한인 공동체는 한인 학생회와 교회를 중심으로 소규모이다. 오래전 남편이 학생이었을 때 학생회에서 주최하는 한인 잔치에 참석했었다. 미국인 친구와 함께 참가해서 학생회에서 제공하는 한국 음식을 먹고 한인들과 미국 친구와 함께 어울려 돌아가며 신나게 한바탕 한국 민속 막춤을 추며 배꼽 빠지게 웃었던 기억이 난다.

주립대뿐 아니라 여러 개의 사립대학과 시립대학에서 시민들을 위한 유용한 무료 강좌가 많다. 교육열이 높아서 평균 대입 수능 점수가 다른 주에 비해 월등히 높다. 한국 신문에 이곳이 소개된 이후에 한국에서 온 기러기 가족들이 한때는 꽤 많았었다. 한국 식당은 규모는 작지만 3개가 있고 비빔밥과 불고기를 파는 미국 식당들도 더러 있다. 한인 교회들, 성당, 불교회가 있다. 골프장도 도심 가까이 곳곳에 있다. 한국보다 아주 착한 비용으로 골프를 즐길 수 있다.

내가 이곳에서 최고로 꼽는 것은 단연 가을의 단풍이다. 따로 단풍 구경을 떠날 필요가 없다. 문밖만 나서면 갖가지 황홀한 붉은 명도의 울긋불긋한 이파리들이 불타오르고 있고 눈을 돌리면 노란 물결이 출렁거린다. 저마다 온갖 색채로 가을 색깔들이 바람에 일렁이면 벅차오르는 가슴을 감당하기 힘들어서 가슴을 쓸어내려야 한다. 눈물이 절로 흐른다. 날마다 조금씩 채색되어 아름다움의 극치를 보여주는 가로수는 일없이 나를 밖으로 내본다. 줄퇴근 시간이 너무나 슬거운 계절이다. 고풍스러운 묘지 근처의, 길을 다 덮어버린 아주 큰 고목 위로 해가 넘어가면서 온 세상을 붉게 물들이는 석양에 비친 나뭇잎들의 오묘함을 보면 절로 조물주께 경의를 표하게 된다. 한 달여 되는 짧은 가을의 찬란함이 긴 겨울을 견딜 수 있는 든든한 채비를 해주는 것 같다.

가을의 매력에 빠져들려 하면 어느덧 겨울이 와있다. 이곳의 겨울은 길고 매섭다. 북한의 중강진 정도의 위도에 있다. 11월 초순이면 월동준비를 끝내야 한다. 겨울이 긴 만큼 겨울 스포츠가 발달했다. 공원의 호수들이 얼면 아이들은 얼음지치기를 한다. 지평선이 맞닿는 큰 호수 위에는 낚시 마을이 형성된다. 얼음 위에 구멍을 뚫고 작은 간이 집채들을 설치해서 종일토록 겨울 낚시를 즐긴다. 골프장은 스키장으로 둔갑한다. 엘버 공원에는 밤에도 대낮같이 밝게 불을 밝혀두고 썰매와 스키 타는 사람들이 무료로 사용할 수 있도록 밤새도록 문을 열어둔다. 눈이 많이 오지만 제설작업을 빨리 잘하기 때문에 웬만큼 오는 눈에는 시민들이 눈도 깜빡하지 않는다.

매디슨의 매력은 주도라서 아주 편리한 동시에 전원의 한가함과 평화도 누릴 수 있는 곳이다. 따뜻하고 친절한 사람들이 많이 사는 곳, 할리우드에도 소문난 영화 촬영 장소로 자주 이용되는 아름다운 곳, 공기가 참 깨끗하고 청량한 곳, 사계절이 뚜렷한 곳, 밤하늘의 총총한 별들이 유난히 영롱하게 빛나는 곳. 총기가 범람하는 이 나라지만 비교적 안전한 곳. 대학에서 하도 여러 나라 사람을 많이 접해서 그런지 비교적 인종차별이 덜한 곳. 개인적으로는 남편의 학생 시절부터 두 아이를 키우면서 많은 추억이 서려 있고 내 인생에서 가장 오랜 기간 머물렀던 곳이다. 이제는 고향처럼 되어버렸다.

겨울이 긴 것만 빼면 나무랄 데 없는 곳이다. 하지만 세찬 겨울을 지

날수록 봄에 피우는 꽃은 더욱 아름답고 풍성하게 피어난다고 했던 가… 우리 가족의 희로애락이 담겨있는 이곳은 내게는 참 특별하다. 산 보 길에 만나면 누구나 웃으며 인사하는, 바쁜 출근길에 도로를 가로질 러 가는 오리 가족을 위해 차를 멈추고 한참을 조용히 기다려주는, 하 지만 피 끓는 젊음이 넘쳐나는 매디슨이 나는 좋다. 우리 부부도 이제 곧 은퇴해야 할 텐데 지인들 모두가 추운 이곳을 떠나 자기들이 사는 따뜻한 곳으로 오라고 한다. 하지만 우리의 반생을 보낸 이 아름다운 곳을 쉽게 떠날 수 있을지 모르겠다.

호적 이름이 고추

　정신없는 출근 시간이다. 이름표로 스캔해서 출근 도장을 찍고 유니폼으로 갈아입는다. 밤번 주임 간호사가 미리 만들어 둔 오늘의 담당 업무를 확인하고는 하루 업무에 필요한 모든 것이 다 갖춰졌는지 살펴본다. 모두 7시가 땡 하면 시작되는 아침 인계 시간을 기다리며 근무 준비를 하는 부산하고 짧은 시간에 쉘리가 다짜고짜 나에게 묻는다.

　"고추가 이제 퇴원했지?"

　"고추가 사람 이름이야? 누군데?"

　"네가 이름 지어준 신생아 중환자실에 입원해 있던 아기 있잖아."

　"무슨 소리야?"

　나는 쉘리가 하는 말을 도대체 이해할 수가 없었다. 내가 뭐라고 남의 아이 이름을 지어준단 말인가. 더군다나 아이 이름이 고추라니. 말이 될 법한 소리를 해야지…

　쉘리는 내 기억을 도와주려고 애쓰며 두 달 전쯤에 589호실에 입원했던 동성 부부였던 산모 이야기를 했다. 그들 부부의 중환자실에 있던 아기 이름이 '고추'라고 했단다. 흔한 이름이 아니라 그녀가 숨은 뜻이 있느냐고 물었더니 내가 그렇게 지어 주었다고 했단다. 같이 인계 시간을 기다리고 있던 직장 동료들은 영향력이 대단하다며 혀를 내두르고 있지만 나에게는 풀리지 않는 수수께끼였다. 하지만 인계가 시작되어 더 이상 물어볼 수 없었다. 머리를 굴려 기억 속의 구석구석을 속속들이 이 잡듯이 들쑤시며 더듬어 보았다.

기억 창고 속을 헤집고 다니다가 겨우 가닥을 잡을 수 있었다. 그 산모는 아기가 40주가 되어서 출산해야 할 터인데 예상치 않게 33주에 조산하게 되었다. 아기가 신생아 중환자실에 있게 되어 무척 염려하고 있었다. 모유량을 늘여서 아기 몸무게를 빨리 올려야 한다고 했다. 선량하게 생긴 아기 엄마는 유축기로 모유를 2~3시간마다 짜내고 있었지만 한 방울도 만들지 못하고 있었다. 나는 그녀와 한참 동안 모유 양 증가시키는 방법과 산모 회복에 대한 여러 가지 정보를 나누면서 산모 교육을 했다. 산모는 작게 태어난 아기를 무척 안타깝고 속상해했다. 깊은 죄책감에 빠진 것으로 보였다.

나는 대화를 끝내면서 그 부부에게 우리나라 속담을 얘기해 줬다.

"한국 속담에 작은 고추가 더 맵다는 말이 있어요. 실제로 대부분의 고추도 큰 것보다 작은 것이 더 맵고 단단하고 알차요. 그리고 아기도 아주 큰 아이보다 오히려 작은 아기가 똘똘한 경우가 더 많아요." 그 사람들은 눈을 반짝거리며 그 말을 잘 듣고 있었다. 고추라고 언급한 것은 이 대화 밖에는 없다. 내가 고추라고 이름 지어 준 것은 절대 아니다.

며칠 후에 신생아 중환자실 간호사 킴을 엘리베이터에서 만났는데 고추 담당 간호사였다면서 나에게 또 고추의 이름 이야기를 시작했다. 내가 고추는 그냥 집에서 부르는 애칭일 거라고 했다. 우리나라에서 손이 귀한 집 자손을 개똥이라든지 천한 이름을 붙여 잡신의 시기 타지 않고 건강하게 잘 자라라는 취지로 붙인 이름 같은 것으로 생각했다. 킴은 손사랫짓을 하면서 그게 아니라고 강력하게 부인했다. 부모들이 호적에다 실제로 이름을 '고추'라고 올렸다고 했다. 아기 부모들의 낙담한 마음에 그 말에 희망을 걸고 싶어서 동아줄 붙들듯이 그렇게 아기 이름을 지었을 것이라 생각된다. 얼마나 애틋하게 아기가 건강하게 잘 자라기를 바랐으면 이름을 그렇게 지었겠는가.

오래전에 영자라는 이름을 가진 사람이 입원을 했다. 성은 미국 성이었다. 나는 미국인 남편을 가진 한인 산모일 것으로 생각했다. 그런데 내 생각은 전혀 빗나갔다. 그녀는 금발의 코 큰 백인 여인이었다. 그녀는 30여 년 전에 뉴욕에서 태어났다고 한다. 그녀 엄마의 한국인 친구 이름을 따라서 딸인 그녀 이름을 지었다고 했다. 내 환자가 아니어서 속속들이 물어볼 기회가 없었지만 영자라는 그녀 엄마의 한국 친구가 그녀에게 아주 좋은 영향을 끼친 것은 확실했던 것 같다.

영자 씨의 엄마 친구 영자님만큼 좋은 영향을 주지는 못했지만, 작은 말 한마디가 아기 가족에게 희망을 주었다는 생각에 정신이 퍼뜩 든다. 무심코 던지는 말 한마디, 눈빛 한 줄기, 몸짓, 얼굴 표정 하나하나가 상대편의 동아줄 같은 희망이 되기도 하겠지만 평생 가슴을 후벼파는 비수가 될 수도 있다는 것이 아니던가. 그러니 말 한마디라도 어찌 생각 없이 할 수 있겠는가. 내가 여태 살아오면서 내 세 치 혀로 누군가의 심장에 무심코 비수를 꽂은 적도 수없이 많았을 것이다. 내 입에 재갈을 채우고, 파수꾼을 세우고 살아야겠다고 또 한 번 다짐한다. 아이 고추의 앞날이 단단하게 빛나는 작은 고추처럼 건강하고 알차고 기쁜 날들로 가득하길 바란다.

세대교체하는 아름다운 마음들

케이티의 부모님 집 차고와 앞뜰은 아침부터 분주하고 흥분이 잔뜩 고조된 분위기다. 호수를 끼고 있는 아름다운 정원의 잔디 위에 부지런한 손길들이 알록달록 무지갯빛 커다란 장을 열었다. 주말을 낀 사흘 동안에 병동 식구들이 합심하여 만든 알뜰시장이다. 온갖 연령대의 옷가지며, 아이들 장난감과 게임 종류, 신발들, 책들, 낚시도구들, 그릇들, 부엌 용기들, 각종 전자제품, 명화 등이 풍성하게 진열되어 있다. 미풍에 흔들리는 연 초록색의 이파리들은 호수에 반사되어 반짝거리고 하늘도 푸르고 드높다.

오늘은 우리 부서에서 서기로 일하는 레이철을 위한 모금 운동으로 거라지(garage) 세일을 하는 날이다. 여러 번 유산 끝에 어렵사리 얻은 레이철의 딸 스바냐가 선천성 뇌혈관 질병으로 죽어가고 있다. 레이철을 위로하고자 우리 병동 식구들이 나섰다. 케이티가 이 모든 일을 앞장서서 계획하고 동분서주해서 그녀의 부모님 댁에서 일을 벌인 것이다.

케이티는 몇 년 전에 혈액 암으로 항암 치료를 받았다. 그때도 우리 병동 식구 대부분이 차례로 그녀의 어린 두 아들을 돌봐주고 음식도 만들어주고 휴가도 나눠주고 모금도 했었다. 그때 도움받았던 케이티는 이제 건강해져서 손 걷고 나서서 일을 일사천리로 진행시키고 있다.

그녀의 부모님 댁 차고와 정원에서 임시 가게를 열었다. 각자의 집에는 사용하지 않지만 버리기 아까워서 처박아둔 살림살이가 있게 마련이다. 자리만 차지하고 있던 그 애물단지들을 꺼내와서 가게를 차렸다. 집 안 정리도 하고 동료도 도와주는 일거양득의 누구에게나 득이 되는 기분 좋은 일을 벌인 것이다. 또 도넛과 쿠키와 핫도그를 만들어서 팔기도 했다. 사흘 동안 병동 식구들이 자원봉사로 차례로 맡아 하는 임시 가게는 신바람 나게 잘 운영되어가고 있었다.

각자 먹거리를 한 보따리씩 갖고 와서 일하는 사람들의 배도 든든하게 채워준다. 아이들도 같이 와서 왁자하게 큰 잔치 기분에 빠져들었다. 직장 동료들과의 관계도 돈독하게 해주는 잔치이기도 하다. 크리스티의 캐나다에 있는 리조트의 휴가를 경매에 부쳐서 내놓은 것까지 5,000여 불까지 모여서 모금 운동은 큰 성공을 거두었다. 큰 카드에 우리가 모두 간단하게 기록한 위로의 말들과 함께 어머니날 선물로 받은 레이철은 감격의 눈물로 말을 잇지 못했다.

이쯤 되면 직장동료보다 가족이라는 것이 더 합당한 것 같다. 그도 그럴 것이 가족하고 지내는 시간보다 직장에서 지내는 시간이 많을 때도 있다. 그러니 매일 보게 되는 얼굴들이니 가족에 준할 수도 있을 것이다. 그런데 다이안은 한술 더 뜬다. 가족은 선택할 수 없지만, 친구는 선택할 수 있다며 가족보다 더 친밀한 관계에 있다는 것을 강조한다. 27년간 같이 일하게 된 동료들은 미운 정 고운 정이 들어 이제 가족보다 가까운 친구가 되었다.

오래전 유독 우리 부서에 많은 동료가 거의 비슷한 시기에 암에 걸렸다. 유방암, 대장암, 자궁 암, 피부 암, 갑상샘암, 난소암, 임파선암 등…. 그래서 위에 높은 분들이 서둘러서 병동에 심리학자를 모셔서 단체로 강의와 개인 상담을 받은 적이 있었다. 규칙 위반을 요리조리 피해 가면서 직장에서는 암에 걸린 직원들의 편리를 최대한으로 봐주었다. 암으로 여러 사람이 병가를 가니 직장에서도 일손이 달려 힘들게 되었다. 그 어렵고 긴장된 분위기에서도 서로 도와가며 위기를 잘 넘겼다. 각자 능력과 사정에 따라 순번을 정해서 집에서 만든 정성이 담긴 음식도 배달하고, 휴가도 나눠주고, 병이 든 친구와 가족들의 필요에 따라 각자가 할 수 있는 시간과 재간과 물질을 나누었다. 자원해서 하는 일이라 누가 더 많이 봉사하고 적게 한 것을 따지는 사람은 없다. 많은 부분을 지원하는 사람이 당연히 있게 되지만 생색내는 사람은 아무도 없다. 암이라는 무서운 적군을 만나 우리는 가까운 식구가 되어 있었다.

난소암을 너무 늦게 발견한 단 한 사람 '디이'가 병을 발견한 뒤 짧은 시일에 운명했다. 그녀는 퇴직한 후에 파트타임으로 일하고 있었다. 여러 곳을 재미있게 여행 다니면서 70이 넘은 나이로 행복한 삶을 살고 간다는 말을 남기고 유명을 달리했다. 그녀의 장례식에 그녀와 똑같이 생긴 쌍둥이 자매를 보고 더욱 그녀의 부재를 아쉬워했었다. 사진이 한참 동안 우리 병동 직원 휴게실에 걸려 있었었다.

그 외에는 모두 암을 극복하고 잘 살아 있다. 암을 정복하고 완치되어 퇴직한 후에도 건강하게 사는 친구도 있고, 다른 주로 이사를 한 친구도 있고, 다른 곳에서 일하는 친구도 있고, 아직도 같이 일하고 있는 친구들도 있다. 상하 열 살 정도의 비슷한 연배의 동료들로 오랫동안 같은 배를 타고 오던 동료들이 이제는 하나둘 퇴직하기 시작했다.

우리 층에 꿀이 발렸는지 다들 빈자리가 나기를 호시탐탐 노리온 원내의 간호사들이 많았지만, 오랫동안 빈자리가 없었다. 그런데 몇 년 전 병원 증축서부터 무더기로 젊은 세대가 차고 들어오면서 물갈이가 시작되었다. 때맞춰 컴퓨터가 도입되면서 오랫동안 같은 얼굴과 업무 방법에 길들여 있던 병동에 혼란과 격동의 바람이 불기 시작했다. 안정인지 침체인지 모르지만 조용하던 병동에 회오리바람이 불어 젖히는 듯하더니 넘쳐나는 활기도 같이 찾아왔다. 암이 휩쓸고 가면서 우울하던 이 동네에 젊은 친구들이 들어와서 결혼하고 임신하고 좋은 기운을 뿜어내고 있다. 작년에는 14명이 분만휴가를 하고 7명이 결혼했다. 작년에만 11명의 신입이 투입되고도 병동에는 일손이 달려 임시 직원들을 채용하기도 했다. 계속 신입이 들어오고 있어 낯선 동료들의 얼굴 익히기도 보통 일이 아니다.

이제는 애들 옷 돌려 입기, 장난감 교환하기, 아이들 놀이 친구 만들기 등 우리 오래된 그룹에겐 옛일이 되어버린 일들이 부활하여 되풀이하는 것을 바라보는 것도 즐거움이다. 이 세대가 가고 다음 세대가 물밀듯 오면서 경각 간에 많은 것이 변하고 있음에 환호인지 비명인지 한숨인지 폐 속 깊은 곳에서 토해내는 소리가 들리는 듯하다. 그리고 나는 이제 오래된 세대가 되어버렸다.

하지만 돌고 도는 인간사 속에서 옛사람들은 가고 새사람들이 와도 우리 병동 식구들의 아름다운 마음의 손길들은 멈추지 않는다. 평소에는 조용하고 서로 무관심해 보이던 동료들이 일이 터지면 끈끈한 식구가 되어 양 사방에서 도움의 손길을 문어발처럼 뻗쳐온다. 몇 주를 넘기지 못할 것이라던 레이철 딸 스바냐는 벌써 일 년을 훌쩍 넘겼다. 레이철은 이제 근무하면서 아직도 미래를 기약할 수 없는 스바냐를 간호해가며 열심히 살아간다. 스바냐가 성장해가는 사진을 시시때때로 병동 게시판에 올리기도 한다. 사랑의 관심은 이렇게 기적적으로 생명을 연장한다. 사랑은 모든 장기의 세포를 생명으로 눈뜨게 하는 것 같다. 세월 따라 사람은 가도 아름다운 마음들은 여전히 남아서 서로의 맘을 쓰다듬어주는 우리 동료들이 참 귀하게 느껴진다. 나도 그중에 있다는 것이 너무 감사하다.

2주를 넘지 못할 것이라고 하던 스바냐는 15개월 이상을 많은 사람의 사랑을 듬뿍 받고 살다가 지난주에 갔다. 아이 장례식이지만 비교적 성대하게 치러졌고 많은 이들이 슬퍼했다. 그런데 장례식장에서 본 레이철의 배가 심상치 않아서 분위기가 다소 따뜻한 기운이 감돌았다. 그녀는 이제 임신 14주에 접어들었다. 이별과 만남의 시간이 공존하고 있다. 스바냐가 여태까지 명줄을 놓지 못하고 있었던 것도 이별할 준비가 되어있지 않은 부모에게 희망의 빛이 비칠 때까지 기다려준 것인지도 모르겠다. 공평하신 하늘이 레이철에게 베푸신 반전을 우리 모두 감격하며 조심스레 바라본다.

신생아의 첫 목욕

30년도 더 된 일이다. 길 건너편 앞집에 사는 할머니가 집 앞에서 아들과 놀고 있는 나를 향해 종종걸음으로 다가오셨다. 손에 사진을 한 장 들고 와서 내게 내밀었다. "이 사진에서 우리 손자에게 첫 목욕을 시켜주고 있는 이 간호사가 자네 아닌가?"

"아, 예. 맞습니다."

"아이고, 세상도 좁네. 이런 일이 있구먼. 고맙네! 고마워."

새 부모들은 아기가 태어난 후 첫 목욕을 기록으로 남기고 싶어서 비디오와 사진을 찍는다. 이 도시 부근의 많은 아기 출산 기념 책에 아마 본의 아니게 찍힌 나의 사진도 부지기수로 있지 싶다.

우리나라는 자손을 귀하게 여기기도 하고 산모 건강을 특별히 중요하게 생각한다. 친정어머니나 시어머니가 산후조리를 해주는 경우가 많다. 한국에는 산후조리원도 생겼다. 양가 부모님들이 바쁘기도 하겠지만 더 잘하는 전문가에게 맡기고 싶을 것이다. 세계에서 산후조리원이 있는 나라는 아마 우리나라뿐일 것이다. 어쨌든 목을 가눌 줄 모르는 신생아를 안는다는 것은, 더욱이 목욕시키는 것을 대부분 할머니들은 난감해하신다. 나는 신생아 목욕시키는 일을 좋아한다. 산과 간호사로서 내 직무 중의 하나이기도 하다. 요즘 우리 병원에서는 아기 체온 조절의 이유로 출생 후 적어도 12시간이 지나야 신생아의 첫 목욕을 시킨다.

목욕시키기 전에 미리 먼저 준비한다. 아기침대 위에 아기 담요를 마름모로 펴서 위의 뾰족한 부분을 조금 접어서 역삼각형으로 보이게 둔다. 그 위에 아기가 갈아입을 옷, 기저귀를 펴 둔다. 부엌이나 화장실의 싱크대에서 목욕시킬 준비를 한다. 싱크대 옆의 편편한 곳에 타월을 깔아 두고, 아기 비누와 부드러운 솔빗과 작은 손 타월들과 큰 타월을 준비한다. 싱크대에서 세숫대야를 깨끗하게 씻어 물을 받는다. 물의 온도는 팔꿈치를 넣어봐서 편안하게 따뜻한 정도면 적당하다.

아기를 담요에 싼 채로 싱크대 옆에 펴 둔 아기가 사용하던 담요나 타월 위에 눕힌다. 깨끗한 손수건 타월을 물에 적셔서 짜서 아기 눈 한 쪽을 조심스레 닦는다. 타월의 다른 쪽으로 다른 쪽 눈을 닦는다. 그리고 수건을 다시 물에 씻어 짜서 얼굴을 부드럽게 닦는다. 눈을 닦으면서 코를 닦으면서 얼굴을 닦으면서 어찌 이렇게도 오묘하게 만들어졌는지 만드신 분께 찬양하게 된다. 이 얼굴의 모든 기관이 만들어진 용도대로 최선의 상태에서 아름답게 사용될 수 있도록 속으로 빈다.

머리를 씻을 차례다. 아기를 담요로 꼭 싸서 왼쪽 겨드랑이 밑에 미식축구할 때 공을 안듯이 안는다. 아기의 얼굴이 위로 오게 왼손으로 아기 목뒤와 머리를 받쳐 안는다. 아기의 양쪽 귓바퀴를 내 엄지와 검지로 접어 귓구멍을 막아서 머리 감길 때 귀에 물이 들어가지 않게 한다. 아기의 머리카락 색깔이 진할수록 머리숱이 많다. 금발은 머리숱이 적어서 거의 민둥산 수준이다. 그러나 검정 색깔은 특히 인도 계열의 아기들은 머리숱이 많고 길어서 땋아도 될 정도일 때가 많다.

아기가 놀라지 않게 머리를 천천히 물에 적신 후에 비누 칠한다. 솔빗으로 머리를 가볍게 여러 번 빗긴다. 이렇게 가볍게 머리를 자극해 주면 아기들이 잠을 더 잘 자는 것 같다. 가끔 핏덩이가 말라 엉겨 붙어 있으면 물에 불려서 완전히 깨끗해질 때까지 여러 번 빗겨준다. 물을 다시 받아서 깨끗할 때까지 헹군다. 특히 놓치기 쉬운 귀 뒤쪽 부분을 잘 씻어야 한다. 작은 마른 타월로 머리를 닦는다. 그리고 깨끗하게 헹군 솔빗으로 머리를 빗겨준다. 숱이 적은 금발은 머리카락을 한쪽으로 몰아서 머리카락의 유무 확인을 용이하게 만들어준다. 그리고 아이를 곧추안아서 부모에게 보여준다.

부모들은 아기 이마에다 뽀뽀하고 사진도 찍고 감격의 시간을 보낸다. 그 모습을 바라보는 나도 감염이 되어 행복하다. 그러는 동안 머리카락은 거의 마른다. 아기 목욕을 집에서 시킬 때는 머리가 마른 다음에 몸을 닦아 주는 것이 체온 보존하는 데 도움이 된다.

이제는 몸의 앞면을 씻을 차례다. 윗도리를 재빨리 벗기고 손에 비누와 물을 손바닥으로 비벼서 거품을 만들어 두 손으로 아기 몸을 세수하듯이 부드럽게 문지른다. 꼭 쥐고 있는 손도 살짝 펴서 손바닥 안쪽도 비누 거품을 칠한다. 그러고는 작은 타월에 물에 묻혀 짜서 비누 거품 칠한 곳을 닦아준다. 아기 배꼽이 떨어지기 전까지는 아기를 물속에 넣지 않고 닦아내는 목욕을 시켰었는데 요즘에는 물속에서 짧은 동안 시키기도 한다.

제대는 대부분 일주일 안으로 떨어져 나간다. 하지만 이틀 만에 떨어져 나가는 아기도 봤고 아무 감염 없고 부작용 없이 6주까지 가는 이웃의 아기도 봤다. 하지만 배꼽에서 좋지 않은 냄새가 나거나 배꼽 주위가 빨갛거나 분출물이 있을 때, 열이 있고 2주가 지나도 제대가 떨어지지 않으면 의사에게 연락해야 한다. 제대가 떨어져 나가면서 가장자리에 조금씩 피가 날 수도 있다. 피가 마르면서 지저분하게 보이면 알코올을 면봉에 묻혀 닦아주면 깨끗해진다. 그러지 않고 그냥 둬도 상관은 없다.

허리 윗면의 비눗기를 물수건으로 다 닦아낸 후에 마른 수건으로 닦아준다. 작은 손 타월을 가슴에 올려두고 아랫도리를 씻는다. 여아들은 질에서 약간의 출혈과 하얀 점액질이 엄마 호르몬의 영향으로 일시적으로 나올 수 있다. 기저귀 교환 때 여아는 앞쪽에서부터 뒤쪽으로 닦아서 요도 부분에 대소변이 닿지 않도록 해야 한다.

아기는 머리와 몸을 씻을 동안 목청껏 운다. 그것이 익숙하지 못한 새 부모들은 당황하기도 하고 아이를 달래려고 하지만 그럴 필요는 없다. 간혹 아직도 숨쉬기가 좀 힘들어하는 아기들은 목욕할 때 이렇게 한바탕 시원하게 울고 나면 숨쉬기가 아주 많이 쉬워진다. 건강하지 못한 아이의 울음은 가늘고 약하지만 건강한 아이는 우렁차게 운다. 우렁찬 아기의 울음은 축복이며 감사해야 할 큰 선물이다. 아기가 우는 것은 의사 표현이니까 당황하지 말고 아기의 우는 이유를 관찰하며 공부하기 시작해야 할 것이다.

아기의 앞면을 다 닦았으면 큰 타월로 닦아주고 아기 밑에 있던 담요나 옷은 치운다. 그것들은 빨랫감이다. 아기 몸에 타월을 댄 채 아기 가슴에 손을 대고 아기를 뒤집어 눕힌다. 울다가도 뒤집어주면 대부분의 아기는 울음을 그친다. 아기는 고개를 들려고도 하고 다리를 바둥거리며 위로 올라가리고 하는 것처럼 보인다. 그렇게 함으로써 다른 근육들이 발달한다. 그래서 하루에 몇 번씩 이렇게 아기를 뒤집어 눕혀놓고 놀게 하면 고른 성장 발달에 도움이 된다. 이럴 때는 딱딱한 바닥에 눕혀서 아기가 숨 막히지 않게 푹신한 담요 사용은 금해야 한다. 물론 이때는 아기에게 눈을 떼지 말고 잘 지켜보고 있어야 한다.

아기의 등도 앞면과 같이 닦아준 다음에 타월에 닦은 후에 기저귀를 채운다. 기저귀는 배꼽 밑에 채워서 배꼽이 마른 상태로 유지하게 한다. 파우더 사용은 금한다. 미세한 파우더가 아기 코를 통해 폐로 들어갈 수 있기 때문이다. 그리고 아기 로션도 화학성분이 많이 포함되어 있으므로 피하는 것이 좋다. 꼭 필요하면 최상품 올리브기름이나 코코넛오일 사용을 권장한다. 이제 목욕은 끝났다. 목욕하는 시간은 가능한 한 짧게 한다. 나는 5분 안으로 아기 목욕을 끝낸다.

향긋한 냄새가 나는 아기를 타월에 싸서 기저귀 채운 후에 엄마 품에 안겨준다. 엄마와 아기의 피부 접촉을 최대한 많이 하게 해서 목욕 후에 내려갔을 체온을 높인다. 산모의 상태가 허락하지 않는다면 아빠나 다른 사람과 피부 접촉을 해도 된다. 아기가 따뜻해졌으면 옷을 입힌다.

목욕할 때는 아기 위가 비어있는 것이 좋다. 토할 가능성이 있기 때문이다. 빈속에 목욕하고 바로 모유 수유하면 수유하는 동안 아기 체온도 올라가고 수유 후에는 다른 때보다 오래 잘 수 있으니까 산모가 쉴 수 있다. 아기는 체온 조절 능력이 없기 때문에 수유할 때만 제외하고 아기에게 모자를 씌워주는 것이 상식이다. 수유 때는 아기가 쉽게 잠에 빠져드는 데 모자를 씌우면 따뜻해서 더 쉽게 잠이 들기 때문이다.

배꼽이 떨어질 때까지는 이렇게 몸을 닦아주든지, 물속에 아기를 넣고 통 목욕시키려면 10분 안으로 목욕을 끝내야 한다. 신생아는 짧은 목욕만으로도 에너지 소모가 많아서 목욕 후에는 비교적 오래 잔다. 그래서 밤에 잠들기 힘들어하면 밤에 목욕시키기도 한다. 이렇게 아기의 첫 목욕은 끝이 난다.

목욕한 아기는 온몸이 적당하게 혈액순환이 되어 빨갛게 되어 엄마 품에 안겨 젖을 빨다가 잠이 든다. 가끔 예상치 않게 웃기도 한다. 이것을 한국에서는 배냇짓이라고 하고 미국 사람들은 천사와 놀고 있는 것이라고도 한다. 이제 이 행성에서의 삶을 출발하는, 천사와 같이 놀던 아기가 이 땅에서도 평생 천사와 친구 되어 웃으며 즐겁게 지내기를 바란다.

환희의 아침

인계받자마자 간호대학에서 실습 나온 학생과 함께 메간의 방으로 갔다. 지난밤에 출산한 산모 메간은 출산 후 7시간이나 지났는데 아직도 배뇨를 못 했기 때문이다. 특별한 이유가 없는 한 출산 후 6시간까지는 배뇨해야 하는 것이 산과에서는 상식으로 되어있다. 무통분만 때 수반되는 정맥주사는 2시간을 채 못 넘기고 방광을 채우기가 일쑤다. 무심코 지나치다가 방광이 팽창되면 소변 배출이 힘들어지기도 하고 감염의 위험도 따른다.

학생과 나를 담당 간호사로 소개하고 학생은 칠판에 우리 이름을 적어 넣었다. 불편한 곳이나 아픈 데와 그 아픈 형태와 정도가 어떤지 물어보고 진통제 종류 사용에 관해 설명했다. 오늘 예상되는 산모와 아기의 상태와 이행되어야 할 일들을 간단하게 메간과 그녀의 남편 탐에게 설명했다. 그리고 자궁을 만져보니 방광이 꽉 찬 것 같지는 않지만, 많이 차면 오히려 소변 배출이 힘들 수도 있다는 것도 산과의 상식인지라 산모에게 말했다.

"배뇨가 지금, 이 순간에는 급선무예요."

"아직 배뇨하고 싶은 느낌이 없어요."

"출산 후 얼마 동안은 방광이 차 있어도 느낌이 없을 수 있답니다."

"아직 마취가 다 풀리지 않아서 걸을 수가 없어요."

"저희가 도와줄 수 있어요."

"그냥 도뇨 관을 삽입해 주면 좋겠어요."

"도뇨 관이 필요하다고 생각하는 이유가 있나요?"

"이번이 3번째 아인데 매 출산 후에 배뇨를 못 해서 도뇨 관을 사용했어요."

"저희가 최선을 다해 도와줄 테니 같이 노력해 보다가 안 되면 그때 도뇨 관으로 배뇨해 주면 어떨까요?"

그녀의 남편도 그녀를 거들었다. "제 아내가 쉽게 긴장을 풀지 못하는 성격이라서 힘들건 데요."

"지난번에도 온갖 방법을 다 동원해 봤어도 실패하고 결국 도뇨 관 사용을 했어요. 왜 또 시간 낭비해야 하는지 이해가 안 돼요."

부부는 잔뜩 방어 태세를 하고 불신 속에 웅크리고 앉아 있었다. 우선 안심시켜 줘야 할 것 같았다. 얼굴의 근육을 최대한 풀며 더욱더 신실하고 다정하게 말을 풀어나갔다.

"우리는 경찰관도 심판관도 적군도 아니에요. 완전히 당신들 편이랍니다. 엄마의 마음으로 메간의 필요를 제공하고 싶어요. 무엇보다 메간의 의견이 제일 중요하니까 메간의 결정에 따라 우리가 도와줄 거랍니다. 하지만 메간이 너무 힘들지 않게 도와줄 테니까 믿고 따라와 주면 참 좋겠어요."

"산도로 아기가 나오면서 이웃 동네인 요도도 부어있고 감염 위험수위가 높아 있는 이때 도뇨 관 사용은 감염 기회를 더 높이는 것입니다."

그들 부부는 의외로 쉽게 긍정적인 반응을 했다. 메간 부부는 활짝 웃으면서 "조금 전에 우리 의사한테서 당신에 대한 말을 들었어요. 당신을 믿어 볼게요."

메간은 아직도 무통분만의 마취가 완전히 풀리지 않아 다리가 휘청거렸다. 학생과 나는 양쪽에서 그녀를 부축해서 화장실에 갔다. 변기에 앉힌 다음에 싱크대의 수돗물이 흘러내리는 소리를 듣게 해서 배뇨 유도를 시도했다. 컵의 물속에다 빨대로 불어 공기 방울을 만들면 요도 부분의 근육에 힘이 간다. 설명을 하고 반쯤 차 있는 물컵에 빨대를 꽂아 주었더니 두 번 해보고는 어지럽다고 한다. 따뜻한 물에 아랫도리를 잘 씻고 마취 연고를 바른 얼음 패드를 하고는 침대로 다시 돌아왔다.

메간은 배뇨는 못 했지만 씻고 나니 기분은 한결 좋아졌다고 했다. 그리고 생각보다 걷는 것이 힘들지 않다고 했다. 점점 더 나아지니까 다음에는 지금보다 더 좋아질 거라고 했다. 다시 한번 자궁을 만져보고 아직 출혈이 경하고 방광이 많이 차지 않은 것을 재확인했다. 그래서 물을 더 마시라고 하고 나중에 다시 시도해 보자고 하고서는 방을 나왔다.

나는 방을 나오면서 속으로 기도했다. "하나님 아버지, 도와주세요. 하나님께서 만드신 메간이 긴장을 풀게 도와주시고 소변을 보게 해 주세요. 배뇨를 도와줄 지혜를 주세요. 이렇게 많이 부어있는 회음부 속에 감춰져 있는 요도를 제가 잘 찾아서 첫 번에 삽입할 자신도 없답니다. 이것이 아버지 뜻에 합하는 기도가 맞지요?"

한 시간쯤 지나서 그녀의 방에 다시 갔더니 메간이 먼저 배뇨 시도해 보겠다고 했다. 우리는 그녀를 부축해서 화장실로 갔다. 이번에는 마취가 거의 풀린 것 같다며 큰 도움 없이 걸었다. 소변량을 측정하기 위해 변기 안에 넣어둔 용기에 '위치 헤이즐 용액'을 몇 방울 떨어뜨려 따뜻한 기운이 올라가서 요도의 긴장을 풀어 주게끔 유도했다. 다시 수돗물을 시냇물이 졸졸 흐르는 것처럼 틀어놓고, 세숫대야 2개의 따뜻한 물에 양발을 담그게 하고 등과 허벅지 위에는 따뜻하게 데운 큰 마른 타월들을 올려주었다. 손이 닿는 곳에 빨대를 꽂은 물컵과 따뜻한 물을 채운 회음부를 씻는 물병을 두었다. 우리는 밖에서 아기 간호를 해야 하니까 우리에게 신경 쓰지 말고 필요하면 부르라고 했다. 배뇨는 못 해도 괜찮으니까 스파 하는 기분으로 편안하게 즐기라고 했다. 그리고 우리는 문을 닫아주고 화장실을 나왔다.

아기를 돌보고 학생 지도를 하면서도 화장실에 있는 산모에게 나의 모든 신경이 기울어져 있었다. 10여 분이 지나갔다. 산모가 너무 오래 애쓰다가 어지러워지기 전에 이제는 도뇨 관을 이용해야겠다고 생각했다. 믿음 없는 내 속마음을 들키기라도 할까 봐 더 경쾌한 목소리로 그쪽 스파실은 어떠냐고 화장실 쪽을 향해 한 옥타브 올려서 말했다. 메간이 더욱더 경쾌한 목소리로 되받아서 소변이 나오기 시작한다고 한다. 조금 후에는 배뇨가 다 끝났다고 한다. 우리는 경주하듯 다투어 화장실로 달려갔다. 만족할 만한 양의 소변이 연한 황금빛으로 반짝거리며 우리를 반기고 있는 것이 아닌가! 메간의 얼굴은 승리의 면류관을 거머쥔 표정으로 햇살같이 빛나고 있었다.

그녀의 남편은 폴짝폴짝 뛰면서 크게 환호를 질렀다. 나는 변기통 위에 앉아있는 그녀와 하이 파이브를 양손으로 힘차게 했다. 순식간에 온 방은 축포를 터트린 듯한 분위기가 되어 버렸다. 탐은 서둘러 그녀의 엄마에게 배뇨 소식을 알렸다. 여기서는 이렇게 대소변이나 방귀를 애타게 기다리다가 만나게 되면 지나가는 사람이라도 붙잡고 사랑하고 싶어진다. 온 동네 소문내고 완전히 잔치 분위기가 되어 떠들썩하게 감격한다. 나는 이런 당연한 일상에 대해 이렇게 요란하게 감사해 본 적이 있었던가?

그런데 나의 매일의 이 일상이 내 의지로 되는 것이었던가? 상상할 수조차 없이 거대한 우주 안의 점 같은 은하계 중에서도 작디작은 지구 속의 먼지보다 미미한 나를 알고 찾아오시는 나의 창조주! 그의 손길이 온 천지 곳곳에 이렇게 분명한데 외면하고 세상을 벗 삼아 살고 있다. 우리에게 주어진 시간이 무한한 줄 알고 귀한 생명의 순간들을 쓸데없는 것으로 낭비하고 있다. 그러느라 감각이 둔해져서 일상이 기적이란 걸 모르고 살아간다.

우리에게 당연했던 일상과 내일이라는 것이 없어질 때가 틀림없이 온다. 오매불망 그리던 그분과 드디어 얼굴과 얼굴을 마주해야 할 때 내 안에 죄라는 몸서리치는 것이 아직 남아 있으면 어쩌나…. 아버지 이제는 참으로 통회하게 해 주소서. 이 몸을 거룩한 제물로 당신께 드리려 하오니 저의 죄를 속속들이 꺼집어내서 보여주시고 그 흉측한 것을 당신 발 앞에 몽땅 내려놓게 해주소서. 제게 맡겨주신 영혼들에게 당신의 빛 대신에 사단의 흑암을 뿌려 망쳐버렸던 그 순간순간에 오셔서 당신의 강한 손과 편 팔로 온전히 복구해 주소서.

매일 당신의 십자가와 말씀 앞에 제 마음을 비춰보고 애통함 속에서 정결함을 받게 해 주소서. 당신의 모습으로 매일 거듭나게 해 주소서. 인생의 소용돌이 속에서도 세상이 모르는 당신의 평강에 거하면서 그 평안을 세상에 비추게 하소서. 순교까지라도 웃으며 감내할, 세상이 감당할 수 없는 당신의 남은 자로 설 수 있게 하소서. 이 땅에서부터 당신과 제가 한 몸이 되어 당신 오실 때까지, 죽어 없어진 제 안에 좌정하신 당신을 보여주며 살게 해 주소서. 아주 대단하지만 작게 보이는 일상에 감격하며 숲속의 새처럼 기쁘게 살게 해주소서.

어느 사이 메간의 큰 눈에 물이 고이더니 방울 되어 떨어져 내린다. 그녀는 내 손을 잡고 말했다. "도뇨 관보다 이 방법이 훨씬 쉬웠어요. 정말 고마워요. 당신 덕분이에요."

나는 하늘을 가리키며 말했다. "아니에요, 제가 한 게 아니에요. 아까 제가 메간을 제작하신 저 위의 분께 부탁드렸어요."

우리 할매

어렸을 때 할머니를 할매라 불렀다. 할머니라 하면 거리감이 느껴진다. 우리 할매는 내가 중학교 2학년 때 돌아가셨다. 팽구댁이라고 불리셨고 황 씨 성을 지녔었다. 이름은 모른다. 아무도 할매 이름을 부르는 사람은 없었다. 그 시대는 여자 이름이 중요하지도 않았지만, 특히 우리 친정집은 지독한 가부장 제도로 여자는 인간의 존귀함에서 먼 거리에 있었다. 할아버지와의 사이에 사남 일녀를 두시고 17명의 손주와 6명의 외손주를 두셨다. 셋째 며느리까지 보시고 외동딸도 출가시키고 할아버지는 돌아가셨다고 한다. 그 후 얼마 안 되어 아들 중 여러모로 제일 잘 났다는 셋째 아드님을 일본 징용에서 잃으셨다. 그리고 우리 엄마가 할매의 넷째 며느리로 들어갔다.

할매는 자그마한 체구에 등이 약간 굽어 있었다. 고운 은발이 눈처럼 빛났고 그 깊고 따뜻한 눈길은 꽁꽁 얼어붙은 얼음도 녹일 것 같았다. 우리 할매는 참으로 인자하시고 선하시고 사랑이 많았다. 가난한 농부의 아내였지만 공정하시고 권위도 갖추신 분이었다. 경우 바르고 예의 바르고 정직하고 깔끔하고 희생적이고 법이 필요 없는 분이라고들 했다. 그래서 나는 어릴 때부터 이 세상의 모든 할머니는 다 그런 줄 알았다.

많은 손주를 거느리면서도 공정하게 사랑을 주셔서 모든 손주에게 사랑이 많은 그리운 분으로 기억되고 있다. 그래서 모든 사람의 존경의 대상이었다. 내가 우리 지방에서는 명문이라는 중학교 시험에 붙었을 때였다. 시골에 살던 동갑인 착함의 대명사 같은 윤이 언니와 방학 때면 늘 붙어 다니던 때였다. 윤이 언니가 할매께 나의 중학교 합격 소식을 알리자 겨우 그런 것을 갖고 호들갑이냐 시며 별거 아닌 것으로 치부하고 지나가셨다. 오히려 착한 윤이 언니는 그게 아니라며 정색으로 할매께 애써 항의하고 있었다. 하지만 나는 그 순간 할매의 사려 깊은 배려와 깊은 사랑의 뜻을 알고 가슴이 저리도록 할매가 고맙고 존경스러웠다. 형제 많은 막내딸인 윤이 언니보다 오랫동안 기다렸다 태어난 나에게 쏠리는 관심이 난 항상 부담스러웠고 언니에게 미안해하고 있었다.

명절에 윤이 언니와 나는 할매 양쪽 옆에 붙어 앉아서 하루에 수백 번의 큰절을 어른들에게 받기도 했던 기억이 난다. 절 받은 숫자를 세다가 백 번이 넘고 나서는 스스로 지치고 재미없어서 슬그머니 그만두었던 기억이 난다. 객지에 지내던 예의범절에 투철한 이 동네 청년들이 명절이면 본가에 가기 전에 우리 할매부터 먼저 찾아뵀었다. 온 동네가 친척이던 130가호 가량 되던 집성촌에서 우리 할매는 인자한 어른으로 존경을 한몸에 받고 있었다.

할매는 늘 나의 방어막이었다. 엄마한테 꾸지람을 들을 때면 내게 눈을 찡긋하고서는 엄마보다 더 큰소리로 나를 꾸짖고선 재빨리 나를 업고 엄마를 피해서 가버린다. 그리고선 눈물 콧물로 범벅이 된 내 얼굴을 씻어주고 나를 타이르며 달래주셨다. 할매께 온갖 어리광을 피우고 떼를 썼지만 나는 할매께 꼬박꼬박 존댓말을 사용했다. 우리 할매는 예절에 대해 엄격한 교육을 온유하게 하셨다. 아버지께서 식사하실 때는 절대 누워 있으면 안 되지만 밤이 늦어 졸릴 때는 아버지께 허락받고 누워도 된다고 하셨다. 아무리 가까운 사이라도 갖춰야 할 예의가 있다는 것을 우리는 어릴 때부터 할매께 배웠다.

할매는 그 고유의 지혜와 경험으로 모든 문제를 순조롭고 부드럽게 해결해 내시는 분이셨다. 어릴 때 작은 약병 주둥이에 낀 내 손가락을 아무도 빼지 못하고 손가락이 점점 새파랗게 되어갈 때였다. 엄마와 숙모들을 제치고 할매는 나를 업고 재빨리 뛰기 시작했다. 기운 없고 몸집이 왜소하고 등이 굽은 할머니가 나이에 비해 덩치 큰 나를 업고 단숨에 윗마을에 사는 삼촌에게 나를 데리고 가서 해결한 적이 있다.

엄마도 할머니를 참 좋아하셨다. 엄마가 시집갈 때 예단을 못해가서 동서들에게 주눅이 들어 있었다고 했다. 할매는 그 분위기를 눈치채고선 장롱에서 천을 꺼내서 엄마에게 주면서 버선 만들어서 동서들에게 돌리라고 하셨단다. 엄마는 가난한 농가의 막내며느리라 식탁에서 심부름하느라 밥 먹을 시간이 없었다고 한다. 그것을 할머니께서는 늘 안타까워하시고 여자들끼리 두레상에 앉아서 식사하고 있을 때 엄마더러 "막내야, 밥 좀 빨리 묵어라. 그렇게 천천히 묵어서 니 입에 들어갈 끼 있겠나"라고 하시면 엄마 손위 동서들은 눈치를 채고 엄마 밥을 남기곤 했다고 한다.

그 당시에 여자들은 따로 밥그릇이 없고 큰 양푼에서 같이 먹었기 때문에 천천히 먹는 사람에게는 몫이 돌아가지 못했다고 했다. 엄마는 외할머니가 빨리 돌아가셔서 엄마 정을 몰랐는데 시어머니에게 엄마 정을 느끼고 할매와는 각별하게 지냈다.

아버지 고향의 시골 동네에서는 여자들이 젊었을 때는 인정을 받지 못하다가 나이가 들면 존경의 대우를 해 준다. 연세가 지긋하게 되면 긴 담뱃대에 잎담배를 태우는 것도 노인의 권위를 나타내는 것의 하나였다.

우리 할매도 그 당시에 나이 든 노인들의 권위의 상징인 긴 담뱃대에 싼 궐련 초 담뱃가루를 넣고 불을 붙여 동네의 다른 할머니들과 함께 담배를 태우셨다. 나는 할매 담뱃대 냄새도 달콤하다고 생각했다. 그런데 할매가 싸구려 담배를 태우시는 것이 맘에 걸렸다. 아버지 친구분들이 우리 집에 다녀가시고 나면 반 이상 남긴 비싼 담배의 안 탄 부분을 모아서 방학 때면 할머니께 갖다 드리곤 했다. 할매는 우리 희야가 갖고 온 것이라 더 맛있다면서 매우 기뻐하셨다. 타다 남은 담배에 니코틴이 더 많다는 것을 그때는 몰랐다. 내가 할매를 기쁘게 해드릴 수 있는 유일한 것으로 생각하고 아버지 재떨이 비우는 것은 나의 즐거운 일이었다.

할매는 시골 큰집에 계셨지만, 우리 집에도 오래 같이 사셨다. 늘 할매를 그리워하다가 아버지께서 큰집에서 할매를 모시고 오면 엄마와 나는 무척 좋아했다. 아버지가 사업에 실패해서 힘들어하신 몇 해 동안에 할매는 우리 집에 오시면 엄마에게 종이에 꽁꽁 싸인 돈을 내밀곤 했었다. 조금씩 생겼던 돈을 모아 엄마에게 갖다주시면 엄마는 눈물을 지으며 이러시지 말라고 했다. 엄마 또한 귀한 것만 있으면 아꼈다가 할매께 드리곤 했다. 할매는 친딸인 고모보다 엄마와 더 사이좋게 지냈다. 할매는 외할머니를 오랫동안 병간호하느라 엄마 사랑도 못 받고 살림도 배우시 못해서 손끝이 야무시지 못했던 임마를 참으로 사랑으로 안아주고 귀하게 여겨주었던 것 같다. 엄마는 남편 사랑보다 시어머니의 사랑을 더 많이 받았다고 했다.

할아버지는 엄마도 나도 본 적이 없지만, 엄마는 시집온 후에 할아버지 명성으로 사람들에 대접을 잘 받았다고 했다. 재물이 많아서 명성이 난 것이 아니고 고귀한 인품을 소지한 분이었기 때문이라고 했다. 남의 어려운 일에는 소문 없이 도와드리고, 동네의 힘든 모든 일을 평화롭게 처리하시는 온유하고도 카리스마가 있으신 분이라고 동네 사람들에게 들었다고 했다. 그런 할아버지와 함께 사신 할머니도 온유하고 어진 분이었다. 두 분 다 법 없이도 살, 존경받는 분들이었다고 한다.

할매는 그런 남편을 먼저 앞세웠다. 그리고 사람들이 형제 중 제일 잘났다고 말하는 셋째 아들을 먼저 앞세웠고 부산에서 잘나가던 사위도 먼저 보냈다. 속으로 삭이고 살았던 무너져 내리는 세월을 지내 오면서도 그 온유함은 잃지 않으셨다. 거친 소리, 부정적인 소리 한마디 하는 법이 없었다. 늘 깔끔하고 고운 모습으로 곧은 성품과 올바르고 온유하고 부지런하고 정직한 성품은 우리의 존경과 그리움으로 남아 있다. 79세의 연세로 평소에 큰 병 앓은 적 없이 며칠 동안 노환으로 병석에 계시다가 운명하셨다.

할매는 당신이 돌아가실 것을 아셨든지 우리 집에 계시다가 시골 큰집에 가야겠다고 유난하게 고집을 피우셨다. 그리고 얼마 안 있어 할매는 시골 큰집에서 돌아가셨다. 엄마도 이상하게 생각하고 시골 가시기 전에 길 건너에 있던 〈오케이〉 사진관에서 할매 사진을 찍었다. 그 사진이 영정사진이 될 줄 엄마는 알았던 것 같다.

사람들은 호상이라고 했다. 아들딸 손자 손녀들이 주렁주렁 따른 장례 행렬을 동네 사람들은 부러워했다. 하지만 호상이라는 말이 야속하고 섭섭할 만큼 너무나 아까운 나의 할매. 많은 사랑을 실천하고 내 가슴에 아직도 생생하게 살아계신 우리 할매, 내 사랑이던 분. 거의 50년이 지났지만, 그 온화하고 고운 모습은 변함없이 내 속에 살아계신다. 나도 우리 할매처럼 아름다운 노인으로 늙어가고 싶다.

잔 아부지께 못 다한 말

아마 서너 살쯤이었던 것 같다. 삽짝 거리에서 동네 친구들이랑 소꿉장난하고 놀았다. 놀다가 조그만 약병 안에 손가락이 들어갔는데 나오지를 않았다. 들어가지도 않고 나오지도 않고 작은 내 손가락을 점점 조여오고 있었다. 울면서 엄마한테 갔지만 할머니도 엄마도 비눗물에 담가서 빼내려 했지만 손가락은 점점 불어만 가는 것 같고 병 주둥이는 더욱더 세게 내 손가락을 악무는 것 같았다. 아버지는 출근하고 안 계셨고 동네 사람들과 숙모님들이 모여서 각자 한 번씩 빼내려 시도해 봤지만, 그럴수록 상태는 점점 더 나빠지고만 있었다.

갑자기 할머니가 나를 둘러업고 뛰기 시작했다. 몸집이 왜소하고 등이 굽은 할머니가 무슨 힘이 어디서 났는지 덩치 큰 나를 업고 단숨에 윗마을에 사는 잔 아부지께 나를 데리고 갔다. 할머니의 급한 발걸음과 음성에 잔 아부지께서도 황급하게 내게 다가오셨다. 상황을 파악하신 뒤에 잔 아부지는 이로 그 강한 약병의 주둥이를 깨물어서 두 조각이 났다. 내 손가락은 하나도 상하지도 아프지도 않게 해결이 되었다. 오랫동안 약병 주둥이에 끼어 있어서 원활한 혈액순환이 이뤄지지 않아 손가락 끝이 시퍼렇게 되어있던 것이 차츰 제 색깔로 돌아왔다.

잔 아부지 치아는 얼마나 아프셨을까? 그래도 내 걱정만 하셨다. 잔 아부지는 아버지의 둘째 형님이시니 내게 중부가 되신다. 사실은 둘째 큰아버지라 불러야 했지만 나는 잔 아부지라 불렀다. 그렇게 부르는 것이 더 정감 있고 가깝게 느껴졌다. 잔 아부지는 나를 무척 사랑해 주셨다. 아버지는 키가 크셨는데 잔 아부지는 키가 작고 한복을 주로 입고 다니셨다. 조용하고 말수가 적고 아주 온유한 성격을 지니셨다. 아들 넷, 딸 넷으로 다복하셨다. 잔 아부지는 자신의 자제분들에겐 무척 엄해서 사촌들에게는 근엄한 아버지 상으로 자리하고 있었던 것 같았다. 잔 아부지의 딸인 사촌 언니는 한 번도 자기 아버지가 자기 딸들을 안아준 적이 없었다고 했다. 그러나 내겐 늘 다정한 분이셨다. 방학 때 시골에 가면 늘 잔 아부지는 아무도 안 보게 나에게만 용돈을 슬쩍 집어 주시곤 하셨다.

하지만 나는 숙모님이 무서워서 잔 아부지집에 가기를 꺼렸다. 숙모님은 누구든 눈에 보이기만 하면 일을 시켰다. 어린 우리에게 벅찬 일도 서슴지 않고 시켰고 칭찬이라고는 해 주는 적이 없었다. 그래서 우리 사촌들은 숙모님을 피해 다녔다. 온유하신 잔 아부지와는 정반대였다. 그래서 그런지 부부 싸움도 잦았다.

한 번은 숙모님이 나를 찾으셨다. 방학 때마다 시골에 가면 내게 엄마 같은 다른 숙모 집에서 상주하곤 했었는데 사촌 동생을 시켜 날 찾으셨다. 싫었지만 마지못해 동생을 따라나섰다. 숙모는 의외로 친절하게 말씀하면서 나하고 어디로 같이 가자고 하는 것이다. 사촌들은 집에 있고 나만 같이 가야 한다는 것이다. 나는 싫었지만 어른이 시키니까 내키지 않는 발걸음은 숙모를 따라 움직였다. 당시에는 그곳의 전기가 들어오지 않아서 가로등노 없었다. 칠흑같이 삼삼한 산속으로 사누만 가는 것이다. 나는 숙모님께 무섭다고 했지만 이제 거의 다 와 간다고만 했다. 그래도 한참을 어두운 산길을 걸어가더니 산기슭에서 멈추어 섰다. 이제는 달이 나와서 희뿌옇게 보이긴 하지만 낯선 산길의 밤은 한없이 무섭기만 했다.

저 위에 보이는 산의 참외 밭 원두막에 작은아버지가 주무시니 깨워서 같이 오라는 것이었다. 잔 아부지께서 나를 좋아하니 내가 깨우면 일어나서 오실 것이라고 숙모는 생각했던 것 같다. 그리고 숙모가 같이 온 줄 알면 안 오실 것이니 거기서부터는 나 혼자 가라는 것이었다. 무서워서 온몸에 소름이 돋아나고 있었지만, 그 상황에서 숙모의 말을 안 들을 수 없었다. 나는 떨면서 잔 아부지가 누워 계시는 원두막으로 올라갔다. 잔 아부지로부터 술 냄새가 물씬 풍기지만 잠이 든 것 같지는 않았다. 잔 아부지는 내가 내려가자고 해도 일어나지 않으셨다. 괜찮으니까 걱정하지 말고 가라고 하셨다.

숙모가 시켜서 온 것을 아시는 듯했다. 나는 숙모께 내려가서 그대로 말했다. 다시 올라가라고 해서 다시 한번 더 가긴 했지만 잔 아부지는 요지부동이었다. 그렇게 잔 아부지와 숙모는 늘 불화가 있었다. 선량하고 욕심 없는 잔 아부지가 숙모는 못마땅하셨던 것 같다. 하지만 유교 바탕을 한 집성촌인 마을의 흐름인지 숙모도 가장인 남편을 깍듯이 모시긴 한 것 같다.

어느 여름방학에 여느 때와 같이 나는 우리 집같이 편한 잘 매(작은엄마)라고 부르던 엄마 같은 숙모님 집에서 아직도 잠자리에서 잘 매에게 어리광을 피우고 있었다. 그런데 그 이른 아침에 잔 아부지의 아들인 사촌 동생이 나를 데리러 왔다. 잔 아부지가 시켜서 왔다는 것이다. 숙모가 무서워 내가 그 집에 잘 안 가니 잔 아부지가 나를 불러드렸다.

근데 나는 숙모 앞에서 밥이 넘어가지 않을 것 같았다. 잘 매도 같이 가자고 하니 너만 오라고 했는데 나는 못 간다며 안 갈려고 하는 나를 달래서 기어이 사촌 동생 딸려 보냈다.

낯가리기가 심한 나는 내가 무척 좋아하는 잔 아부지 집이지만 부끄러워서 몸 둘 바를 모르고 있었다. 그런데 그 집의 식사는 참 특별해 보였다. 잔 아부지는 구들목 상석에, 따로 좋은 자개 상 위의 놋그릇에 식사하시고, 아들 네 명은 따로 사각 상에 스테인리스 그릇으로 함께 식사하고, 딸 세 명은 문 앞에서 두레상에 앉아서 식사하는데 큰 양푼에 있는 밥을 셋이 같이 먹었다. 큰언니는 시집가고 없었다. 그리고 숙모는 방바닥에서 드시면서 들락날락 심부름하신다. 나중에는 아예 부엌의 부뚜막에서 바가지에 담긴 밥에 김치 얹어서 식사하는 것이었다. 숙모가 무서웠지만 그때는 참 불쌍해 보였다.

그런데 그 무서운 숙모가 나를 상석의 잔 아부지와 겸상시켜주었다. 잔 아부지는 내 밥 위에 언니들이나 오빠들 상에는 없는 특별한 맛난 음식을 내 밥 먹는 속도에 맞춰서 계속 올려 주셨다. "꼭꼭 천천히 씹어 먹어라." 하시면서 흐뭇하게 바라보셨다. 사촌들과 숙모가 다 보고 있어서 나는 참 쑥스럽고 미안하기도 했다. 나는 혼자 식사하고 있을 잘 매가 자꾸만 생각이 났다. 반찬도 밥도 맛있었지만 나한테 쏠리는 관심이 부담스럽고 밥그릇을 다 비우면 숙모가 예의 없다고 할 것 같기도 해서 반 이상을 남겼다. 그리고 무서운 분위기에서 식사하는 것은 가시방석에 앉은 것 같아서 얼른 일어나고 싶기도 했다. 그러나 어른 식사 중간에 일어나면 예의에 벗어난다고 했으니까 꾹 참았다.

드디어 모두 식사가 끝난 후에 깍듯하게 인사를 하고 나는 뛰어가서 잘매 집 대문을 들어서며 크게 말했다.

"잘매, 배고파, 빨리 밥 먹자."

"작은 집에서 밥 안 먹었더냐?"

"남의 집에서 밥 많이 먹으면 흉볼까 싶어서 조금밖에 안 먹었지."

"잘매, 된장하고 김치하고 밥 먹자."

"작은 집이 우째 남의 집이라. 그리 말하면 안되제."

이 말을 전해 들었을 때 잔 아부지는 얼마나 맘이 아프셨을까….

철없는 나는 잔 아부지 맘도 모르고 숙모님이 있는 그 집에 가는 것을 꺼리기만 했다. 아버지와 무척 의가 좋았던 잔 아부지는 나를 얼마나 깊이 사랑하시는지 나는 알고 있었다. 어린 나는 표현도 서툴렀을 뿐 아니라 늘 숙모님 눈치가 보여서 잔 아부지 곁에 제대로 가지를 못했기에 감사하다 사랑한다는 말을 한 번도 해보지 못했다. 내가 학교 졸업하고 첫 직장을 가졌을 때 잔 아부지가 내게 하셨듯이 잔 아부지 손에 용돈 봉투를 살짝 쥐여 드리고 잽싸게 도망갔던 것이 나의 단 한 번의 소극적인 사랑의 표현이었다.

잔 아부지는 그의 사랑하는 동생인 나의 아버지가 예상치 않게 먼저 운명하자 당신의 준비해 두셨던 묫자리를 아버지께 양보하셨다. 그리고 7년 후에 잔 아부지도 유명을 달리하셨다. 잔 아부지 돌아가시던 날, 조상들의 산소를 일일이 다 둘러보시고 아버지 산소도 둘러보신 것을 본 사람이 있다고 했다. 오후에 아버지 묘소 가까운 선산에서 누워 숨져 있는 잔 아부지를 동네 사람이 발견했다.

그 당시에 서울에서 직장에 다니던 나는 무너지는 마음으로 힘들게 잔 아부지 장례식에 참석했다. 사촌들과 숙모님은 나에게 관심도 없었고 잔 아부지는 이미 관속에서 말이 없으셨다. 누군가에게 우리 잔 아부지의 죽음에 대해 따지고 싶었다. 그러나 내가 뭐라고, 나는 그의 딸도 아니고 사촌 오빠 언니들이 내 앞에 기라성같이 서 있는데…. 내가 설 곳은 없었다. 나는 꺽 꺽 속으로 눈물을 삼켰다.

아버지를 잃은 상실감에서 채 벗어나지도 않았는데 잔 아부지까지 가셨다. 잔 아부지는 동네에서 최고 양반의 대접을 받았다. 배려심이 뛰어나고 법 없이도 사실 분, 물욕이 없으시고 겸양지덕이 승하신 분, 온유와 사랑이 넘치시던 분, 부지런하고 농사 일하면서 주위 사람들의 흥을 돋워 주셨던 분, 잔잔한 미소가 늘 얼굴에 떠나지 않던 잔 아부지께 못다 한 감사와 사랑의 표현을 눈물로 합니다.

"잔 아부지, 당신께서 저를 사랑하신 만큼은 못 따라가겠지만 저도 잔 아부지를 우리 아버지만큼 사랑했답니다. 늘 미소진 얼굴로 '회야' 하고 불러 주시던 잔 아부지 모습이 너무나 그리워요. 다들 회야가 아니고 희야가 맞는다고 했지만 전 '회야'가 저와 잔 아부지만 통하는 유일한 특별 암호 같아서 참 좋았답니다. 그때는 왜 그렇게 표현할 줄 몰랐는지…. 늦었지만 이제라도 잔 아부지께 제 마음을 전해드리고 싶어요. 잔 아부지 꼭 안아드리면서 사랑한다고 회야가 늦게나마 고백합니다. 잔 아부지 사랑합니다. 이 생에서 저의 사랑하는 잔 아부지가 되어주셔서 정말 고맙습니다."

※잔 아부지: 나는 작은 아버지를 이렇게 불렀다

갑룡 아제

나는 만 5년 5개월에 초등학교에 입학했다. 입학하는 날 줄을 서서 운동장에서 기다리고 있었다. 나는 반에서 제일 어렸지만 키는 제일 커서 맨 뒤에 줄을 서게 되었다. 그런데 학교 급사로 있는 남자아이가 와서 나더러 반을 잘못 찾아왔다고 한다. 4학년 반으로 가라고 했다. 그래서 나는 4학년 반을 물어물어 찾아갔더니 1학년 반으로 가라고 해서 다시 갔다. 그런데 또 그 아이가 와서 여기는 내가 있을 곳이 아니라고 하면서 다시 4학년 교실로 가라고 했다. 나는 여러 번 왔다 갔다 하다가 울면서 집으로 돌아갔다.

아버지와 갑룡 아제가 나를 학교에 데리고 와서 담임선생님께 인계하고 아버지는 출근하셨다. 같은 학교에 교사로 계셨던 갑룡 아제도 자기 반으로 돌아가고 난 다음에 생긴 일이다. 나는 시골의 십 리도 더 되는 길을 혼자 울면서 집으로 돌아갔다. 실망할 엄마 얼굴이 무섭게 다가왔지만, 또한 이런 곳에 나 혼자 떨어뜨린 엄마께 화가 나기도 했다. 가는 길에 개구리 여러 마리를 짚에다 엮어둔 것이 길에 버려져 있길래 주워서 갔다. 이것을 갖고 가면 엄마가 좋아할 것으로 생각했다. 그 당시에 양계장을 하던 우리 집에서 아이들에게 개구리를 닭 모잇감으로 돈을 주고 사는 것을 보았기 때문이다.

마을 입구로 들어서는데 아무도 보이지 않고 조용했다. 아무도 나를 보지 못해서 다행이라는 생각을 했다. 뭔가가 잘못되어가고 있는 듯하고 어쩐지 뜨뜻하지 못했다. 나는 엄마 보기가 겁이 나서 평소와는 다르게 대문 앞에서 집안의 동정을 훔쳐봤다. 대청마루에는 엄마와 이종사촌 언니가 앉아서 내 이야기를 하고 있었다. 언니는 당시 우리 집에서 가까운 곳의 중·고등학교 교사로 있었고 우리 집에 자주 왔다. 그 대화 소리를 듣고는 주눅이 더 들어서 대문을 살그머니 열었다. 엄마와 언니는 깜짝 놀라서 나를 정신없이 다그쳤다. 나는 폭포수 같은 눈물을 쏟아냈다. 엄마의 심문이 채 끝나기도 전에 할머니가 나를 씻겨서 업고 나갔다.

그렇지만 할머니도 나를 학교에 가지 못하게 말려주진 못했다. 그 이후의 나의 학교생활은 어른들의 감시와 관심 속에서 겉으로는 별 탈 없이 잘 흘러가는 것처럼 보였을 것이다. 담임선생님도 나에게 특별히 대해 주었다. 애들은 그것 때문에 숙덕거렸다. 사촌 언니들이 같은 반에 있었는데 나한테 그렇게 좋은 언니들도 같이 수군거렸다. 집이 그립고 엄마가 보고 싶었다. 나는 5살 때까지 엄마 젖을 먹었다. 젖 뗀 지도 얼마 되지도 않은 내가 감당해야 하는 세상은 버겁게만 느껴졌다.

학교에 갈 때는 동네 일 학년 아이들이 다 모여 함께 갔다. 동급생이지만 나이가 제일 많았던 영래 오빠가 긴 막대기 하나를 들고 예닐곱 정도 되던 우리를 통솔하고 등하교 했다. 사촌 언니 두 명과 영래 오빠는 나를 특별히 대해주고 책가방도 들어주고 했다. 모두 보자기에 책을 싸서 허리에 차고 다녔다. 그런데 나는 꽃 그림이 있는 빨간 가죽 가방을 메고 다녔디. 디들 부러워하고 한 민씩 베어 보자고 했시만 나는 나만 특별한 것이 너무나 불편했다. 허리에 책 보따리를 두르고 다니는 애들이 오히려 멋있고 가벼워 보였다. 다른 애들처럼 책 보따리에 책을 싸서 허리에 차고 가려고 떼를 써다가 엄마께 혼났다.

모두 부러워하던 그 꽃 가방은 갑룡 아제가 사다 준 것이다. 아제는 좋은 것만 있으면 내게 갖다 줬지만 나는 아제의 마음도 모르고 그것들을 다 좋아한 것은 아니었다. 그 꽃 가방은 내게 아이들과 벽을 만드는 과중한 짐이었다. 그리고 당시에 귀했던 사과를 갖다 줬는데 시어서 한입 깨물고는 못 먹었다. 학교에는 갑룡 아제께서 바로 옆에서 자주 왕래하셨고 사촌 언니들과 영래 오빠와 동네의 낯익은 얼굴들도 많이 있었다. 아버지의 사무실도 바로 옆에 있고 자주 들리셨지만 나는 자꾸 집에만 가고 싶었다.

갑룡 아제는 그런 나에 대한 책임감을 느낀 듯했다. 아제는 엄마의 외사촌 동생이다. 아제는 피부가 하얗고 키가 무척 크고 서양 사람처럼 잘 생겼다. 목소리는 크고 항상 웃으며 재미있었다. 아제의 유난히 많이 튀어나온 목뼈가 궁금해서 물어보기도 하고 만져보기도 했다. 그 당시에 한동네에 살면서 출퇴근했었고 우리 집에 자주 들르셨다. 나 때문에 더 많이 우리 집에 오셨던 것 같다.

아제는 나에게 연필도 다스로 사다 주고 공책이며 책이며 간단구라고 불리던 원피스도, 그 당시에 귀했던 운동화도 사다 주시곤 했다. 나는 아제가 오면 좋아했지만, 솔직히 아제 손에 들려있는 것을 더 좋아했던 것 같다. 아제가 소풍 갈 때 사준 큰 캐러멜 상자 안에는 작은 상자의 캐러멜 12통이 들어있었다. 소풍에서 자랑하고 싶은데 비가 자꾸 오는 것이다. 한참 후로 미뤄진 소풍날에는 캐러멜은 그동안 하나씩 쏙쏙 빼내 먹어서 작은 상자 하나만 남아 있어 아쉬워했던 적이 있었다.

내가 초등학교에 입학한 지 몇 달 되지 않아 우리 집은 가까운 도시인 마산으로 이사를 했다. 나를 공주처럼 떠받들어주던 작은 시골 학교에서도 정을 못 붙였는데 무지하게 큰 도시학교에서 나는 한 걸음도 혼자서 다닐 수가 없었다. 특히 무서운 화장실은 졸업할 때까지도 혼자 가지 못했다. 엄마는 일 학년이 거의 끝나갈 때까지 매일 나하고 같이 등하교 해야 했다. 한 번은 수업 시간에 창밖을 보니 엄마가 안 보였다. 그때부터는 좌불안석이다가 그 수업 시간이 끝나자마자 나가서 온 학교를 엄마 찾아서 다니다가 집에까지 갔다. 학교에 나와 함께 있어야 할 엄마가 집에 있으니 배신감에 엄마를 보자마자 울며 떼를 썼다. 엄마한테 혼나고 엄마가 매를 드는 것을 보고 맞지 않으려고 도망 다니다가 이 층 창문을 열고 나가서 현관 위 베란다에서 문을 닫고 숨었다. 엄마가 못 찾고 쩔쩔매는 걸 보고 "엄마 나 여기 있다" 하고 나와서 엄마한테 맞고 결국 학교에 다시 가기도 했다.

갑룡 아제도 부산으로 전근을 가시게 되었다. 하지만 아제의 헌신적인 사랑과 사명감은 멈추지 않았다. 하루는 아제께서 우리 집에 와서 엄마와 한참 이야기를 나누더니 내게 다가오셨다. 아마 나에 관한 이야기를 했던 것 같다. 아제는 항상 나를 재미나게 해주었고 늘 웃는 얼굴이었는데 그날은 이상하게 심각한 얼굴이었다. 키가 큰 아제는 언제나처럼 내 눈높이에 맞춰 구부려 앉아서 나와 눈을 마주 보고 이야기했다. 아제가 먼 데로 이사를 하게 되어 이제는 자주 보지 못할 것이라고 했다. 그 대신에 편지로 만나자고 했다. 나는 그때 아제의 좀 슬픈 듯한 진지한 눈을 지금도 생생히게 기억힌다. 내가 말을 질 들이시 아제를 기쁘게 해 줘야 할 것 같았다.

아제가 가시고 얼마 안 돼서 내 이름으로 아제한테서 편지가 왔다. 나는 그때까지 한글을 제대로 깨치지도 못했다. 아제도 그것을 알고 교육목적으로 나와 펜팔을 시작한 것이다. 나는 아제로부터 장거리 국어교육을 편지로 받았다. 일 학년도 반을 넘기고 있었지만 난 아직 편지 한 줄 쓰지 못했다. 빨리 아제께 답장하지 않으면 엄마한테 혼나기도 했다. 편지지를 앞에 두고 온몸을 비틀기도 하다가 아제한테서 온 편지를 열 번도 더 읽고서야 겨우 연필을 들고 개발새발 삐뚤삐뚤 몇 자 써서 보내곤 했던 기억이 난다. 그러면 아제는 내가 쓴 편지의 틀린 부분을 빨간 볼펜으로 고쳐서 칭찬을 잔뜩 담아서 재미난 그림과 함께 내게 보내 주시곤 했다. 아제 글씨는 아제를 닮아서 참 다정하고 멋있다고 생각했다. 나는 아제와의 펜팔 덕분에 뒤처진 공부도 회복할 수도 있었고 받아쓰기에서는 백 점을 놓치지 않았다. 내가 오늘날 글쓰기를 좋아하게 된 것도 우리 아제 덕분일 것이다. 그리고 방학이 오면 아제는 함박웃음으로 귀한 선물을 내게 안겼다. 우리 갑룡 아제는 지금도 그리운 나의 첫 스승님이고 내 인생의 훌륭한 첫 길잡이시다.

나 하나 사람 만들려고 얼마나 많은 인력과 노력과 사랑이 밑받침되었는지 가늠할 수가 없다. 갑룡 아제의 사랑과 헌신은 내 인생의 따뜻한 원동력으로 늘 자리하고 있다. 하지만 난 갑룡 아제께 그 은혜를 갚을 길이 없다. 너무 고마운 것은 표현할 길이 없는 법이다. 아제는 국어 공부뿐만 아니라 보상받는 목적이 아닌 내리사랑도 내게 가르쳐주신 귀한 분이다. 나도 이제 나처럼 사랑이 필요한 사람에게 아제한테서 받은 사랑을 나누려 한다. 그것이 아제에 대한 보답이고 이 세상이 흘러가는 이치일 것 같다.

두리 언니

"언니, 맛있어?" "응" 두리 언니는 나에 대한 예의로 그렇게 대답하고 있는 것 같았다. 나는 언니가 숟가락질을 잘 할 수 있게 호박죽과 밥을 섞은 그릇을 언니의 오른쪽으로 바짝 갖다 댔다. 오직 오른손만 쓸 수 있기 때문이다. 언니는 형부가 입혀 준 긴 턱받이를 하고 식사를 하는 중이다. 3년 전에 나의 사촌 두리 언니는 뇌졸중으로 쓰러져서 여러 번 뇌 수술을 받고 몇 달 동안 무의식 상태에 있다가 깨어났다. 모두 너무나 반가워했지만, 아직도 혼자서는 일어나 앉지도 못하고 왼쪽 수족은 움직이지를 못한다. 한쪽 머리는 뇌 수술로 인해 푹 패어 있다. 예쁘고 자존심 세던 언니의 모습은 간 데가 없다.

언니는 몇 년 전에 고등학교 교사로 정년퇴직하신 형부와 부부 금실이 유별났다. 두 분이 해외여행을 한다느니 어쩐다느니 하더니 갑자기 이런 일을 만났다. 형부는 아직도 사실로 받아들이기 힘들어하시는 것 같다. 나도 내 눈을 믿기가 어려웠다. 무표정한 언니의 얼굴은 낯설어 보였다. 몇 년 만에 보는 형부의 모습은 알아보기 어려울 만큼 상해 있었다. 형부 혼자서 감당하지 못해서 요양병원에 입원하고 있다. 하지만 형부는 집에서 잠만 주무시고 매일 요양병원에 출퇴근하시며 지극정성으로 언니를 긴호히고 있다.

언니는 많은 사촌 중에 제일 예쁘고, 똑똑했다. 동네에서도 제일가는 미인이었고 영화배우 고두심보다 예뻤다. 인정 많고 입바른 말 잘하고 의리 있고 통솔력 있고 판단력도 뛰어나서 여자는 사람 취급도 안 하는 우리 친정 집안의 대장부 같은 인물이었다. 집안에 어른들이나 오빠들이 일 처리를 잘하지 못하면 항상 언니가 나서서 바른말을 해왔다. 그래서 공정하게 처리된 일들이 많다.

내가 어릴 때 언니는 나를 좋아하지 않는 줄 알았다. 나보다 7개월 먼저 태어난, 언니의 친동생 윤이 언니를 할머니가 돌보셨다. 그러다 사촌인 내가 태어나자 할머니께서 우리 집에 오셔서 나를 돌보셨다고 했다. 그러므로 큰집에는 일손이 달리게 되고 언니가 윤이 언니를 돌보느라고 학교를 중퇴했다. 그래서 언니는 윤이 언니나 나를 별로 안 좋아한다고 생각했다. 하지만 한 번도 언니에게 그것을 물어본 적은 없다. 어릴 때부터 우리에게 엄격하게 대했기 때문에 언니 앞에서는 윤이 언니와 나는 얌전했다. 그러나 예쁘고 말 잘하고 언제나 분위기를 압도하는 언니는 우리 사촌 간에 선망의 대상이었다. 그리고 형부와 언니의 아름다운 사랑 이야기로 인해 나는 두 분을 더 우러러보게 되었다.

언니 시대에는 부모가 짝지어주는 사람과 결혼해야만 했다. 양반이라고 자칭하는 우리 친정 집안 어른들의 추상같은 명령으로 언니는 이웃 시골의 또 다른 양반 집안에 시집을 갔다. 그런데 시집간 지 얼마 되지 않아 언니는 피골이 상접하여 우리 집으로 보따리 싸 들고 왔다. 언니 말로는 신랑이 좀 모자란다는 것이다. 눈 높은 언니에게 그 신랑은 턱없이 양에 차지 않았던 것이었다. 며칠 후에 우리 엄마와 아버지는 떡을 해서 들고 언니를 시집으로 데려다주고 왔다. 그 후에도 똑같은 일이 몇 번 더 되풀이되었다. 나중에 언니는 우리 집에도 안 오고 시골 자기 친정집에도 안 가고 아무도 모르게 사라져 버렸다. 그렇게 언니는 자기 것이 아닌 인생길에서 가차 없이 돌아선 그 시대의 대단한 선구자였다.

그 후에 언니는 부산에서 지금의 형부를 만났다. 형부가 목숨을 걸고 언니를 따라다니면서 구애했다고 한다. 언니의 과거도 알고 학력 차이도 크게 나고 더욱이 형부는 초혼이었지만 천생연분인 인연을 누가 감히 막겠는가. 그 금슬은 시작부터 범상치 않았지만 40년 이상 결혼생활에 해마다 더해간 것 같았다. 찰떡궁합이란 말이 이 두 사람을 두고 생겨난 것 같은 느낌이다. 아들, 딸 남매를 두어 다 출가시키고 언니는 시댁에서도 대장군의 기질을 맘껏 발휘하며 존경받고 행복하게 살았다.

형부는 미남이고 온유하고 고상한 인품으로 모든 사람에게 존경받는다. 우리 친정 집안에서 최고로 대접해 주는 사람에게 칭하는 양반의 칭호를 받았다. 나는 그 양반이란 말에 알레르기 반응이 올 때가 많지만 형부에겐 마땅한 칭호라고 늘 생각했다. 그야말로 이 부부는 모든 사람 입에 오르내리는 모범이 되는 한 쌍의 잉꼬다.

처음 언니가 쓰러졌을 때는 친척들도 많이 드나들었지만 3년 정도 되니까 찾아오는 사람의 발 길이 뜸하게 되었다. 그러나 형부는 하루도 안 빼고 매일 아침 일찍 언니에게 와서 밥 먹여 주고 화장실 문제도 해결해 준다. 종일 형부는 식사도 제대로 못 하고 언니를 지극정성으로 돌본다. 간병인이 있어도 맡겨두지 않고 형부 손으로 직접 언니를 돌본다. 3년 동안 여러 번 언니는 죽음의 문턱을 넘나들었다. 오히려 언니 친정 쪽에서는 그냥 가게 내버려 두라고 하시만 형부는 그러시 못한다. 형부는 경제적으로 육신 적으로 정신적으로 엄청나게 어려운 가운데에 있지만 언니를 아기처럼 돌본다. 언니에게 밥을 떠먹이면서 눈물을 훔치는 형부 모습은 얼핏 보면 처량해 보일 수도 있지만 참 아름답고 숭고한 그림으로 내 마음에 박혀있다.

언니는 3년 반을 걷지 못하고 누워 있다가 형부의 손에 의해 먹고 움직이다가 갔다. 언니의 친정엄마인 큰어머니도 언니처럼 뇌출혈로 쓰러져서 침상에 얼마 있지 않고 사망했다. 불완전하게 발달한 현대 의학이 언니의 목숨은 건졌지만 일으켜 세우지는 못했다. 언니는 이 세상을 떠나면서 무슨 생각을 했을까? 누구나 가는 길을 갔지만 사랑하는 사람의 품에서 사랑을 듬뿍 확인하고 간 언니의 저승길은 만인이 부러워하는 마지막 길일 것이다. 참 아름다운 사랑 이야기다.

내 귀한 며느리에게

아가야,

이렇게 부르면 이상하지 않겠니? 옛날에 우리 시어머니께서 내게 이렇게 불렀단다. 듣기 좋긴 했지만, 거리감이 좀 느껴지긴 해. 나도 좀 이상하긴 하지만 한 번만 이렇게 불러 보자. 이렇게 한 번쯤은 불러보고 싶었거든….

아들이 큰 공책 한바닥에 빡빡하게 원하는 이상적인 신붓감에 대해 구체적으로 썼다더구나. 그것을 쓰면서 아마 기도도 했겠지. 그 말 듣고서 나도 살짝 그 공책을 훔쳐보았어. 나는 그런 여자가 어디 있겠냐고 속으로 웃었단다. 그런데 아들이 꼭 그런 사람을 만났다고 흥분하는 거야. 할머니 이하 모두 염려했지만 나는 차츰 확신이 들어가더구나. 꾸밀 줄 모르는 아들이 말하는 너의 형상은 왠지 익숙한 느낌이 드는 거야. 아마 기도 속에서 느꼈던, 하나님이 아들 곁에 붙여둔 모습이었던가 봐. 혜은이 언니가 할머니와 이모들을 설득하고 아가 손을 높이 들어 주었단다. 그 뒤에는 너희들 사이가 순풍에 돛을 달았지.

얼마 있지 않아 너희 둘은 한국과 미국에서 전화로 헌신과 기도의 시간을 아침마다 같이 한다는 소식을 늘었지. 감사의 강불이 내 가슴에 흘러넘치더구나. 특별히 큰 손자며느리에게 내려주신 외할머니의 반지로 청혼을 한 다음에 결혼 날짜를 잡아야 하겠는데, 시간과 거리상 갈 등 끝에 아들이 아가 부모님께 먼저 청혼 허락을 받겠다고 하더구나. 긴장하면 한국말을 잘 구사하지 못하는 아들이 "9년 전에 처음 은진 씨를 만났을 때는 그림의 떡이었습니다."라고 하더라는 말을 아가에게 듣고서 모두 재미있게 웃었지.

아들은 아가에게 청혼 준비를 하느라 친구들을 불러다 차고를 난장판으로 만들고 금방 청소했던 집을 다시 청소기를 돌리게 했어. 아들은 비 때문에 준비했던 기타 연주도, 노래도 못했고 준비했던 대사마저도 잊어먹었을 정도로 긴장했다더구나. 하지만 둘이서 보낸 좋은 시간은 너희 둘이 만들어 갈 여정의 첫 장쯤으로 아름답게 장식될 거야. 비도 때맞춰서 너희들의 시작을 축복해 주더구나.

추수감사절 아침에 처음 본 아가의 모습에 나는 또 한 번 하나님의 은혜에 감읍했단다. 너한테 넋을 잃고 있는 나에게 아들이 "엄마, 저도 왔어요." 하는 소리에 식구들은 또 한바탕 웃었지. 우리는 이렇게 잘 웃는단다. 아가와 얼굴을 마주하고 이야기하니 우리 식구로 아들의 짝이 틀림없다는 확신이 들더구나. 재림 연수원에서 은혜를 많이 받았고 그래서 아들과 함께 결혼 전에 같이 갈 거라고 하는 아가의 말에 나는 깜짝 놀랐단다. 그것이 나의 기도였던 것을 넌 어떻게 알았니? 예전에 했던 기도까지도 기억하시고 다 들어주시는 하나님의 살아계심에 소름이 돋는 느낌이었다.

아가야, 너는 우리를 안심시켜주는구나. 돕는 배필로 아들을 존경하며 살겠다는 너의 말에 우리 부부의 마음을 어찌 천군만마 얻은 것에 비하랴. 우리 부부는 늘 부족하고 모자라는 사람이란다. 실패할 때가 성공할 때보다 훨씬 더 많은 삶을 살았단다. 그래서 실패 속에서 약한 우리 부부가 손잡고 여기까지 왔던 이야기를 해주고 싶구나.

결혼 전 교제 시간이 짧았기 때문에 서로에 대해 잘 알지 못한 채 시작한 우리의 결혼생활은 좌충우돌이었어. 둘 다 결혼 준비가 안 된 상태였지. 우리와 달리 너희들은 잘 준비하고 있는 것 같으니 그것도 감사하고 기특하다.

처음 우리 부부가 정말 가까워지기 시작했던 때는 서로의 약하고 부끄러운 부분을 끄집어내서 보여줬을 때였어. 서로에게 불쌍한 마음이 생기고 내가 아니면 이 사람을 누가 채워주겠느냐는 생각이 들기 시작했어. 처음엔 서로가 너무 달라서 실망도 많이 했어. 하지만 그것 때문에 서로의 부족을 채워 줄 수 있고 서로에게 필요한 사람이란 걸 깨닫고 감사하게 되었어. 그러니 실수를 해도 용서가 되고 서로 안아주고 진심으로 용기를 줄 수 있었단다. 부인의 역할이 어떤 때는 엄마의 역할이 되기도 하더라. 아들처럼 용서도 하고, 표 안 나게 인도하기도 하고….

늘 정직하고 열린 마음으로 대화를 하는 것이 참 중요했는데 우리는 처음에 그게 잘 안되어서 많이 싸웠단다. 그래도 그렇게나마 대화를 했던 것이 나았어. 이제 우리는 가장 친한 친구가 되어 서로에게 잘 경청하고, 성실하고 정직한 대화를 한단다. 그래도 못한 말이 있으면 기도를 통해서 하기도 해. 우리는 손잡고 기도하면서 잠자리에 든단다. 너희들은 평생 싸울 것 같지 않지만, 혹시라도 그런 일이 있으면 그날이 지나가기 전에 풀고 절대로 나쁜 잠자리에 드는 일은 없도록 해라. 우리는 다른 방이 없어서 하는 수없이 같이 자야 했지만, 발가락이라도 부대끼며 같이 붙어있어야 애틋한 정이 가는 것 같더구나.

아무리 가까운 부부 사이라도 서로의 공간이 필요한 것 같더라. 자기만의 생활과 시간이 필요한 것 같아. 서로에게 혼자만의 자기 성장의 시간을 가지게 존중해 주는 것이 중요한 것 같더라. 그리고 자기성찰의 시간과 혼자 기도하는 시간도 필요한 것 같아.

하나님의 형상으로 만들어진 서로를 늘 존경하고, 필요할 때 서로에게 사과하는 것을 미루지 말고, 자존심은 이제 둘이 한 몸이니까 둘이 동시에 소유한 것으로 생각하렴. 둘의 자존심에 손상이 가는 말과 행동과 생각은 물론 안 할 것이라 믿는다.

그리고 아들은 결혼하여 가장이 되면 아주 대단한 벼슬이라도 하는 줄 알고 있어. 부인을 과보호해야 하고 부인에게 경제적 육체적 부담은 절대 지우면 남자가 아니라고 생각한단다. 남자가 모든 것을 이끌어야 하고, 탁월해야 한다고 생각하고 있단다. 그 말도 틀린 말은 아니지만 그렇게 살려면 아들 목에 힘이 많이 들어가서 힘들겠다는 생각도 들어. 우리 부부는 미국에 살아서 그런지 모르지만 평등하게 친구처럼 사는 편이거든… 그래서 늘 서로에게 편한데 아들이 저렇게 생각하고 있으면 서로가 피곤해질 수도 있다는 생각이 드네. 아가가 지혜로우니까 아들 기분 상하지 않게 편하게 해줄 것이라 믿는다.

아가야, 지금 내가 너희들에게 하고 싶은 이 모든 말을 너희들은 이미 하는 듯하더구나. 우리보다 여러모로 훨씬 나은 너희들이 참으로 고맙고 자랑스럽다. 자다가 깨서도 우리 부부는 너희들을 생각하면 기분 좋은 웃음을 웃곤 한단다. 아빠는 어려울 때일수록 더 웃으며 지나가다 보면 정말 웃게 될 거라고 자주 말씀하신다. 그래서 늘 우리를 웃기곤

하신단다. 그러다 보니 우리 집은 항상 실없는 웃음이 많은 집이라 긴장은 절대 안 해도 된다.

우리 부부는 나이는 먹었지만, 아직 철이 들고 싶은 생각이 별로 없단다. 혜은이 언니가 우리 부모님 정신연령이 어떤 때는 5살쯤 될 거라고 하기도 한단다. 그러니 아가가 살아가다 보면 우리가 좀 철이 없어 보이기도 하고 실망할 일도 많이 있을 거야. 그럴 때는 혜은이 언니처럼 우리에게 솔직하게 말해줘. 힘들겠지만 고쳐지려고 노력해 볼게.

오래전 내가 시집올 때, 내가 제일 좋아하는 우리 숙모님께서 "시집 가거든 시집 얘기 친정에서 하지 말고 친정 얘기 시집가서 하지 말거라."라고 하셨어. 하지만 이젠 세월이 다르잖아. 자식을 나눈 사인데 먼 거리로 지내면 그것도 갑갑한 일일 것 같아. 아가 부모님하고도 친형제처럼 오손도손 잘 지냈으면 좋겠다. 살아가는 이야기도 하고 좋은 소식도 나누고 살았으면 한다.

아가에게 제일 고마워하는 것은 아가가 우리 가족 사이를 더 화기애애하게 만드는 것이야. 아들과 우리 사이를 더 부드럽게 연결해 주고 다리 역할을 벌써 잘해주고 있구나. 아직 혜은이 언니가 아가를 만나보진 못했지만, 아들 얘기를 듣고 언니도 아가를 참 좋아한단다. 혜은이 언니는 아들이 어렸을 때 키우다시피 했단다. 아들은 누나를 참 좋아하고 부모보다 더 따랐단다. 그런데 아가가 혜은이 언니하고 닮은 점이 참 많아. 그래서 아들이 아가에게 금방 꽂혔던가 봐. 그래서 그런지 아가는 옛날부터 우리 가족이었던 것처럼 처음부터 너무나 익숙하고 친숙히구나.

아가가 말했듯이 우리는 세상 사람들이 말하는 고부 사이는 절대로 사양하자. 성경 속의 나오미와 룻과 같은 시어머니와 며느리가 되자꾸나. 우리가 힘은 없지만, 너희들의 부모니까 우리 부모님들이 그랬듯이 언제나 너희들의 비빌 언덕이 되어주고 싶구나. 우리가 악하고 약한 인간이라 부족한 점도 많아 너희들을 실망시킬지도 모르겠지만 늘 정직하고 신실한 사이였으면 좋겠다.

아가가 내 아들 곁을 지킬 내 며느리가 되는 것은 나의 기도 응답이란 것을 아가는 아니? 아들이 원하는 색시일 뿐 아니라 내가 눈물로 기도한 며느리가 바로 아가 너야. 감사가 강을 이루어 넘치는구나. 또 좋은 소식은 할머께서 너희 결혼식 하루 전날 침례를 받기로 했단다. 집안에 하나님의 부흥이 시작되는구나. 앞으로 더 큰 부흥을 감사로 받아들일 준비를 함께하자.

우리의 기도를 항상 들어주시는 하나님께 우리 합하여 감사드리고 찬양을 드리자. 우리 함께 손잡고 감사함으로 하늘 문에 들어가며 찬양함으로 하늘 궁정에 들어가자꾸나.

라구나 비치에 못간 이유는?

'Crystal Cove Beach'는 정혜가 사는 얼바인에서 10분 정도의 거리에 있다. 촌에 사는 내가 캘리포니아에 가면 친구들이 데리고 가는 곳중 하나다. 나무로 바닥을 깔아 만든 오솔길을 따라 내려가면 해변의고운 모래사장이 나온다. 그런데 몇 년 전과는 달리 물이 많이 차올라서 모래사장으로 내려갈 수가 없다. 빙하가 녹아 바다 수면이 높아졌다는 말을 뉴스에서 들었지만 실제로 보게 되었다. 끝이 없는 저 바다의해수면이 이렇게 높아지다니…. 실로 두렵고 떨리는 일이다. 하지만 내일 지구 종말이 올지라도 오늘은 이 해변을 만끽해 보리라.

다시 올라가서 다른 길로 내려와 바닷가 모래사장을 밟아 볼 수 있었다. 지난번과 달라진 것은 해수면이 불어나는 것을 대비해서 상가들 밑으로 시멘트와 벽돌로 벽을 쌓아 둔 것이 흉물스럽게 버티고 있다. 그래도 이 순간만은 맨발로 밀가루같이 부드러운 모래사장 위에서 밀려오는 파도를 만난다. 떠밀려오는 깨끗하고 먹음직한 미역과 수초들을식탁에 올려놓고 싶은 못 말리는 주부들이다. 풍선처럼 부풀어 붙어 있는 수초 방울들을 발로 터트려 보기도 하면서 모래를 밟고 경쾌한 행진을 한다.

미처 보사들 준비하시 못한 내세 성혜는 겉옷을 내세 넌셔주어 갤리포니아의 쏟아지는 햇살 막이로 사용할 수 있었다. 파도에 씻긴 아름다운 형형색색의 돌들이 깔렸다. 하트 모양의 납작한 돌을 바다 내음과 함께 집어 들었다. 이렇게 예쁜 돌이 되기까지는 파도에게 수없이 시달리며 속도 다 타버리고 모습마저 이리도 닳아 버렸나 보다. 가슴이 먹먹하고 코끝이 싸아해 온다. 하지만 고난의 세월이 있었기에 이리도 아름답게 거듭날 수 있었을 것이다. 우리네 인생처럼 말이다.

'Beach Combo'라는 식당의, 바다가 바로 보이는 길가 비치파라솔 밑의 식탁에서 식사했다. 몇 년 전에 상희가 지불한 지폐 중 100불짜리 하나를 가짜라고 하던 그 식당이다. 퀴노아와 크랜베리가 들어간 매디테리안 샐러드가 담백하고 감칠맛이 일품이었다. 수영하는 사람들과 파도타기하는 사람들이 보인다. 바다가 있고 정다운 친구들이 있고 철썩이는 파도 소리가 들리고 일품요리가 있고 …. 내 생애에 손꼽을 만한 아름다운 축복의 순간이었다.

해수면이 이렇게 자꾸만 높아지면 여기 상가들이 무사할 수 있을지 걱정이다. 특히 우리가 즐겨오는 이 맛집이 오래가기를 진심으로 바란다. 우리는 다시 바다 모래사장에 발 담그고 걸어 올라가서 발을 씻고 차에 올랐다. 차 속에서 내다보이는 풍경은 계속 연결되는 해변이 끝이 없다. 이윽고 세계 각국에서 몰려온다는 그 유명한 라구나 비치에 왔다. 라구나 바닷가에 가보려고 주차장을 찾았다. 그런데 안내판을 보니까 큐알 코드를 넣고 앱에 들어가야 한다고 쓰여있다. 우리 셋 다 주차하려고 동전을 뒤지다가 맥이 풀렸다. 주차장소도 있고 돈도 있는데 지불할 줄을 몰라서 차에서 내려보지도 못하고 그 유명한 라구나 비치를 못 가보고 돌아 나왔다.

정혜는 요양병원에서 간호과장을 지낸 재원이고 우리도 도미한 지

40년가량 되는, 미국 생활 몇십 년 경력 소유자들이다. 하지만 주차비도 낼 줄 모르는 문맹이라는 사실에 자존심에 금 가는 소리가 요란하다. 그런데 이런 바보짓이 더 재미있는 추억으로 남게 되는 것은 무슨 이유인지 모르겠다. 이제는 동전 시대는 지나갔고 큐알 코드 시대가 도래했다는 것을 피부로 느끼는 격세지감의 순간이었지만 왜 웃음만 나오는지 알 수 없는 일이다.

해변에 못 간 대신 우리는 산꼭대기까지 올라가서 라구나 비치의 끝없는 해변을 바라보았다. 충분하게 우리의 욕구는 채워졌다. 탁 트인 바다 위에 저 멀리 보이는 2개의 큰 섬들이 그림 같았다. 전망 좋은 곳에 자리하고 있는 어마한 저택들을 구경하는 것은 보너스였다. 산에는 여러 갈래 산보 길이 나 있고 계곡도 있는 아름다운 산이었다. 그러나 산속 길을 걸어가 볼 시간과 정력은 우리에게 없었다. 윤숙이는 돌의자에 누워 하늘의 구름에 취해 일어날 줄 몰랐다. "어머 뭉게구름이 떠 있네." 우리 동네는 흔하디흔한 뭉게구름이 이 동네는 흔치 않아 몇십 년 만에 보는 구름이라 했다.

이제 우리는 별로 무섭거나 애타거나 안타까운 것이 없다. 그저 감사하기만 하다. 우리의 운전사 상희가 부재중이라도 윤숙이 남편 정제 씨가 우리를 여기까지 데려와서 정혜에게 인계해 주시니 이 또한 감사한 일 아니던가. 주차비를 낼 줄 몰라서 라구나 비치를 못 가도 애석할 일 없다. 정혜가 산꼭대기까지 우리를 데려다가 더 좋은 경치를 보게 해 주니 이보다 좋을 수가… 바닷물이 넘쳐서 온 지구를 덮치고 세상 끝이 온다 해도 무서울 것이 없다. 이 순간까지 손잡아 이끌어 주신 분이 끝까지 내 손을 놓지 않을 것을 나는 안다. 더군다나 이렇게 오랜 자매 같은 친구들까지 있으니 부족할 게 무엇이 있을까, 감사하고 감격할 일밖에 없다.

무심코 자녀의 인생에 새긴 치명적인 낙서

어느 장로님의 부탁으로 보내주신 한 목사님의 간증 테이프를 듣고 이 글을 쓰게 되었다. 그 목사님은 신학교를 졸업했지만, 사람들 앞에 서면 몹시 두렵고 떨려서 말이 어눌해지고 행동이 부자연스러워졌다고 했다. 따라서 목사로 쓰임을 받을 수가 없게 되자 공장에서 7년 동안 중 노동했다. 소망이 없는 것 같은 공장 생활에서 늘 죽음을 생각하며 지냈다. 소유했던 책은 오직 성경과 영어 참고서밖에 없었다. 아무도 대화할 사람이 없으니 퇴근 후에는 매일 이 책들을 7년 동안 되풀이해서 읽다 보니까 영어 참고서를 외우게 되었다. 그 결과 유학 시험에 좋은 성적으로 통과해서 전액 장학금을 받고 미국 유학을 갔다. 유학 생활을 하면서도 변하지 않는 그 행동으로 인해 여러 번 위기가 있었다.

그 목사님이 유학 5년째 되던 해에 치유 신학자이면서 심리학자인 분이 그 대학의 교수로 왔다. 그분의 눈에 이 목사님이 띄어서 다음 날 당장 11시간가량 상담을 받았다. 그 교수님은 "당신은 35살이지만 사람만 보면 두려워서 떠는 7세의 어린아이 상태에 머무르고 있습니다. 당신은 부모의 싸움으로 인해 상처를 입은 공포에 질린 어린아이예요." 라면서 그의 부자연스러운 행동의 근원을 밝혀주었다. 숱하게 많았던 부모님의 싸움 중에 목사님의 의식 속에 기억하는 것은 2번밖에 없었다고 한다. 실제로 그의 부모는 크게 싸운 후 늘 심한 부친의 폭력이 이어졌다. 모친은 혼수상태에서 친정에 실려 가서 몇 달간 있다가 오시곤 하는 것의 반복이었다. 그는 갓난아이 때부터 일곱 살까지 이런 부모의 싸움 속에서 자랐다. 직접 부친에게 구타당하거나 욕설을 들은 적은 없지만, 아버지는 그에게 공포라는 이름으로 각인되어 있었다. 이렇게 그의 부모는 무심코 자녀의 가슴에 치명적인 '공포'라는 글자를 아로새긴 결과를 낳았다.

그 교수가 연구한 바로는 세 살 이하의 어린이 앞에서 부모가 싸우면 그 아이가 느끼는 공포는 상상을 초월하는 결과를 가져온다고 했다. 포탄이 터지는 치열한 전쟁터에서 바로 옆의 전우가 창자가 터지며 처참하게 죽어가는 장면을 목격한 것과 같은 정도의 충격이라고 한다. 그 상처로 인해 아이의 마음속에 공포와 분노가 생기고 그 분노가 아이의 평생에 독으로 작용한다고 한다. 그러면 살인을 할 수도 있고 도박이나 술 등 어딘가에 미쳐서 중독자가 된다고 했다. 상처치유를 받지 않으면 나중에는 정신병자가 된다고 했다.

목사님은 그 교수의 도움으로 휴학하고 켄터키에 있는 기독교 치유 공동체에 갔다. 그곳에는 비슷한 경험을 가진 사람들이 더불어 대화하고 울고 웃고 찬양하고 춤추며 기도하고 뒹굴면서 뜨거운 예수 사랑의 치유가 일어나는 곳이라고 했다. 마음 문을 열고 눈을 맞추고 진심으로 같이 기뻐하고 슬퍼하며 눈물 흘리며 들어주고 같이 공명하다 보면 치유가 일어난다는 것이다. 거기서 6개월을 지내면서 기적적인 치유를 받았다.

그 목사는 치유받은 후에 다시 신학교로 돌아가 2달 후에는 설교를 할 수 있었다. 그 대학의 총장이 그의 설교를 듣고 나서 눈물을 흘리며

"예수의 사랑에 대해 당신보다 더 강력하게 설교하는 사람은 못 봤다."
라고 했다. 그 이후 목사님은 총장님의 추천으로 미국의 많은 교회에
초청받아 간증 설교를 했는데 '무대 체질'이라는 별명을 사람들이 붙여
줬다고 한다. 35년 동안 남 앞에서 쩔쩔매고 말 못 하던 병이 예수님의
치유 사역으로 완전히 회복된 아름다운 간증이다.

하나님이 인간에게 준 가장 큰 특권이자 거룩한 사명이 부모 역할일
것이다. 산모는 하늘이 노래지는 것 같은 진통을 겪으며 아기는 태어난
다. 엄마는 그 극심했던 아픔을 잊어버리고 신생아와 경이로운 만남을
갖게 된다. 그리고 부모가 된다. 부모의 역할은 끝이 없다. 잠을 설쳐대
며 젖을 물리고, 아기 변을 살피고, 똥 내가 달다면서 기저귀를 갈아주
며 흐뭇한 미소를 짓는 어머니의 모습은 하나님의 모습이 아니겠는가.
부모는 자식을 위해 목숨을 내놓을 수 있다. 그것은 우리 속에 남아있
는 하나님의 모습일 것이다.

인간의 기본적인 생활까지 기꺼이 박탈을 당하며 부모는 평생을 희
생으로 자식을 키운다. 부모의 생명을 갉아먹고 아기는 자란다. 부모와
자식의 생명이 연결된 것 같은 생각이 든다. 그러다 보면 자식이 부모
의 소유인 줄로 착각하게 된다. 사랑과 소유의 경계선이 애매모호해지
는 순간이다. 부모 속에 있던 거룩한 형상 가운데 어둠의 형상이 슬그
머니 침투해 들어가는 시작이 아니겠는가.

자녀들은 부모의 우상이 되기도 하고 부모가 이루지 못한 세상의 꿈
을 자식을 통해 이루고자 하기도 한다. 미성숙한 부모의 희생양으로 갖
가지 형태의 폭력 대상이 되기도 한다. 그리디 보니 자식을 혹독하게
세상으로 내몬다. 화려해 보이는 세상의 부와 명예를 위해 자식들을 이

방 신의 불 가운데로 내몰기도 한다. 부모의 욕심과 무지로 자녀들을 세속의 제단에 내어 주어 자녀들은 길을 잃고 두렵고 혼돈되고 이런저런 형태의 아픔 속에 갇혀 버리게 된다. 이렇게 인간 속에는 조물주가 만든 원래의 아름다운 모습과 세속에서 일그러진 변형된 모습이 공존하고 있다. 자식이 부모의 소유가 아니라는 것을 알았으면 이런 우를 범하지 않을 것인데….

부모가 의미 없이 한마디씩 던진 말이 아이에게 상처가 될 수 있다. 우리가 어릴 때는 온 나라가 가난하고 의식주가 우선이었던지라 아이의 마음까지 챙기는 부모는 드물었다. 그 당시는 부모 말은 법이라서 부당하게 상처받았을 자녀들이 있었을 것이다. 한 가지 분명한 것은 상처 준 어른들은 잊었을지언정 아이는 평생 기억한다. 그 기억이 아이의 인생을 통째로 흔들 수도 있다는 것이다. 우리는 대부분 부모에게 배운 대로 자녀들을 양육한다. 어릴 때 사랑받지 못한 부모들은 자신을 사랑하지 못할 뿐 아니라 자식을 어떻게 사랑해야 하는지 모른다. 그 목사님의 부친 또한 자식을 사랑하지 않은 것은 아닐 것이다. 하지만 사랑하는 방법을 몰라서 자식에게까지 악영향을 끼쳤을 것이다. 악의 순환이 대물림되는 것이다.

갓 태어난 신생아는 하얀 도화지와 같이 깨끗하다. 그 위에 그리는 대로 아이의 인생이 만들어져 간다. 세월이 지나면서 맑고 투명하던 아이의 속세계는 주위 환경으로 인해 얼룩으로 물든다. 아이들은 말은 못하지만 온몸으로 모든 것을 받아들이고 느낀다. 어릴수록 그 얼룩은 더 깊이 뿌리내려서 평생 동안 인생이 송두리째 그 얼룩의 노예로 살아갈 수도 있다.

젊었던 시절, 아이가 나를 참으로 필요했던 때, 나는 그 필요에 응해 주지 못했을 때가 많았다. 밤 근무하고 자는 나의 눈을 벌려서 엄마하고 같이 놀자고 하는 아이를 내쳤다. 아이들이 나에게 열심히 말할 때 진지하게 들어준 적이 있었던가. 직장과 가사로 피곤하다는 핑계로 아이에게 눈 맞추고 같이 웃어주고 최선을 다해 놀아본 적이 과연 있었던가? 알게 모르게 아이들의 마음에 상처를 얼마나 많이 입혔을까?

늘 물에 젖은 솜처럼 무겁고 피곤했고 긴장과 우울에 쌓여 있던 새까맣던 내 맘이 아이들에게 전가될 수 있다는 것을 몰랐다. 내 속에 쌓인 부정적인 감정들이 내가 말을 안 해도 얘들은 정확하게 안다는 것을 그때는 몰랐다. 나한테서 나가는 부정적인 파장이 무방비 상태에 있는 아이들에게 무참하게 독침을 뿜어대는 데도 나는 몰랐다. 내 몸 하나 추스르지 못해서 내 생명보다 더 귀한 아이들에게 독을 뿌리고 살면서도 알지 못했다. 엄밀한 의미로 지금 내 자녀들은 내가 이 생에서 잠시 맡아 키우는 창조주의 귀한 공주와 왕자인 것을…. 이 아이들을 키우면서 내 것인 양 내 맘대로 키웠다. 나중에 이 아이들의 주인이 돌려달라고 할 때 무슨 말을 할 것인가. 떠오르는 순간순간들을 돌아보며 후회로 가슴을 친다. 지나가고 다시는 돌아오지 않는 흘려보낸 아이들의 어린 날들을, 이제야 부여안고 가슴으로만 눈물을 삼킨다.

다시 그 시절로 돌아가면 자녀 양육을 잘할 수 있을까? 좀 더 잘할 수는 있겠지만 장담할 수는 없다. 하지만 다시 돌아갈 수 있다면 밤낮으로 아이들에 대해 아이들을 만드신 조물주와 상의하고 싶다. 아이들의 맘이 되어서 같이 눈 맞춰 웃으며 아이들이 만족할 때까지 내화하고 싶다. 내가 말하기보다 주로 들어주고 싶다. 아이들 앞에서 엄마의 약하고 악한 부분을 고쳐 달라는 기도를 하고 싶다. 아이들에게 잘못했다고 사과도 하고 용서도 구하고 싶다. 가난할지라도 행복하게 사는 지혜를 달라고 아이들과 같이 손잡고 기도하고 하나님의 책을 같이 읽고 나누고 싶다. 아이들의 재잘거리는 한마디 한마디의 말도 지나치지 않고 진지하게 충분한 시간을 갖고 귀 기울이고 싶다. 아이의 말을 들어주기 위해 결근할 수 있는 엄마이고 싶다. 아이들의 비밀 이야기를 판단 없이 잘 들어주는 믿을 수 있는 아이들의 절친이 되고 싶다.

이렇게 손 놓고 처량한 어미로 후회라는 열차 속에 갇혀서 스러질 수는 없다. 한 번 부모가 되면 죽을 때까지 부모인 것을 … 지금이라도 정신 차려 찾아보면 지금 이 순간에 맞는 부모 역할이 있을 것이다. 우선 우리 부부가 자녀들 앞에 무릎 꿇고 우리가 잘못한 것을 용서 빌어야겠다. 악하고 약한 인간으로 아이들을 키우며 했던 수많은 실수가 대대로 세습되어 대물림되지 않게 여기서 멈춰야겠다. 자식이 부모의 선생이라는 말이 실감 난다. 성경의 에녹도 첫아들을 낳고서 하나님과 동행했다고 하지 않았나. 아이를 키우면서 하나님의 맘을 알게 되고 하나님의 뜻대로 키우려 노력하다 보니 동행은 자연히 이뤄진 것이 아닐까? 자식 때문에 나쁜 버릇과 행동을 고쳐야 하고 자신을 돌아보게 한다. 그리하여 우리 속에 반영된 하나님의 모습을 아이들이 더듬어 찾을 수 있도록 하는 것이 부모의 의무일 것이다. 이제 성인이 된 아이들을 그 아이들을 만드신 분의 마음으로 판단 없이 바라보며 그분과 발걸음 맞춰 가야겠다.

숙모님을 위한 기도

코트 앞깃을 저절로 여미게 하는 쌀쌀한 이월이다. 방문을 여니 잘매는 종잇장같이 얇은 몸을 일으키며 나를 바라본다. 방안이지만 바깥 온도와 별반 차이가 없는 듯하다. 섭씨 11도라고 방안의 온도계가 가리킨다. 혼자 겨우 누울 수 있는 전기장판 위에서 두꺼운 스웨터를 입고 목에는 수건을 두르고 있다. "니가 누고?" "잘매, 영희다." "아이고, 영희가 그 먼 데서 우째 왔노." "잘매 보고 싶어 왔지." "아이고 고맙아라." 잘 매는 오래전부터 귀가 안 들려서 전화로 통화를 해 본 지가 10년도 더 된 듯하다. 하지만 우리는 마주 보고 이렇게 대화를 할 수 있었다.

그녀의 허리는 거의 구십 도로 굽었다. 귀는 그 기능을 상실한 지가 오래되었다. 눈도 가물거려서 큰 글자조차도 못 본다고 하신다. 그 총명하고 정이 넘치던 눈동자는 초점을 잃었다. 치아는 아예 하나도 없다. 얼굴에는 군데군데 울룩불룩 한 반점들과 주름이 깊이 패었다. 단아하게 쪽 지었던 삼단 같던 머리는 간데없고 짧고 가느다란 백발이 성성하다. 앙상한 팔다리는 금방이라도 바스러질 것 같다.

그녀는 97세인 내 사랑하는 잘매, 작은어머니의 경상도 방언이다. 아버지 바로 위 형님의 부인이시다. 나의 숙모님이다. 엄밀하게 따져 피 한 방울 안 섞였지만 그녀와 나는 피보다 진한 특별한 사랑으로 끈끈하게 연결되어 있다. 잘매가 20세에 숙부께서는 일본에서 돌아가시고 혼자되어 여태까지 마을을 지키고 있다. 유복녀로 태어난 잘매의 딸, 77세인 사촌 언니는 심한 우울증으로 오랫동안 바깥출입을 못 하고 다른 곳에 살고 있다.

이제는 모두 떠나고 사촌 오빠 부부만 살고 있는 고향 땅의 마을회관에 딸린 작은방에서 기거하고 계신다. 아직도 생각은 맑은 것 같은데 이제는 사람을 잘 알아보지를 못 한다. 한동네에 살고 있는 사촌 오빠 부부는 알아보지 못 한 지가 오래되었다고 한다. 같이 갔던 그렇게 예뻐하던 손수 키운 막내 외손녀도 못 알아본다.

그런데 어떻게 영희는 알아보는지…. 나는 당연하다고 생각한다. 그녀는 내 어린 시절부터 나의 연인이었으니까… 지금도 늘 연연하게 그리워하는 내 맘을 모를 리가 없을 것이다. 무표정하던 얼굴에 영희가 왔다는 것을 알고 반가운 표정이 역력하다. 잘매는 내 남편과 우리 애들 이름까지 정확하게 기억하고 일일이 안부를 물어본다. 내가 다녀간 뒤 몇 달 후에 아들 부부가 잘매를 방문했을 때 내가 오래전에 드린 큰 글자 성경 책을 눈이 안 보여 읽진 못하지만, 머리맡에 늘 두고 있다 했다고 한다.

나는 여기저기 떠밀려 세상에 마음을 팔고 있는 동안, 우리 잘매는 그 자리 그대로 60년 이상을 나를 잊지 않고 있었다. 이제는 사람의 모습이라고 하기에는 너무 애처로운 모습이다. 같이 할 수는 없지만 잘매와 나는 아직도 애절한 정이 변함없는데 잘매는 죽음보다 못한 삶을 살고 있다. "아이고 희야, 내가 와이리 아직 꺼정 안 죽고 사는지 모르겠다. 묵고 죽는 약 있제? 그거 좀 사도고, 제발."

나는 그런 잘매를 뒤로하고 또 내 갈 길을 가야 했다. 사랑한다고 좋아한다고 같이 살 수 있는 게 아닌 것이 이 세상이다. 저 상태로 교회에 가지도 못하고, 귀도 전혀 안 들리고, 눈도 잘 안 보이고, 기억도 잘 못 하는데… 그리고 조상신을 심하게 섬기는 우리 친정 집안에서는 예수님은 서양 잡귀로 통하는데…. 여태까지 방치해뒀던 나 자신이 원망스럽다. 어떻게 하나…. 이해할 수 없는 많은 세상사를 하나님께 물어보고 싶었다. 머리 조아려 하나님께 물어보았다. 왜 우리 잘매는 이렇게 힘든 인생을 아직도 살고 있는지…. 죽은 것도 산 것도 아닌 인생을 이리도 오래 내버려 두시는지…. 좀 더 살고 싶은 사람은 빨리도 데리고 가시면서…. 불쌍한 우리 잘매의 모습이 내 마음을 자꾸만 가시처럼 찌르고 있었다. 아프다. 너무 아프다.

문득 섬광 같은 생각이 들어온다. 하나님이 잘매의 구원을 위해 내 기도를 원하시기 때문에 우리 잘매를 통해 내 기도를 기다리는 것이라는 생각이 강하게 든다. 내 마음속에 누군가 알려주는 것 같다. 나 때문이었구나. 잘매가 저대로 가면 절대로 안 된다. 이승에서 말할 수 없이 힘겨운 인생을 산 내 잘매를 공평하신 우리 하나님이 모른다고 하실 리가 없다. 절대 예수님을 모르고 가면 안 된다. 나의 게으른 기도 탓이었다. 기도를 꾸준하게 하지 못했다. 내가 잘매를 위해 생명을 걸고 기도한 적이 있었던가….

고대 이스라엘의 정탐꾼들이 낙심천만한 현실의 상황을 여호수아와 갈렙의 믿음으로 하나님께서 이긴 싸움으로 이끌지 아니하셨던가. 그렇지, 나는 힘이 없지만, 하나님은 죽은 사람도 살리는데 기도하면 되지. 우리 잘매가 마귀의 밥이 되어 있지만 기노하면 안 될 것이 없다고 하지 않았던가. 그 순간 언젠가 읽었던 문장이 생각난다. 성경이었는지 다른 책에서인지 기억은 없지만, 하나님이 사단의 이빨 사이에 끼어 있는 하나님의 자녀를 빼내 구해 주신다는 말이었다. 그런데 아무리 뒤적거려봐도 찾을 수가 없다.

아침에 눈을 뜨면서 나는 '아모스', '아모스'를 자꾸 되뇌고 있었다. 얼른 아모스를 찾아서 읽었다. 나는 숨이 멎는 듯했다. '여호와께서 가라사대 목자가 사자 입에서 양의 두 다리나 귀 조각을 건져냄과 같이 사마리아에서 침상 모퉁이에나 걸상에 비단 방석에 앉은 이스라엘 자손이 건져냄을 입으리라. 아모스 3:12' 얼마나 놀라운 하나님의 약속인가! 그것도 하나님께서 하시겠다고 하셨다. 이 말씀을 나에게 일러주신 하나님께서 이 일을 이뤄주시지 않겠는가….

기도합니다. 눈물로 기도합니다. 생명을 내놓고 기도합니다. 제 이름을 생명책에서 빼시고 대신 우리 숙모님의 이름 '배덕선'을 넣어주소서. 평생 사단의 압제 속에서 눌리고 외롭고 가난하게 사신 우리 불쌍한 숙모님을 살려주소서. 아버지께서 주신 아모스의 약속의 말씀을 붙들고 기도합니다. 예수님께서 우리 숙모님을 위해서도 피 흘리셨지요? 제발 우리 숙모가 제가 울면서 기도하는 이 모습을 보게 해주소서. 영희가 이렇게 당신을 위해 기도하고 있다고… 아버지, 우리 숙모에게 말씀해 주시고 마음 문을 열게 하소서. 우리 잘매는 여태까지 모르고 사단을 섬겼으니 용서해 주시고 예수님의 십자가를 깨닫게 해주소서. 십자가 위에서 아버지를 만나서 아버지 품에 안겨서 평안하게 잠들게 해주소서. 숙모님이 부활의 소망을 갖고 평생 처음 참으로 웃으며 아버지 품에서 안심하고 잠들게 하소서. 예수님 이름으로 기도합니다.

기도하고 자려고 누웠다가 나 혼자 기도보다 합심해서 하는 기도가 더 강력할 것이라는 생각이 들었다. 다시 내려가서 내 휴대전화에 저장되어 있는 그리스도인 모두에게 카톡으로 기도 부탁을 하고 오전 2시 20분쯤 올라가서 잠을 잤다. 자명종이 고장이 났는지 눈을 뜨니 6시 43분이었다. 7시까지는 일을 가야 하는데 지금 이 시간이면 지각이다. 6시 50분 지나서 집을 떠났다. 한밤중에 신호등 한 번도 안 걸리고 길에 차가 없을 때, 우리 집 차고에서 직장 주차장까지 제일 빨리 갈 수 있는 시간이 7분이다. 그런데 주차장에서 내가 일하는 장소까지 엘리베이터 두 번 갈아타고 가는 시간만 10분이 걸릴 때도 있다. 그런데 노란 불에 몇 번 가까스로 지나가고 도착해 뛰어가서 이름표로 스캔해서 출근 기록된 시간이 0658 이었다.

이것이 기적이 아니고 무엇이겠나. 나는 이 두 표징을 하나님께서 기드온에게 주신 양털 뭉치의 표징같이 생각하련다. 언제나 곁에서 인도하시고 응답하시는 하나님께 감사와 영광을 돌립니다. 하나님이 원하시는 만큼의 내 기도의 잔이 찰 때까지 나는 끊임없이 기도하련다. 그리고 언제나 공평하신 그분께 맡기련다.

엄마는 선구자

　우리 엄마는 딸만 셋이다. 호적등본에 혼인 신고된 지 11년 만에 첫
딸인 내가 등록되어 있다. 그 당시에는 혼인한 여자가 오랫동안 수태를
못 하면 대접을 못 받던 시절이었다. 엄마는 임신에 좋다는 것은 정보
를 입수하는 대로 안 해 본 것이 없다고 했다. 수태를 위한 백일기도나
산 기도가 시작되면 사사로운 말도 안 했고 사람들과 눈도 안 맞췄었다
고 동네 사람들에게 전해 들었다. 온 정성을 다해서 좋은 마음가짐과
몸가짐으로 기도하면서 혹시라도 부정 타지 않게 무척 조심했다고 했
다. 엄마는 당신의 지극 정성 한 기도 덕분에 늦게나마 딸이라도 셋을
얻었다고 생각한다.

　막냇동생을 임신했을 때는 엄마가 무척 앓았다. 할머니가 우리 집
에 오셔서 살림하셨다. 다들 엄마가 죽을 것이라고 했다. 그러나 엄마
는 만으로 마흔에 목숨을 걸고 막냇동생을 분만하고는 천천히 회생하
셨다. 사람들은 엄마가 저승에서 돌아왔다고들 했다. 그 이후에 엄마는
다시 임신할 수가 없었다. 엄마의 아들에 대한 동경과 집착은 말로 표
현할 수 없었다. 아마 엄마가 다시 임신할 수 있었으면 아들을 낳을 때
까지 목숨을 걸고 도전했을 것이다. 아내의 도리를 못 했다는 생각이
엄마를 늘 사로잡고 있었다. 그것은 엄마의 약점이었고 깊은 아픔이었
다.

엄마가 나하고 띠동갑인 막내를 낳던 날 나는 중학교 일 학년이었다. 그날은 담임선생님의 가정 방문이 있는 날이었다. 릴레이식으로 하는 가정 방문에 선생님과 친구와 같이 집을 들어섰는데 할머니가 안방 문을 못 열게 했다. 할머니로부터 딸이라는 소리를 듣자마자 나도 모르게 눈물이 흘러내렸다. 아들을 기다리는 엄마의 간절한 오랜 소원을 알고 있었기 때문이었다. 엄마는 아들이 없다는 것을 당신의 수치와 흠으로 여겼다. 나도 오빠나 남동생이 있는 친구들이 참 부러웠다. 모르는 사람이 가족에 관해 물어보면 엄마는 아들은 서울에서 유학하고 있다고 말하곤 했다. 나도 세월이 지나면서 어느새 오빠가 서울에 있는 것처럼 상상했다. 엄마처럼 남에게 그렇게 말은 안 했지만, 오빠 이름을 항렬에 따라 나 혼자 지어서 가상의 오빠를 내 맘속에 만들어 의지하고 있었다.

내가 결혼 후에 첫 딸을 낳고 두 번째 아이를 분만하러 병원에 가면서 3분마다 진통을 해가면서도 내 뇌리에는 아들을 낳아야 한다는 책임감으로 꽉 차 있었다. 또 딸을 낳으면 엄마가 다시 겪어야 할 실망감과 내 밑의 두 동생의 혼인길까지 문제가 올 것이라는 부담감이 있었다. 그러니까 사내아이로 태어나준 내 아들이 우리 엄마의 한풀이를 해 준 것이다. 그리고 내 동생들 혼인길 막히지 않게 한 공로자이기도 하다.

아버지가 돌아가실 때 모두 사촌 중에 양자로 삼으라고 권유했지만, 아버지는 끝까지 고개를 저어셨다. 앞선 사고방식을 가지셨던 아버지는 양자를 들이면 복잡해지고 불이익을 당할 우리 자매들의 처지를 미리 보셨나. 그렇지만 엄마의 근심과 책임은 너 커셨나. 우리는 딸 틀이라서 조상의 제사를 모실 수도 없고, 친정 어른들의 말씀에 의하면 출가외인이 되어버리는 쓸데없는 것들이 아닌가. 엄마는 아버지가 세상을 버리신 후에 아마 더욱 아들 없는 허전함과 막막함에 쌓였을 것이다.

아버지의 확실한 의사 표현에도 불구하고 양 사방에서 엄마에게 양자에 대한 제안을 시시때때로 해오고 있었다. 여러 번 이 양자 건으로 문중 회의가 열리게 되었다. 그래도 다행한 것은 엄마의 의견을 제일 중요하게 존중해 준 것이다. 결론은 '백골 장자'로 하기로 했다. 그것은 엄마가 돌아가시기 직전에 양자를 정한다는 것이다. 누구를 정해야 하는 문제가 아직 남아 있었지만, 당분간은 잠잠할 것으로 생각했다.

엄마는 미래의 양자를 위해 땅을 사서 준비를 해 두었다. 사촌 오빠나 남동생들 아무도 대학에 못 갔는데 어른들이 쓸모없다고 말하던 우리 자매들은 다 대학을 졸업했다. 엄마는 그것 때문에 더 죄스러워했다. 사촌 중에 누구라도 대학에 갔으면 엄마가 미리 말은 할 수 없었지만, 등록금은 내가 대주려고 했는데 아무도 못 갔다고 아쉬워했다. 재정 형편이 늘 빠듯했지만, 엄마는 당신이 의무라고 생각하는 도리를 지키는 일에는 아끼지 않았다. 대학 공부를 했다는 것이 대단한 것은 아니다. 하지만 생존해 계시는 큰아버지들의 아드님들도 못 간 대학을 혼자인 엄마가 만든 우리 자매들의 대학 졸업장은 엄마의 대단한 훈장이다.

문중 회의 결정에도 불구하고 계속 양자에 대한 엄청난 압박감이 엄마를 눌러 왔다. 엄마의 아들에 대한 동경이 이제는 한이 되어 날이 갈수록 점점 눈덩이처럼 불어 가고 있었다. 그런 상황에 있을 때, 엄마가 병이 났다. 죽음이 가까워져 온다는 생각을 한 엄마는 나를 사촌 오빠네로 보냈다. 내 감정과 자존심은 완전히 휴지통에 버리고, 죽은 듯이 납작 엎드려서 엄마와 숙모가 함께 정한 양자를 정식 발표하고, 양자

취득의 과업에 성공하고 오라는 엄마의 지령을 받았다. 죽을 병도 아닌데 이럴 필요는 없다는 생각이었지만 엄마의 뜻이 하도 지엄해서 어떤 토를 달 수가 없었다.

사촌 오빠 집에 아버지 형제 직계 자손들만 모였다. 긴 세월 동안 얽히고설킨 친척들과의 어색하고 불편한 묘한 분위기의 팽팽함에 질식할 것만 같았다. 나는 몇 시간 동안 엄마 명령대로, 하고 싶은 말을 꾹 참고 숙모님과 사촌 오빠의 말을 속이 꼬여오는 것을 누르고 들었다. 대화 중에 간간이 내 울음소리가 섞여 드는 것을 방에서 잔다고 생각했던 어린 아들이 들었는지 수시로 나와서 엄마를 확인하고 간다. 나는 집에 돌아와서 위궤양과 악몽으로 오래 고생했지만, 양자 건은 잘 성사되어 엄마는 꿈에도 그리던 아들을 얻게 되었다. 나중에 알고 보니 숙모님이 당신 아들이 우리 집에 양자로 오면 사업이 잘 될 것이라는 점쟁이 말을 듣고 엄마를 오랫동안 부추겼던 것이었다.

어쨌든 아들이 생겨서 아버지 기일 때마다 엄마께 와서 제사를 지내주니 엄마는 무척 기뻐했다. 그래도 엄마가 미국 영주권을 받고 막냇동생과 내가 사는 곳에 오래 계셨던 까닭에 엄마가 머무르고 계시던 미국의 동생 네에서 양자 없이 제사를 지냈다. 그러니 양자가 제사 지낸 것은 몇 번 되지는 않았다. 엄마는 양자를 별로 탐탁지 않게 여기는 우리를 늘 못마땅해했다. 사이좋게 지내라고 엄마는 우리에게 간절하게 당부했다. 그래서 한국에 있는 동생 미화와 박 서방은 제사 지내러 오는 양자에게 늘 섭섭지 않게 신경을 썼다. 미화는 올 때마다 두둑한 봉투를 준비해두고 음시도 미리 다 장만해 놓고 그들을 기다렸다. 엄마는 양자인 사촌 동생이 결혼반지가 없는 것을 많이 불편해했다. 나는 엄마를 위해 큰맘을 먹고 우리 부부에게도 없는 다이아몬드 반지와 백금 반지를 양자 부부에게 해 줬다.

한동안 양자가 된 사촌 동생 부부가 엄마께 무척 잘하고 엄마도 그 집에 다녀가곤 했다. 엄마께는 평생소원이었던 아들이 생겨서 꿈만 같이 좋은 시절이었을 것이다. 엄마는 좋은 것만 보면 사서 양자에게 갖다 주곤 했다. 양자 손자들도 아주 좋아했다. 엄마가 기뻐하니 우리도 마음이 놓였다.

나도 오랜만에 귀국해서 양자가 생겨서 더 기분 좋아할 엄마를 보려고 아버지 기일에 참석했다. 내가 온다는 말을 듣고 양자인 사촌 동생의 큰형수와 작은형도 같이 제사에 참석하러 왔다. 제사가 끝나고 양자의 작은 형인 사촌 오빠가 엄마의 땅을 양자에게 명의 이전하자는 제안했다. 처음 약속이던 '백골 장자'에서 벗어나는 제안이다. 하지만 어차피 나중에는 양자에게 갈 것이니까 큰 문제가 될 것이 없다고 생각하고 그러자고 했다.

그런데 그 당시에 엄마는 동생 집 근처에서 전세로 아파트에 사셨는데 전세를 재계약할 때마다 전세금을 상당히 많이 올려서 힘들어하고 있을 때였다. 그리고 엄마는 수술을 앞두고 있었다. 그래서 양자에게 지금은 명의 이전을 못 하고 그 땅을 팔아서 엄마가 써야 한다고 했다. 원래 약속대로 엄마 돌아가실 때 절대로 섭섭하지 않게 해주겠다고 엄마가 약속한다고 했다. 양자 부부는 엄마와 우리에게 무척 화가 났다. 많은 요란한 뒷소리에 한동안 뒤숭숭했었다. 그 뒤에도 엄마와 양자 사이에 있었던 여러 가지 사건들은 엄마를 많이 괴롭혔다.

힘들어하는 엄마를 위로하려고 평소에 엄마가 원하던 하와이 여행을 시켜드리러 미국 우리 집에 오시라고 했다. 우리 집에서 엄마는 한밤중에 악몽을 꾸며 소리를 크게 지르면서 땀을 뻘뻘 흘렸다. 한밤중에 한바탕 난리를 치르고 청심환을 드신 후 겨우 진정이 되었다. 꿈꾼 다음 날 아침 엄마는 양자를 포기한 것처럼 보였다. 그렇게 돼서 이 양자 건은 완전히 틀어졌다.

하지만 하와이의 디너쇼에서 같은 테이블에 앉은 한국 부부가 딸 자랑을 침이 마르도록 하는 것에 엄마는 거부감을 많이 느끼는 듯했다. 나중에는 그 부부의 얼굴을 의식적으로 외면했다. 여행 내내 무단히 까다롭고 까칠한 엄마 행동에 나는 무척 힘든 여행을 했다. 아직도 엄마는 아들이 없는 그 한에서 벗어나질 못하고 양자 무산된 것이 매우 섭섭했던 것 같았다.

하와이 여행이 끝나고 한국행 비행기를 타러 가면서 엄마의 표정은 무척 온화하고 담담해 보였다. 엄마는 늘 그랬듯이 당신에게 다가온 운명을 이제 의연하고 겸손하게 받아들이는 것이리라. 엄마를 보내드리고 내가 타야 할 비행기로 가면서 흘러내리는 눈물을 걷잡을 수 없었다. 아들 없는 집안의 장녀인 내가, 장남 노릇을 해야 하는 내가, 멀리 미국에서 살고 있으니 엄마는 더 외로웠을 것이다. 그리고 나한테 배신감도 느끼셨을 것이다. 나는 가슴이 찢기는 듯이 아팠다. 여러 갈래 복잡한 마음을 가누기 힘들었다.

엄마께 위로가 된 것 같진 않았지만, 엄마가 떠나기 전에 구체적인 계획과 약속을 나누었다. 일 년에 세 번 있는 제사 중에 언제나 문제였던 추석에는 내가 나가기로 했다. 그 이후는 여름 아버지 기제사에 방학을 맞은 남편과 박 서방이 제사를 지냈고 신정 때는 박 서방이 여느 때처럼 제사를 지냈다. 동생 미화는 늘 음식을 담당했지만 제사 지내러 오는 양자를 더 배려 해야 하는 부담스러운 입장에서는 벗어났다. 이듬해 추석에는 내가 나가서 아버지 제사를 지냈다. 하지만 엄마는 그 이후부터는 아버지 제사를 절에 올렸다. 기독교식으로 하는 내 제사 방법이 엄마 마음에 들지 않았는지, 자식에게 부담을 주지 않으려고 그랬는지는 모르겠다. 이제는 명절이나 기일에 엄마는 곱게 차려입고 버스를 타고 아버지 제사 지내러 절에 가신다.

지난가을에는 사촌 오빠 밭을 조금 물고 있던 아버지의 산소를 이장했다. 묫자리 때문에 40년 이상 집안에서 끊어지지 않던 불화도, 사촌 오빠와의 신경전도 이제 끝났다. 많은 사촌이 섭섭해했지만, 엄마 근처로 모시게 되어 우리는 자주 가 뵐 수 있게 되었다. 아버지의 새 처소가 엄마 아파트에서 가깝고 아름답고 평온해서 더욱 맘에 든다. 아버지의 새 산소를 처음 방문했을 때 엄마는 목을 놓아 한참 울었다. 엄마의 울음은 당신 혼자만 남기고 먼저 가신 아버지에 대한 섭섭함과 그리움과 반가움, 혼자서 둘이 감당해야 했던 일을 잘 해낸 성취감, 여태까지 엄마 혼자 답답해하며 숨죽이며 살았던 것으로의 해방감과 안심…, 이런 감정들이었을 것이다. 엄마 인생에서 크나큰 숙제라고 생각했던 문제들이 하나씩 풀려나가고 있다.

지금 엄마는 노인 아파트에서 바쁘고 행복한 나날들을 보내고 계신다. 노래 교실, 요가 교실, 댄스 교실, 난타 교실, 명상 교실, 수영 등 매일 짜인 시간표에 따라 즐겁고 재미있는 시간 속에 살아가고 있다. 딸 셋도 모자라서 아파트 속에서 2명의 양녀가 생겼다. 양녀들에게 둘러싸여 남들이 부러워하는 날들을 보내고 있다. 이제 엄마도 시대의 흐름에 따라 신식 할머니가 되어 누구나 딸을 아들보다 선호하는 것을 거부감 없이 흐뭇하게 바라본다. 이제 우리 엄마는 시대를 내다보고 앞서서 딸만 낳아 늙어 막에 호강한다는 것을 당신 자신도 흐뭇하게 여긴다.

텔레비전에서 아들 네쌍둥이를 생산한 산모가 펑펑 울더라면서 엄마는 통쾌하게 웃는다. 엄마의 얼굴이 이렇게 밝고 맑은 적이 언제 있었든지 기억에 없다. 엄마는 당신에게 맡겨진 책임도, 의무도, 도리도, 훌륭하게 다 잘 해내셨다. 이제 엄마는 자유를 만끽하고 있다. 엄마의 한이 시대에 밀려 자연스럽게 풀려나가는 순간이다. 한(恨)이 복(福)이 되었다. 우리 엄마는 일찍이 시대를 앞서가는 선구자였다.

엄마의 전성시대

단기간의 한국 방문 때 엄마가 사는 노인 아파트에서 엄마와 함께 지냈다. 아파트의 이름이 '정원 속 궁전'이다. 일부는 호텔로 이용되고 있는 고급스러운 곳이다. 식사 전후에는 늘 할머니들이 로비의 소파에서 모여앉아 이야기꽃을 피우고 있었다.

엄마는 2여 년 전에 이곳으로 입주했다. 처음에 엄마는 입주를 무척 반대했지만, 우리 세 자매가 의논한 끝에 엄마의 여생을 행복하고 안전하게 보낼 수 있는 곳이라 생각하고 겨우 설득해서 모신 곳이다. 막냇동생 미성이와 큰딸인 나는 미국에 살고 한국에 사는 중간인 미화가 엄마를 늘 돌본다.

그런데 이사하는 첫날에 어떤 분이 엄마 학력을 물어보더라는 것이다. 엄마는 큰소리로, "나는 학교 문턱에도 못 가봤소."라고 당당하게 대답하더라고 동생이 그랬다. 대답은 그렇게 했지만, 집에 와서는 기가 좀 죽는 것으로 보였다고 했다. 학력, 이력, 재력의 수준이 높으신 분들만 다 입주해 계셔서 엄마가 외로워할 것 같아 미화도 걱정이 많았다고 했다. 미화 친구들 모임에서도 노후에 노인 아파트 입성을 위해 지금부터라도 학력 증강에 힘써야겠다는 이야기가 오고 갔다고 한다.

"엄마, 할머니들이 로비에 모여서 이야기꽃을 피우는데 엄마도 가서 어울리지 그래요?"

"그 할마시들 앉아서 오가는 사람 험담하고 흉보는데 거길 뭐 하러 가! 그 시간에 노래 연습이나 하지."

아니나 다를까 내 친구가 방문하고 돌아가는데 내가 배웅한 후에 어떤 할머니가 따라 나와 친구를 붙들고 꼬치꼬치 나에 관해 묻더라는 것이다.

"저 할매 딸이 왜 남편이랑 같이 나오지 않고 혼자 왔어?"

"남편은 출근해야 하므로 같이 올 수 없었어요."

"남편이 뭐 하는데?"

"대학교수예요."

"그러면 자식들은 왜 같이 안 왔어?"

"딸은 의사고 내 친구도 간호사인데 휴가 내서 왔어요."

"아이고 그래? 그런데 저 할매는 어찌 그런 소리 한 번도 안 했을까?"

우리 엄마는 그런 할머니들의 가십 놀음에 어울리기 싫기도 했겠지만 아마 학력 때문에 기가 죽어서 못 어울렸는지도 모른다. 그 시간에 엄마는 미화가 사다 준 작은 녹음기를 틀어놓고 혼자서 노래 연습했다. 그래서 노래방에 가면 인기 최고란다. 늘 긍정적이고 포기를 모르는 엄마는 요가 클래스에서도 어쩌다 빠지면 사람들이 엄마를 모시러 온다. 엄마가 없으면 분위기가 처진다고 한다. 실버 댄스 시간이면 하늘하늘한 옷에 한들거리는 스카프를 하고 날아갈 듯이 나간다. 난타 시간에는 빨간 윗도리를 입고 참석해서 신나게 북을 두드린다. 그리고 60대부터 90대까지 200여 명 입주자 중에 오로지 88세인 우리 엄마만 수영을 한다는 것이다. 이곳의 헬스클럽을 외부 사람과 호텔 숙박인들도 사용한다. 외부에서 오는 젊은 사람들을 제외하고는 이 궁전의 입주자들은 물속에서 겨우 걷기만 한다. 그런데 엄마는 물 찬 제비처럼 수영한다는 것이 화젯거리가 되었다. 발이 땅에 닿지 않고 유유하게 물속을 왕래하니 학력 높으신 분들의 입이 떡 벌어지더라는 것이다.

이곳은 보행이 가능한 노인만 입주가 가능한 곳이다. 처음 엄마는 허리 통증으로 인해 겨우 걸으셨고 휠체어를 타고 입주하셨다. 이제 우리 엄마는 힘차고 빠르게 걸어 다닌다. 새벽에 눈을 뜨면 잠자리에서 요가로 몸을 풀어준다. 그런 다음에는 목에 녹음기를 걸고 옥상으로 올라간다. 도심지에 있는 이 건물의 옥상을 정원으로 꾸며놓았다. 골프 연습장도 있고 나무도 심겨 있고 벤치도 군데군데에 둬서 많은 사람이 모여서 즐길 수 있는 공간으로 꾸며 놓았다. 엄마는 녹음기에서 흘러나오는 노래를 따라 부르면서 옥상을 몇 바퀴 돈다. 뒷산에서 누군가 '야호' 하면 엄마도 '야호' 하고 몇 번이고 우렁차게 화답한다.

아침 운동 후에 세수하고 예쁜 옷으로 갈아입고 아침 식사하러 식당에 간다. 식사도 노인들에게 맞게 건강식이고 구색을 갖추어서 다양하게 선택할 수 있다. 여기서 식사해 본 후에는 밖의 다른 식당에 가기 꺼려진다. 엄마는 요일마다 다양하게 있는 클래스에 하나도 안 빠지고 다 참석한다. 어느새 엄마는 모든 강사의 사랑받는 애제자로 군림하고 있었다. 우리 엄마가 학교에 갔더라면 틀림없이 일등 모범생이었을 것이다.

엄마의 영역이 차츰 이 궁전 안에서 넓어져 가고 있었다. 88세의 엄마에게 68세의 딸도 생겼다. 그녀는 고등학교 교장으로 정년퇴직하고 이곳에 입주해 사는 분인데 엄마를 좋아해서 모녀의 연을 맺자고 했다고 한다. 사람들이 엄마 학력을 화제에 올리면 그녀는 "그래도 한문은 나보다 더 많이 알아요." 그녀는 그 속에서 나름대로 엄마의 보호자와 방패 역할을 하고 있었다. 그리고 여기 오래 계셨던 천사 같은 요양보호사 한 분이 또 엄마의 딸이 되었다. 이 속의 수많은 직원과 입주자에게 엄마의 인기는 대단했다.

한 번은 식당에서 엄마와 같은 식탁에서 지정되어 식사하는 분이 엄마께 와서 다짜고짜 삿대질하면서 대들었다고 한다.

"야, 너는 딸이 와서 죽어가는 사람 살렸으면 다야? 딸이 많으면 최곤 줄 알아? 유세가 하늘을 찌르겠네. 눈꼴시어서 못 봐주겠어!"

엄마는 갑자기 당하는 일이라 황당하기도 하고 그 기세를 당할 수가 없어서 가만히 있었다. 그런데 엄마 양딸이 엄마 대신에 그 할머니와 큰 싸움이 벌어졌다고 했다. 엄마는 나중에 그 할머니께 가서 조용히 꾸짖고 타일러서 화해했다고 했다. 그 후로는 이 할머니가 계속 엄마를 따라다니면서 엄마가 하는 모든 프로그램을 반도 못 따라 했는데 한 달 이상을 몸살이 나서 누웠다 했다.

이제 엄마 주위에는 사람들이 많다. 엄마께 와서 상담하는 사람도 더러 있다. 엄마 앞에 와서 울면서 속을 털어놓는 사람이 많다고 한다. 엄마는 내 방에서는 울고 짤고 할 사람은 오지 말고 웃으라고 선언했다고 했다. 엄마는 그 궁전 속에서 학력은 제일 낮을지 모르지만, 호통도 치고 다독거려 주기도 하면서 어른 노릇을 하고 있다. 엄마의 카리스마는 녹슬 줄 모르는 듯하다. 내가 전화하면 많은 사람이 모여 있을 때가 자주 있다. 손 큰 동생이 음식을 자주 갖고 와서 사람들을 불러들이기도 해서 더욱 그럴 것이다. 이제 엄마는 "내사 이화대학 나온 것 하나도 인 부럽다. 대힉도 나오고 나이도 이리더마는 노래도 못하고 말도 못 하고 걷지도 못하고 정신도 없고…" 이제 엄마는 학력으로부터 자유한 것 같다.

늙으면 어린애가 된다고 하는 말이 이곳에서는 정말 실감이 난다. 어릴 적 천진하고 맑은 모습으로 돌아가면 얼마나 좋을까마는 원치 않는 원색의 모습이 드러난다. 수십 년 덧입고 있던 체면, 예의, 외양의 진한 색채가 벗겨져 나가고 있는 곳이다. 평생 철통같이 믿고 의지하던 재물, 외모, 학력, 총명, 건강, 사람, 지식이 배신하는 것 같은 의심의 안개가 물씬 피어나기도 한다. 그래서 그런 것에 더 매달리려고 하는지도 모르겠다.

각자가 만났던 세상의 색깔에 물들여진 색상에 따라 내면에 도사리고 있던 외로움, 불안감, 두려움 등이 적나라하게 표출되고 있다. 마음 깊이 자리 잡고서 영혼을 흐리고 있는 모든 종류의 욕심이 자신을 자제할 수 없는 위기감을 느끼면서 시기, 질투, 오만, 분노 등으로 흘려보내는 것이다. 어찌 그것이 이곳뿐이랴. 사람 사는 곳이면 존재하는 음성적인 모습 아니던가. 내 속에도 도사리고 있는 부끄러움을 들킨 것처럼 황망해진다.

엄마와 같이 복도를 지나가면서 사람들을 만나면 엄마는 나를 큰딸이라고 소개한다. 많은 사람이 엄마의 강건함을 부러워하면서 한마디씩 했다. 여기의 요양보호사들 사이에 우리 엄마의 별명은 '팔 팔짱'으로 통했다. 70대로 보이는 예쁘장하고 고상해 보이는 할머니가 내게 다가와서 엄지손가락을 치켜세우며 말했다.

"할머니께서 못 하는 게 없으세요. 수영이면 수영, 노래면 노래, 춤이면 춤, 우리가 못 따라가요. 그 연세에 대단하세요."

모퉁이를 돌아서자마자 엄마가 천진한 개구쟁이 같은 웃음을 띠며 하시는 말씀인즉, "저 할마시가 요가 소리는 안하제… 내가 요가 하는 것은 저 할마시가 안 봤거든…."

바야흐로 엄마의 전성시대가 도래한 것 같다.

엄마, 부탁해요

엄마, 이순이 된 이 나이에도 엄마란 말은 나에게 모든 것을 뜻한다는 것을 이제야 알았다. 아버지가 일찍 가신 후에 엄마는 우리 자매의 모든 것이었다. 엄마는 우리 곁에서 온갖 잔소리를 다 하시고 언제나 강하고 색깔 진한 우리의 방패였다. 지나치게 우리를 보호하고 지금도 온몸으로 우리를 덮고 싶은 엄마가 고관절 골절로 수술하고 누워 계신다. 수술 직후에도 온갖 것에 참견하시고 간병인 잠자리까지 걱정하던 엄마가 일주일이 지났는데도 열이 나고 자꾸 토하고 식사를 못 하고 기운이 없어지고 있다고 한다.

마음이 급하고 일이 손에 잡히질 않는다. 잠을 이루지 못하고 뒤척거리고 있는 내게 남편은 내가 가야 할 때라고 나의 향방을 잡아준다. 가족 병가 휴가를 응급으로 신청하고 애들에게 가기로 했던 계획을 취소하고 이틀 전에 계획을 바꿔서 크리스마스 전날 남편은 계획대로 애들에게 가고 나는 엄마께로 가고 있다.

엄마의 속 깊은 사랑을 지나친 자식 욕심이라고 짜증 내고 귀찮아하던 나였다. 나에 대한 깊은 엄마의 사랑은 세대 차이로 오는 생각의 차이와 성격과 기호가 다른 것조차도 섭섭해하셨던 것 같다. 종교가 달라지면서 야릇하게 생기는 심각한 불협화와 거리감은 언제나 날 괴롭혀 왔다.

엄마는 늘 나를 '금보다 옥보다 더 귀한 내 귀녀'라고 했다. 좀 커서는 친구들이 주위에서 혹시 들을까 봐 두리번거리기도 했다. 내 이름을 귀녀라고 짓지 않아서 참 다행이라고 생각했다. 뭐든지 제일 좋은 것으로 내게 해주고 싶어 했다. 초등학교 입학을 하고 나는 친구들처럼 책보자기를 허리에 매고 다니고 싶었지만, 엄마는 꽃 그림이 있는 빨간 가방을 메고 다니라고 했다. 나는 싫다고 떼를 썼다. 그때는 그것이 엄마의 사랑인지 몰랐다.

초등학교 3학년 때, 모자가 달린 빨간색의 점퍼를 누구나 입고 다녔다. 뒷집 인숙이도 입고 있던 나일론 점퍼를 엄마께 사달라고 했다. 그런데 엄마는 빨간색 울에 하얀색 털 방울 리본이 달린 모자도 없는 반코트를 사주었다. 아마 몇 배는 더 값나가는 옷이었지만 내가 원하는 것이 아니었다. 그래서 나는 다른 애들이 부러워하는 그 옷을 몇 번 입지 않았다. 그때는 그것이 엄마의 사랑인 줄 몰랐다.

평소에 우리 집에서 주로 친구들과 모여 놀고 공부도 했지만, 하루는 친구네서 모이기로 했다. 엄마는 친구 집에서 밤샘하기로 의기투합을 한 우리를 못마땅하게 여겼다. 그래서 친구 집이 우리가 밤을 지새워도 안전한 환경인지 조사하러 가는 것이다. 내 친구와 나는 앞장을 서고 엄마는 뒤에서 땀을 뻘뻘 흘리며 헐떡거리며 오고 있다.

"아직도 멀었나? 어데까지 가노? 이리 높은 데로 우찌 댕길꼬?"

나는 엄마가 창피하고 친구한테 참 미안했다. 다른 엄마들은 우리 엄마처럼 이렇게 유난스럽지 않은데 왜 우리 엄마만 이러는지…. 그때는 그것이 엄마의 사랑인 줄 몰랐다.

초등학교 저학년 때 엄마가 떠준 무지개색 스웨터는 참 예뻐서 그것만 입고 다녔다. 중학교 때 부산 이모 집에 며칠 가 있는데 내가 자다가 '엄마' 하고 크게 여러 번 부르더라면서 이모가 와서 다독거려 주니까 자더라고 했다. 고등학교를 졸업하고 서울의 대학 기숙사에서도 그렇게 혼자서 목이 메게 엄마를 불러댔었다.

오랜만에 이모들과 외출하고선 냉면을 맛있게 먹었다면서 우리 생각이 나서 목구멍으로 잘 넘어가지 않더라고 하셨다. 우리는 친구들과 맛있는 음식 먹으면서 얼마나 엄마를 생각했던 적이 있던가.

때로는 엄마 사랑이 부담스럽게 여겨졌지만 나 또한 엄마와 강한 연결된 끈이 있었다. 아버지 사업 실패로 오두막집에 이사 가서 겨우 풀칠하고 살면서도 내가 원하는 것은 무엇이나 해주던 엄마. 엄마의 인생에서 당신을 위해 사용한 시간과 물질이 얼마나 되었던가?

아버지 돌아가시고 1년도 안 되어서 나는 대학 진학으로 엄마 곁을 떠났다. 결혼해서는 아예 멀리 미국까지 날아와서 살고 있으니 엄마는 날 보내놓고 얼마나 가슴이 무너졌을까. 얼마나 외롭고 막막했을까. 그런데 나는 내 살기 바빠서 엄마가 어떻게 살고 있는지 모르고 있었다.

아버지 월급봉투 통째로 한번 못 받아봤다고 아쉬워하던 엄마께 월급봉투 통째로 한번 못 쥐여 준 철없는 딸이었다. 엄마가 나를 귀하게 생각한 만큼 엄마를 귀하게 생각지 못한 철없는 딸이었다.

엄마는 우리 자매 셋만 키운 것이 아니라 우리 각자에게 두 명씩 태어난 손주 여섯까지 다 키워 내셨다. 그리고 사위 셋도 젊은 시절 엄마의 경제적, 정신적 도움을 바탕으로 오늘날 탄탄대로를 가고 있다. 부지런하고 긍정적이고 인정 많고 온갖 일에 다 참견하고 싶고 배우기를 좋아해서 노인 아파트의 모범생이시다.

이제는 의식주 걱정 없고 아버지 산소도, 제사도, 다 해결되어 엄마의 평생 걱정거리는 해결이 되었다. 딸 셋 다 다복하고 건강하니 많은 사람이 엄마를 부러워한다. 그런데 노인 아파트의 크리스마스트리 전선 줄에 걸려 넘어져서 고관절 수술을 했다. 엄마가 넘어져서 차가운 바닥에 누워있는 장면이 자꾸 상상되면서 내 몸이 오그라드는 것 같은 괴로움이 엄습한다.

엄마는 절대로 약해서는 안 된다. 더욱이 아파서는 안 된다. 언제까지나 우리의 튼튼한 비빌 언덕이어야 한다. 어떻게 그 은혜에 보답하겠냐만 그래도 엄마가 젊은 시절 힘들었던 만큼 보람 있고 평안하고 행복한 시간을 보내게 해주고 싶다.

그리고 무엇보다 내 맘을 서두르게 하면서 차지하고 있는 것이 있다. 오랫동안 눈물로 기도해 오고 있던 것이 있다. 이생을 마감하기 전에 내가 만난 예수님을 엄마도 만나보고 예수님 재림 때 엄마와 만나서 다시는 이별하지 않는 것이다. 그래서 서둘러 엄마께 가고 있다.

힘없는 내가 무엇을 할 수 있을까마는 여기까지 인도하신 좋으신 그분이 나를 태어나게 하신 내 엄마도 인도해 주리라 믿는다. 내가 계획한 적이 없지만 나를 먼저 찾아오셔서 만나준 것처럼 엄마도 만나 주시리라 믿는다. 그러면 다시는 눈물이 없고 아픔이 없고 이별이 없고 죽음이 없는 그곳에서 엄마와 예수님과 영원히 살고 싶다.

"엄마, 제발 부탁해요. 저와 같이 가요."

엄마 앞에서 짝짜꿍

엄마 앞에서 내 능력껏 귀엽고 예쁘게 유치원생처럼 춤추고 노래했다. 환갑을 넘었지만, 엄마 앞에서는 아직도 나는 아이일 테니까, 엄마외에는 아무도 보는 사람이 없으니까 할 수 있다. 엄마 앞에서는 무슨짓을 못 하랴. 이보다 더 큰 축복이 있겠는가.

엄마는 크리스마스트리 전선에 걸려 넘어져서 고관절 골절을 입고수술하셨다. 수술 후에 열악한 병원에서 하루하루 시들어가는 것 같아엄마가 계시던 노인 아파트로 옮겨 뼈에 좋고 흡수가 잘 되는 녹즙과씨앗 즙을 해드리기로 했다. 쓰고 풋내 나는 민들레즙 마시기를 아주싫어하셨다. 평소에는 식성이 좋았는데 수술 후 입맛도 감소한 데다 엄마께는 생소하고 입맛에 맞지 않는 여러 가지 채소즙 앞에서 무척 까탈을 부리신다.

"엄마, 나도 어릴 때 약 안 먹으려고 엄마처럼 상을 있는 대로 다 찡그리고 그랬어?"

"너야말로 대단했지. 고집이 보통이 아니고 빨라서 도망가 버리면 따라잡을 수가 없었지. 나는 지금 걷지도 못한 게 달아나지도 못 하제."

"그러다가 엄마한테 잡히면 얻어맞았잖아."

"맞아야지 그럼…"

"그러면 지금 엄마 이 태도는 뭔데?"

이런 대화를 하면서 시간이 갈수록 점점 산화되어가고 있는 녹즙을 안타깝게 바라보며 맘졸이고 있었다. 그런 내 맘을 알지도 못하고 엄마는 채소즙을 앞에 두고 얼굴을 과하게 찡그리고 한숨을 들이쉬고 내쉬고 하신다. 마치 사약을 받아 든 듯한 광경에 나도 난감하기만 했다. 나도 함께 엄마와 똑같은 녹즙을 마시면서 무척 맛있는 표정을 지었다. 어린아이처럼 어르고 달래고 칭찬도 듬뿍하고 뽀뽀도 해주고 같이 손잡고 기도도 했다. 구순의 엄마에게 즙을 드시게 하는 하루하루가 전쟁통이었다.

그럴 때 떠오른 아이디어가 바로 엄마 앞에서 유치한 가무를 하는 것이었다. 어릴 때 부모님 앞에서 노래하고 춤추면 부모님이 무척 기뻐하시던 생각이 났다. 하늘이 주신 생각이었다. 엄마 앞에서 할랑할랑 춤추며 어린애처럼 고개를 까딱거리면서 노래하며 녹즙을 들고 미끄러지듯 엄마께 다가간다. 그러면 엄마 얼굴에는 함박꽃 같은 웃음이 피어오른다. 어쩌 이 생각을 진작 못 했던고. 녹즙을 쥔 엄마 손에 힘이 들어가는 것을 느낀다. 녹즙 컵을 쥔 엄마 손을 감싸고 기도하면 내 눈에는 눈물이 흐른다. 엄마는 어느새 쓴 녹즙을 쭈욱 들이키신다.

녹즙 시작한 지 9일 만에 엄마가 손톱을 깎다가 손톱이 부드러워졌다고 하신다. 녹즙 전문가이신 이 회장님께 문의해 보니 손톱에 영양이 가는 증거라고 하신다. 어린아이 때는 야들야들하던 손톱이 노인이 되면 두꺼워지는 것을 생각해 보니 이해가 된다. 엄마 뼈에도 틀림없이 영양이 가고 있다는 확신이 든다. 엄마는 이제 녹즙의 효과를 확신하고 기분 좋게 드신다.

그런데 가끔 속이 쓰리다고 하신다. 그러면 잠들기 전 숯 가루를 한

술 물에 개어서 드시게 했다. 2주쯤 되니까 엄마가 녹즙을 토한다. 배도 아파하신다. 간에서 독이 배출되면서 오는 자연스러운 현상이라고 한다. 침을 놓는 사촌 오빠에게 전화해서 침 자리를 찾아서 뾰족한 나무 이쑤시개로 발가락 사이를 누르고 있으니까 구토증이 일시적으로 가라앉았다. 그러나 계속 구토증과 복통이 있었다. 화장실 변기에 앉혀서 대변을 보는 사이에 따뜻한 물에 발을 담그게 하고 따뜻한 물수건을 등과 배에다 대 드렸다. 물수건과 발의 물을 따뜻하게 계속 갈아 드렸다. 1시간쯤 지나니 좀 진정이 되는 듯해서 침대에 눕혀 드렸더니 지쳤는지 오랫동안 주무셨다. 다음 날 아침에는 진정이 되어 토기도 없고 배도 안 아프다 했다. 녹즙을 다시 드셔도 토하지 않으셨다.

아침에 녹즙 만들어 드시는 동안에 따끈한 물과 찬물에 반복해서 발을 담그는 수치료를 30분 동안 한다. 배즙과 민들레즙이 끝나면 수치료도 끝나서 발 마사지할 시간이다. 코코넛오일로 인터넷에서 배운 9단계의 발 마사지를 하고 종아리 마사지를 한다. 엄마 발은 굳은 살점 한 군데 없이 어린아이 발처럼 부드럽고 예쁘다. 그러면 이제는 운동시간이다. 딸 혜은이가 보내준 운동 순서대로 컴퓨터를 보고 운동을 한다. 발에 힘을 주고 일어설 수가 없으니 눕거나 앉아서 하는 운동을 시킨다. 엄마가 평소에 하던 요가를 추가해서 30분 정도 아침에 운동했다. 엄마는 혼자서도 수시로 스트레칭하고 운동하는 예쁜 모범생이다.

아침 5시 정도부터 종일 엄마가 드실 수 있는 녹즙은 적게는 네 번에서 12번까지였다. 엄마의 기분과 요구에 따라 지하의 구내식당에서 식사를 갖고 오기도 했다. 친구가 물김치를 만들어 오기도 하고 엄마 기호와 요구에 따라 다시 무를 사 와서 만든 무 동치미를 맛있게 드셨다.

소화를 염려하여 엄마는 죽을 선호했지만 세 술을 넘기지 못했다. 끊임 없는 방문객들이 갖고 온 각종 과일과 색다른 음식도 한두 입이면 끝이 다. 그래서 나는 더더욱 녹즙과 과즙을 만들고 유치한 가무를 해서 엄 마의 영양을 충족시켜야 한다고 생각하게 됐다.

가끔 소화가 잘 안되는 것같이 속이 더부룩할 때는 엄마를 휠체어에 태워 아파트 복도를 몇 바퀴 돈다. 진통제를 많이 필요로 하지 않고 기 분이 좀 괜찮아졌을 때 엄마가 즐겨 참석하시던 노인 아파트의 프로그 램에 참석했다. 많은 사람이 엄마를 걱정해 주고 반가워한다. 엄마 기 분도 좋아진다. 민요 교실에서 부르는 노랫말은 절절하게 가슴을 파고 드는 것이 많다. 우리 조상님들의 표현이 참 은근하면서도 솔직하고 익 살스러운 것을 볼 수 있었다. 노래 교실, 명상 체조, 레커 댄스 교실도 참석했다. 엄마가 참여하지는 못하지만, 음악과 분위기로 기분 전환할 수 있을 것 같아서 모셨다.

꿈 때문에 엄마가 무척 우울할 때가 있었다. 그때는 댄스 교실에서 엄마 앞에서 알랑거리며 춤을 추다가 이따금 씩 두 손을 위로 뻗쳐 엄 마와 손바닥을 맞춰 탁 소리 나게 손뼉 쳤다. 아파트 내에 있는 목욕탕 에 휠체어 타고 가서 목욕 의자에 옮겨 앉혀서 동생 미화와 같이 목욕 을 시켜드리면 개운해 하신다. 노인 아파트 안에서 모든 것이 해결되니 까 참 편하고 감사하다.

아파트 안에 엄마 친구분들이 많아 하루도 거르지 않고 방문객들이 몰려와서 문전성시를 이룬다. 친척들, 따뜻하게 손잡아 주시며 예수님 을 전하시는 권 목사님 내외분, 엄마에겐 딸피도 같은 헝겊, 늘 엄마의 가려운 데를 용케 찾아내서 시원하게 해결해 주는, 간호부장으로 퇴직하고선 대학 강의를 하는 혜자 언니, 매일같이 엄마를 안아주는 엄마 양딸 혜숙이, 애틋하게 기도해 주시는 젊은 입주자 김의순 언니…. 많은 분이 엄마에게 사랑을 전달하셨다. 동생 미화는 엄마께 필요한 모든 물품과 환경을 편안하게 제공하느라 많이 힘들었을 것이지만 늘 온화하게 웃는다. 남자가 귀한 이곳에 박 서방이 한 번씩 와서 비뚝거리면 아파트 소장님도 엄마께 대하는 태도가 더 공손해지더라는 엄마의 귀여운 말씀도 있었다. 나보다 먼저 엄마 곁에 오려던, 내가 젖히고 온 막냇동생 미성이는 미국에서 매일 전화해서 엄마께 생기를 준다. 사위들과 손주들도 시시때때로 멀리서 가까이서 방문과 문안 전화를 하니 엄마는 받은 분복이 큰 분임이 틀림없다.

엄마는 이제 염색도 포기했다. 하얀 박꽃 같은 순백의 머리카락은 예전 어느 때보다 더 윤이 난다. 엄마 시대의 여자로서는 키가 큰 편이었던 엄마는 골다공증으로 키가 무척 많이 줄었다. 더군다나 수술 후 제대로 식사를 못 하고 퇴원하기 전까지 자주 토해서 살도 많이 빠져 왜소해 보였다. 주름이 이제는 깊이 패서 감출 수가 없다. 늘 외모에 신경을 많이 쓰는 엄마는 거울을 보면 당신의 얼굴이 하회탈 같다고 하신다. 언제 이렇게 모습이 변했는지…. 하지만 난 엄마의 이 모습이 더 사랑스럽고 자랑스럽다. 백발과 깊이 팬 주름은 자랑스러운 엄마의 면류관이 아니던가.

엄마는 이제 만으로 89세가 다가오지만 나는 엄마가 더 오래 장수할 것이라고 본다. 흔히 말하는 건강의 3대 조건에 엄마가 꼭 부합한다. 첫째, 식사를 잘하신다. 수술 후의 식욕감소는 일시적인 현상이지만 그 전에는 잘 드셨던 편이었다. 현미밥과 건강식을 즐기신다. 신선한 채소

를 좋아하고 기름진 음식이나 밀가루 음식은 멀리하신다. 짜거나 단것
도 멀리하신다.

그리고 잠을 잘 주무신다. 낮에도 시시때때로 낮잠을 즐기시건만 밤
에도 초저녁이면 깊은 꿈나라로 바로 직행한다. 갓난아이들이 깊은 잠
을 자면서 쑥쑥 성장하듯이 엄마도 자는 동안에 성장호르몬이 나와서
부러진 뼈를 회복시켜주는 것이리라. 잠든 엄마의 평안한 모습은 내게
행복을 가져다준다. 내가 어릴 때 내 잠든 모습을 보고 엄마도 무척 행
복해하셨을 것이다.

그리고 평소에 활동적이시던 분이 걷지를 못하시니 활동량이 현저히
줄어들었지만, 배변은 매일 한두 번씩 틀림없이 한다. 수술 후 8일 만
에 병원에서 돌덩이 같은 변을 분만하듯이 겨우 밀어내서 변기에 쨍그
랑하고 부딪히는 소리가 났다고 한다. 변기에서 내려가지 않아서 수리
기사가 와서 숱하게 노력하다가 실패하고 병석에 누워있던 엄마의 참
견으로 까만 비닐봉지에 건져 가서 버렸다고 한다. 지금도 대화 중에
"엄마 똥 굵은 거 알지." 하면 모두 까르르 넘어간다. 그 후에 병원에서
약한 하제를 매일 줬지만 얼마 지나지 않아 필요 없게 되었다. 밤중에
변 보시는 것만 빼면 별문제는 없다.

엄마는 수술 6주 후에 휠체어에서 워커로 바꾸어도 된다는 의사의
진단이 내렸다. 미리 방문하고 살펴본 재활치료를 할 수 있는 병원에
동생과 같이 가서 입원시켜드렸다. 간호사도 간병인도 안심하고 엄마
를 맡길 수 있는 신실한 기독교인이었다. 엄마가 밤 3시에 배변하는 습
관이 있다고 무안스레 말하는 내게 간병인은 진심으로 나를 편안하게
안심시켜 주었다.

엄마를 재활병원에 입원시킨 후 이틀 동안 나는 엄마 아파트를 확 뒤집어서 버릴 것은 버리고 베란다에 있는 서랍장을 방으로 옮겨 계절별로 옷을 정리 정돈했다. 세탁할 것은 해서 손질해서 장롱 속에 정리해 두었다. 냉장고 정리도 하고 아파트 내부에 고장 난 곳은 관리인을 불러 고쳤다.

한 달여를 엄마 침상 곁에서 엄마와 동고동락하다가 귀가했다. 내 생전에 이보다 더한 축복이 있을까. 웬일인지 이상하게 삐걱거리던 엄마와의 관계가 예전처럼 회복되었다. 엄마 이야기 속 어린 시절의 엄마를 만나서 엄마의 입장에서 듣고 느껴보기도 했다. 엄마 친구분들에게까지도 많은 사랑을 받았다. 엄마는 꿈을 평소에 잘 꾸고 잘 맞는다고 했다. 그동안 여러 가지 꿈을 꾸고 불안해하고 우울해하더니 마지막에는 좋은 꿈을 꾸었다고 했다. 꿈에서 절벽 길에서 자꾸 미끄러지는 것을 내가 끌어줘서 같이 갔다고 했다. 엄마는 이제 부처는 버리고 내가 믿는 예수와 함께 나와 같이 가겠다고 했다. 엄마와 둘이서 울면서 손잡고 했던 그 숱한 기도들은 하늘 어디엔가 기록되어 있을 것이다. 엄마와 하루에도 몇 번씩 함께 노래했던 참 좋으신 하나님께서 우리의 기도를 응답해 주실 것으로 믿는다. 오늘도 혜자 언니가 보내준 엄마의 워커 딛고 있는 사진을 엄마를 물어보는 직장 동료들에게 보여주며 받은 축복과 다가오는 축복에 감읍한다.

※비뜩거리다: 얼씬 거리다의 방언

제상 앞의 기도

　나는 '무릉'이라 이름하는 작은 마을에서 태어났다. 그곳은 아버지의 출생지이기도 하다. 마을 앞으로는 맑은 내가 흐르고 나지막한 산이 동네를 병풍처럼 두르고 있는 아름다운 곳이다. 이름처럼 무릉도원 같은 곳이다. 5살 때 마산으로 이사 간 후에는 방학이나 명절만 되면 꼭 찾아가는 내 고향이기도 하다. 타성도 몇 있었지만 130여 가호의 주 씨들이 모여 사는 집성촌이다. 마을 사람 모두가 친척이었다. 순박한 동네 분들이었지만 외지 분들에게 양반이랍시고 텃세도 좀 했던 것 같다. 우리는 어릴 때부터 어른들이 "자네 성이 뭔고?" 하고 물으면 "상주 주 씨 알 양반입니다."라는 대답의 교육을 받고 자랐다. 가끔 어린아이도 촌수를 따지면 할아버지가 되기도 한다. 온통 어른이고, 양반이고, 따지는 것도 많고, 가리는 것도 많은 자칭 양반님들의 마을이었다. 우리 큰아버지와 둘째 큰아버지는 갓을 쓰고 두루마기를 입고 다니셨다. 많은 동네 어르신도 비슷한 차림새였다. 참 불편해 보였다. 연암 박지원 님은 '양반전'에서 양반은 한 냥 반인데 그 당시의 개값이 두 냥이라고 했으니 양반은 개보다 못하다는 말이다. 우리 조상님들께서는 그것을 알고 계셨는지 참 궁금하다.

　유교를 중시하는 곳이라 예의범절이 대단한 곳이어서 아무리 급해도 뛰어가는 적이 없다. 부모에게 불효하면 멍석말이가 행해지는 곳이었다. 길에서 만나는 어른에게 허리를 구십도 굽혀 절을 해야 했다. 타성인 엄마의 외사촌이 초등학교 교사였는데 그 동네에서 하숙했다. 잘생긴 삼촌을 사모하여 그 동네 처녀가 집 밖에서 삼촌을 부르는 사건이 있었다. 삼촌은 그 처자를 만나보지도 않고 집에서 자고 있었는데 삼촌도 그 처자도 동네에서 쫓겨났다고 했다. 그만큼 유교 사상이 지배하던 곳이었다. 그중에 최고로 꼽는 것이 제사 제도이지 싶다.

제사는 나에게 참 익숙한 제도였다. 친가, 외가, 시가 모두 제사는 조상을 섬기는 당연한 자손의 도리라고 생각했다. 어릴 때 엄마 따라 외가에 갔을 때도 늘 제사 때였다. 명절이면 아버지를 따라 시골 큰 집에 제사 지내러 가곤 했다. 명절에는 친척들이 제사를 위해 먼 곳에서 모여들었다. 숙모님들과 사촌 올케언니들은 한복 차림으로 음식 장만에 여념이 없었다. 양복 차림의 아버지는 지방을 쓰셨고 한복 차림의 큰아버지는 밤을 치시며 제상 차릴 준비를 하고 계셨다. 제 상이 큰집 대청마루에 펴지면 큰 올케언니가 음식을 공손하게 들고 오고 큰아버지께서 받아서 상위에 배치하셨다. 큰아버지는 사촌 오빠들에게 제 상차림에 대해 교육하셨다. 가르치는 큰아버지와 배우는 오빠들의 엄숙한 모습은 어린 우리 사촌들을 공손하게 만들었다.

제 상차림과 제사 예식도 아무 때나 하는 것이 아니고 기다려야 한다. 집안의 여러 갈래 촌수의 서열 높은 분들에서부터 밑으로 내려오는 제사 순번을 기다려야 한다. 윗대 제사 의식이 끝났다고 기별이 오면 그제야 시작한다. 어떤 때는 정오를 훨씬 넘길 때도 있다. 그래도 불평하는 사람은 없다. 대청의 돗자리에는 큰아버지, 작은 큰아버지, 아버지가 서고 축담에는 오촌 아저씨들, 마당의 멍석에는 사촌 오빠들, 그 뒤에는 먼 친척들이 자리를 차지하니 넓은 마당이 가득 찬다. 절을 여러 번 하고 잔도 수없이 올리고 길고 지루한 제사 예식을 치른다. 그리고 마을에 있는 제실이라고 하는 사당에 가서 또 제사를 지낸다. 그리고 친정 집안의 큰 사당이 있는 곳은 다른 도시에 있는데 그곳은 특별한 날에 제사를 지낸다고 했다. 여자들은 끼지도 못하지만, 이 집안에 시집온 며느리들에게는 조상들에게 인사를 해야 하니 한 번은 구경할 기회가 있다고 했다.

나는 그 사당에 들어가 보지는 못했지만, 마을의 제실에 있는 우리 조상 '신자' 할아버지의 초상화는 보았다. 높은 벼슬을 했다는 그분은 부리부리한 눈에 아주 잘생긴 얼굴에 장대한 체격의 소유자였던 것으로 보인다. 마을 사람들과 매우 다르게 생겨서 조상이 맞는지 의심스럽다. 이 할아버지의 혼백을 모신 제실이 상당히 컸고 제실을 지키는 고지기 가족도 있었다. 이 제실은 주 씨들의 우상이고 신줏단지였다. 지금은 나라에서 문화유산으로 지정되어 관리한다.

나는 이런 유교에 푹 절어있는 가정에서 우상과 제사와 함께 자랐다. 예수쟁이는 조상도 모르는 인간 이하로 인식되는 것이 집안의 의식 구조였다. 그러니 지금까지도 이 마을에 교회가 발붙이지 못한다. 그런데 정작 이 마을 후손인 내가 예수쟁이가 되었다. 예수님께서는 그런 우상 숭배의 가정에서 나를 멀리 미국까지 보내셔서 나를 만나주셨다. 머나먼 타국에서 누구에게도 방해받지 않고 나는 예수쟁이가 되어버렸다.

그러나 나는 어릴 때부터 보고 배워왔던 대로 제사는 조상에게 예의를 차리는 것이지 우상숭배라는 생각은 하지 못했다. 가끔 한국 방문 때 아버지 제사를 만나면 스스럼없이 제상 앞에서 절도하고 제사 음식도 맛있게 먹었다. 큰 양재기에다 제상에 있던 각종 나물을 넣고 탕국도 넣고 촉촉하게 비벼서 친척들과 둘러앉아 정담을 나누며 같이 먹던 어릴 때부터 해오던 습관을 계속해오고 있었다. 제사 제도가 가문을 이어주고 나의 뿌리를 기억하고 조상을 기리는 아름다운 제도라고 생각하고 있었다.

지독히 우상 숭배하던 집안에서 예수님의 족보로 옮겨가는 것이 무 자르듯이 단박에 되면 얼마나 좋을까…. 한인교회가 없는 곳에서 미국 교회에 출석하면서 신앙의 뿌리가 없는 우리 가정은 동떨어진 신앙생활을 했다. 그러나 그리스도인으로서 조금씩 키가 자라가면서 구습을 차츰 버리게 되고 제사의 정체도 조금씩 깨달아가기 시작했다. 그즈음에 한국에서 사촌 시숙이 모시던 시부모님의 제사를 우리에게 옮겨왔다. 다른 주에 계신 한인 목사님들께 전화로 물어보고 추모식의 순서를 배웠다. 남편과 의논해서 식구끼리 그렇게 시부모님들을 추억하며 기리는 시간으로 뜻있게 보냈다.

한국 방문 때의 제사 자리에서는 다른 사람들이 못 알아차리게 절하는 것을 슬쩍 피했다. 그러나 그렇게 비겁한 내 행동이 끝장을 봐야 하는 날이 왔다. 엄마가 세운 양자가 아버지 제사를 지내다가 말썽이 생겨 무산되는 일이 생겼다. 언제나 문제였던 추석 제사는 내가 해마다 가겠다고 엄마께 약속했다. 그리고 첫 추석을 맞아 약속대로 제사 지내러 귀국했다. 음식을 만들면서 엄마께 제사 방식에 대해 말할 기회를 살폈지만 못하고 제 상차림이 끝날 때까지 왔다.

엄마는 나보고 먼저 절하라고 하셨다. 나는 연로하신 엄마가 많이 상처 입지 않고 대화가 잘 되도록 속으로 줄곧 기도했었다. 엄마에게 맞아 죽을 각오를 하고 나는 무릎을 꿇고 공손하고 진지하게 말씀드렸다.

"엄마, 미안해요, 나는 하나님을 믿기 때문에 우상 앞에 절할 수 없어요. 우상에게 절하지 말라고 하신 하나님의 말을 순종하고 싶어요. 이 앞에 정말 우리 아버지가 계시면 백 번이라도 절하지요. 그런데 죽은 사람은 여기 와서 제사상 받을 수 없어요. 엄마가 속고 있는 거예요."

엄마는 좀 당황해하는 것 같았다.

"그라모 이번에 한 번만 해라."

"엄마, 정말 미안합니다. 기독교식으로 이 앞에서 아버지 생각하면서 기도하면 안 될까요?"

"그라모 니는 비키라. 내가 먼저 하고 나거든 니가 해라." 하시고는 엄마는 혼자서 제사를 지내셨다. 엄마가 생각보다 침착해서 안도가 되고 참 감사했다. 그렇지만 양자 무산되고서 아직 맘이 편치 않으실 텐데 믿었던 나까지 이러니 엄마 맘이 얼마나 무너졌을지 나는 안다. 아들 없는 아물지 않는 오래된 상처에 내가 또 소금을 뿌렸다. 나는 아버지 제상 앞에서 엄마도 나같이 하늘 아버지의 딸이 되어 이런 우상에게 절하는 일이 없게 해 달라고 울면서 기도했다.

엄마는 그다음 해부터는 아버지 제사를 절에 올렸으니 내가 올 필요 없다고 했다. 몇 년이 지나서 추석에 한국 방문해서 같이 절에 가게 되었다. 많은 사람과 엄마가 절하고 있는 곁에서 나는 가만히 앉아서 기도했다. 앞에 있는 큰 부처상 왼쪽에는 우리 아버지 사진을 포함한 많은 사람의 사진들이 있었다. 저 사진들의 주인을 위해 합동 제사 지내는 것이라고 했다. 오른쪽에는 작은 불상들이 많이 있있다. 사람들은 이 크고 작은 불상들 앞에서 죽은 가족의 영혼을 위해 수없이 절을 했다. 스님이 염불하는 것을 잘 알아듣지는 못했지만, '소원성취, 무병장수, 운수 대통, 부귀영화'라는 말은 들렸다. 아마 죽은 조상에게 이런 것들을 비는 모양이다. 조상을 기억한다는 것이라기보다 개인의 복을 위한 의식으로 보였다.

아버지 제상 앞에서 기도한 4년여 후에 내가 기도했던 대로 엄마도 이제는 하나님의 딸이 되어 그 지독한 우상 소굴에서 90년 만에 탈출했다. 엄마는 이제 아버지 산소에 가도 절하지 않는다. 평생 제사 지내 줄 아들이 없어서 맘속 깊이 패어 있던 상처도 이제는 흔적조차 없다. 엄마는 예수님의 손잡고 칠흑 같은 어둠을 뚫고 나와 빛으로 걸어 들어가셨다. 얼굴도 환하게 빛난다. 대대로 내려오면서 얽매여 있던 우상숭배의 노예 신분에서 자유롭게 해주신 분께 엄마는 아침마다 감사제를 기쁘게 드린다. 이것을 어찌 기적이라 하지 않을 수 있으리!

엄마 다시 태어나신 날

"좋으신 하나님 ~~~ 참 좋으신 나의 하나님." 91세 되신 엄마는 또렷한 목소리로 하나도 틀리지 않고 찬양하신다. 그 목소리에는 기쁜 흥분이 묻어있다. 내가 사는 미국의 아침 5시, 엄마가 계신 한국의 저녁 8시에 엄마와 나는 같이 목청 높여 찬양을 한다. 나는 하루의 시작을, 엄마는 하루의 마감을 이렇게 찬양으로 같이한다. 그리고 성경 읽기를 하면서 하나님이 창조하신 세상의 이치를 배워 나간다. 그리고 "내 주님 오시리~."라는 재림의 소망을 노래하며 마무리를 짓는다. 기도 중간에 힘차게 '아멘'을 열창하시는 엄마의 목소리에 힘이 넘친다.

전화기를 놓기 전에 "엄마, 사랑해요." 뽀뽀도 요란하게 하고 다시 영어로 "I love you." 하면 엄마도 "I love you too." 하시면서 "내 예쁜 새끼 뽀뽀뽀" 하시면서 행복해하신다. 아무도 뺏을 수 없는 하나님과 엄마와 내가 같이 하는 행복한 시간이다.

우리 엄마는 평생 절에 다니셨다. 정식으로 보살 칭호도 받았다. 늘 새벽에 몸을 깨끗하게 씻고서 불경을 읽고 염불하고 부처한테 기도하는 분이었다. 학교 문턱에도 안 가봤다고 스스로 말씀하지만 어려운 한문을 배워서 가족들의 사주팔자를 뽑아내곤 하셨다. 자식들의 토정비결을 스스로 뫼서 언초면 집집마다 전화로 배달하는 것을 엄마의 책무로 여겼다. 어떤 때는 내가 식사 기도하는 것이 거슬리면 엄마는 내 기도를 묻어 버리는 염불을 하시곤 했다.

예수님의 십자가 이야기를 하면 자식을 십자가에 못 박는 무정한 하나님이라고 비난하며 혀를 끌끌 차고 눈을 흘기기도 했다. 길에서도 못된 사람을 보면 저 사람은 틀림없이 예수쟁이일 것이라고 할 만큼 예수 믿는 사람들에 대한 나쁜 인식이 철저하게 엄마 속에 자리하고 있었다. 도저히 손톱도 들어가지 않는 철저한 불교도이었다. 딸을 끔찍이 사랑하는 엄마가 내가 예수님을 만난 후로는 아무것도 아닌 것에 나와 맘이 상하는 일이 자주 생겼다. 집안에 두 종교가 있으니 야릇한 기류가 흐르는 것을 느끼며 늘 답답해하며 안타까워하고 있었다.

그런데 위기를 기회로 바꿔서 내 기도를 응답하시는 하나님의 놀라운 계획이 있을 줄이야! 몇 년 전에 엄마가 다쳐서 고관절 수술을 하면서 5주를 엄마와 한방에서 동고동락할 기회가 생겼다. 매일 엄마가 깨기 전에 새벽마다 엄마 침대 발치에서 간절하게 기도했다. 엄마가 기거하는 노인 아파트에 작은 교회가 있었지만 아픈 엄마를 혼자 둘 수 없어서 같은 방에서 기도했다. 그 눈물의 기도를 엄마는 다 듣고 계셨던 것이었다.

새벽부터 잘 때까지 참으로 감사하며 기쁜 맘으로 엄마의 병시중을 들었다. 과일즙, 녹즙, 운동, 수치료, 목욕시키기 등을 하면서 엄마와 함께 보낼 수 있던 시간은 귀한 은혜의 순간들이었다. 기도로 시작해서 기도로 하루를 감사하며 마감했다. 하나님께서 마련해 주신 엄마와 나의 특별한 부흥회 시간이었다. 내가 예수 믿은 후로는 늘 내가 하는 행동을 불만스러워하던 엄마는 많이 부드러워지셨다.

그러나 방해 요인이 왜 없었겠는가. 엄마는 어린아이처럼 녹즙이 맛

없다고 투정하시고 매사에 짜증을 부리면서 고함치기도 하셨다. 하루에도 몇 번씩 내 눈에 눈물을 쏙 빠지게 하시곤 했다. 그전 같았으면 참을성 없이 나도 같이 엄마께 대적해서 한 마디 했을 것이다. 그러나 엄마의 불쌍한 영혼이 내 마음에 더 큰지라 그런 것은 내게 큰 문제가 되지 않았다. 엄마가 녹즙을 즐겁게 마시게 하고 싶은 나는 유치원생이되어 나비처럼 춤추며 노래하면서 녹즙 컵을 엄마 앞에 대령했다. 하나님께서 주신 생각이었다. 우리는 녹즙 컵을 잡고 울면서 같이 기도했고 엄마는 단숨에 쓴 녹즙을 마셨다.

새벽 두 세시에 꼭 대변을 보시는 엄마를 화장실에 휠체어로 모시려면 침대 밑바닥에 깔고 자던 내 이불을 완전히 걷어내야 했다. 엄마는 그것을 보고 참 미안해하셨다. 나는 수술 후에 걷지 못하는 엄마가 변비로 고생할까 봐 염려했는데 한밤중이라도 배변을 규칙적으로 잘하시는 게 고맙기만 했다. 고통스러운 시간 속을 지나가고 있었지만, 엄마의 영육 간의 상태가 눈에 보이게 좋아지고 있었다. 하나님께서 같이하신다는 느낌 속에 평안함이 넘쳤다. 이렇게 듬뿍 내려주시는 은혜의 비를 온몸으로 감사하며 누렸다.

그런데 이번에는 꿈이 엄마를 번민에 빠트렸다. 꿈에 조상들이 엄마에게 그 길로 가지 말라고 했다고 하신다. 꿈을 꾸고 난 다음 날은 온종일 우울해하고 더 아파하셨다. 그럴 때면 휠체어에 엄마를 모시고 노인 아파트의 노래교실에서 같이 노래하고, 춤 교실의 흥겨운 음악에 맞춰 엄마 앞에서 춤을 추며 재롱을 부리고 손뼉을 맞춰서 치곤했다. 그래도 그 우울은 쉽게 떠나지 않았다. 그중에도 엄마 손을 잡고 시시때때로 기도하면 엄마는 아멘 하고 크게 말했다.

그러던 어느 날 아침, 엄마는 잠자리에서 일어나며 내게 "이제 울지마라 네가 믿는 예수를 나도 믿기로 했다"라고 하셨다. 엄마가 꿈에서 나를 따라가는 것이 살길이라는 것을 알았다고 했다. 그날 이후로는 엄마 얼굴에 평안과 기쁨이 흘러넘쳤다. 권 목사님 부부께서 매주 방문하셔서 성경 말씀과 기도를 해주고 가셨다. 더욱 은혜가 넘치는 시간이었다.

수술 후 6주가 되어 이제는 본격적인 재활치료가 필요한 시기가 되었다. 미국의 직장에서 가족 병가를 급하게 내고 갔던 나는 무한정 한국에 머물 수는 없었다. 재활 병원에 엄마를 입원시키고 나는 집으로 돌아와야 했다. 큰 글자 성경과 성경 찬미가 들어있는 라디오를 사다 드렸다. 내가 한국을 떠나오기 전에 어렵게 정한 엄마 마음이 바뀌지 않게 해 달라고 기도했다. 목사님께 부탁하고 신실한 그리스도인 친구에게도 부탁했다. 엄마의 노인 아파트 입주인 중에 젊은 신실한 분께도 부탁하고 엄마 아파트 내에 예수를 믿는 할머니들에게도 부탁했다. 마침 우리 엄마를 엄마라 부르며 가깝게 지내던 명리학을 좋아하고 예수를 지극히 싫어하던 사람과는 이상한 일로 엄마와 관계가 멀어지게 되어 오히려 감사했다.

엄마가 재활 병원에 2달 입원해 있는 동안 그리스도인 담당 간호사와 간병인을 만났다. 재활병원에서도 경과가 좋아서 얼마 있지 않아 퇴원할 수 있었다. 의사도 주위 사람들도 깜짝 놀랐다고 했다. 그러나 내가 곁에 없으니 교회에 갈 수도 없고 부탁했던 주위 분들도 한계가 있어서 안타깝기만 했다.

1월 말에 한국을 떠나왔는데 5월 말에 엄마 구순 잔치를 하느라 한국에 다시 나갔다. 가족들이 모두 모였지만, 아무도 엄마가 스마트폰을 사용할 수 있을 것이라는 생각을 못 했는데 동생들이 엄마께 스마트폰을 사드렸다. 그 이후에 카톡으로 더욱 자주 통화를 할 수 있게 되었지만 예수님을 모르는 엄마로 인해 맘이 무거웠다. 그런데 딸과 전화로 성경 공부를 하다가 내 머리를 치는 생각이 있었다. 카톡으로 엄마와 성경 공부를 하면 되겠다는 생각이었다. 하나님께서 주시는 생각이었다. 엄마께 물어보니 기다렸다는 듯이 아주 좋아하셨다.

2016년 9월 중순에 창세기부터 성경을 읽어가며 김대성 목사님의 창세기 연구의 설명을 함께 곁들여 천지창조부터 시작했다. 그런데 그 당시는 이해를 잘하시는 것 같은데 다음날 물어보면 기억을 못 하셨다. 답답해서 새벽에 엎드려 기도하는데 내 눈앞에 지나가는 장면이 있었다. 맑은 물이 위에서 한 방울씩 똑똑 떨어지는 것을 엄마가 입을 벌리고 받아 들고 계셨다. 용기와 희망과 지혜를 주시는 분의 인도하심으로 성경 읽기는 활력을 띄었다. 또 하다 보면 엄마가 이해를 못 하고 나도 잘 모르고… 오리무중에 빠져 애가 탈 때면 적절한 지혜를 주시기도 하셨다.

아브라함에서부터 홍해를 지나면서 아슬아슬한 순간들도 같이 손에 땀을 쥐고 지나갔다. 유월절을 동지팥죽의 기원일 것이라고 하니 손뼉을 치며 유월절 예수님 피를 이해하시기도 했다. 딸도 같이 삼대가 같이 성경 공부를 하니 엄마는 너무 좋아하셨다. 시간 맞추기가 힘들어 이제는 일주일에 한두 번만 셋이 함께 하지만 엄마도 딸도 그날을 기다린다. 출애굽기까지 히고 미대복음을 하고 있을 때 한국에서 아들 결혼 날짜가 잡혔다.

엄마가 병석에 계실 때 방문해서 성경 공부해 주시던 권 목사님께 전자우편을 드렸다. 아주 반가워하시면서 엄마 아파트를 방문하셔서 침례 공부를 하셨다. 목사님은 90세의 학교 문턱에도 못 가본 엄마가 공부를 아주 잘하신다고 기뻐하셨다. 그리고 2017년 2월 18일, 가족들의 축복을 받으며 엄마는 침례를 받고 하나님의 딸로 새로 태어나셨다. 이 일이 꿈인지 생신지 40년의 기도가 응답되는 감격의 순간이었다.

교회에서는 부엌에서 침례탕으로 호스로 연결해서 따뜻한 물을 받으려 했었다. 그러나 얼마 지나지 않아 찬물로 바뀌어서 침례탕은 얼음 물 같이 차서 목사님께서 걱정을 많이 하셨다고 했다. 그러나 엄마는 평소에 수영하시는 분이라 그런지 "아이고 시원하다." 하시면서 침례식을 잘 끝내시고 주위 분들이 걱정하던 감기는 엄마 곁에 얼씬도 못 했다. 엄마는 불교 서적을 목사님께 다 드리고 태워달라고 하셨다. 이제는 토정비결도 안 하고 제사도 하지 않고 산소에서 절도 안 하신다. 엄마의 조상신 모시는 것 때문에 곁에서 고생하던 동생도 자유를 만났다.

이제 엄마는 누가 시키지 않아도 새벽에 일어나서 찬미하고 기도하고 저녁에는 나와 같이 카톡으로 성경 읽기를 하고 있다. 옛날에는 부처에게 기도했는데 이제는 하나님께 예수님 이름으로 기도하신다. 엄마는 심지가 굳으신 분이라 마음을 바꾸기가 힘들지만 한번 정하면 쉽사리 바꾸는 분이 아니다. 교회는 절대 빠지면 안 되는 줄 알고 있다. 교회에서 연말에 담임목사님으로부터 개근상을 받았다. 이제 걸음마를 시작한 엄마가 예수님 안에서 무럭무럭 성장해 나가시길 바란다. 예수님의 십자가를 확실히 경험하고 예수님 모습으로 점점 닮아가길 바란다. 참으로 오랫동안 기다려 주시고 여기까지 인도해 주신 크신 그분께서 그 일도 해주시리라 믿는다.

참으로 놀라우신 그분의 계획하신 은혜에 내가 천 번을 죽는다 해도 갚을 길이 있을까… 내 평생에 두 손들고 찬양하며 감사하며 살리라.

그 날

새벽 네 시에 집을 나섰다. 남편과 함께 얼마 전에 결혼한 아들 집을 첫 방문하는 날이다. 5시 50분 출발 비행기를 타려고 줄을 섰다. 4시 25분, 충분한 시간이었다. 우리가 예약한 항공사에는 2명의 직원이 일하고 있었다. 우리 앞에 네 명이 있어서 금방 절차가 끝날 줄 알았는데 사람마다 긴 시간을 소요하고 있었다. 직원들은 중간중간 전화를 받고 안으로 들락날락 부산하지만, 진행은 참 느렸다. 그나마 일등석 고객을 먼저 수속해 주니 줄은 더 쳐져 가기만 했다. 50분 정도 애타게 기다린 후에 드디어 우리 순서가 왔다. 그런데 우리 비행기 표가 다른 항공사 것이라고 한다. 여태까지 엉뚱한 항공사에서 애태우고 기다렸단 말인가. 이럴 수가….

급하게 바른 항공사로 찾아가서 남편이 대표로 비행기 표를 두 장 받았다. 얼른 뛰어가서 탑승 안전 점검 줄에 섰다. 탑승 시간이 딸막 해서 마음이 다급하다. 남편이 주는 내 표를 운전면허증과 함께 공항 안전 점검 요원에게 내미니 내 표가 아니고 남편 것이라고 한다. 표가 바뀐 줄 알고 남편의 다른 표를 받아서 주니 그것도 아니란다. 그제야 자세히 보니 갈아탈 것까지 남편 표만 두 장이고 내 것은 없었다. 나는 살같이 달려 남편 표만 발권해 준 아까 그 항공사 직원에게 가서 말했다. 실수해서 미안하다면서 내 표 두 장을 준다.

나는 또 쏜살같이 되돌아 뛰어가서 첫 번째 안전 점검에 통과하고 엑스레이 투과하는 두 번째 점검하는 줄에 섰다. 신발을 벗어 플라스틱 통에 두고 가방들과 함께 자동으로 엑스레이 투과하고 지나가는 곳에 두었다. 나도 신발을 벗은 채 짐들처럼 두 손을 들고 서서 엑스레이가 내 몸을 투시하고 지나가도록 맡기고 기다렸다. 그리고 안전요원들의 지시에 따라 줄을 서서 나왔다. 탑승 시간이 촉박한 것만큼 내 마음도 다급했다. 얼른 신발을 찾아 신고 가방들을 기다렸다. 큰 가방 하나는 짐칸으로 부치고 남편과 나는 각각 두 개의 가방을 비행기 안으로 갖고 가는 중이다. 경제적이기도 하지만 사기 접시들이 깨질까 봐 남편과 둘이 분산해서 운반하는 중이었다.

그런데 내 가방이 점검에 걸렸다. 가방 속의 내용물을 조사할 동안 나는 그 앞에서 심문 받는 죄인처럼 서 있어야 했다. 이웃의 복 교수님 부부가 아들 부부에게 결혼 선물한 사기그릇 세트, 아들이 어릴 때 갖고 놀던 호랑이 인형, 등등을 일일이 다 꺼내서 조사한다. 이윽고 이제 됐다면서 내게 돌려준다. 집에서 가까스로 빈틈없이 쌌던 가방을 다시 한번 끙끙대며 잘 정리해서 겨우 지퍼를 채웠다.

두 번째 가방을 기다리고 있는데 그 가방도 공항 직원이 들고 오면서 임자를 찾는다. 이것도 걸린 것이다. 보온으로 처리된 가방 속의 내용물이 다 나왔다. 뒤뜰의 텃밭에서 뽑아온 열무, 깻잎, 부추, 파, 참나물, 깻잎 뿌리, 쑥 뿌리. 박하 뿌리, 그리고 남편이 어제 뒤뜰에서 딴 플라스틱 통에 든 산딸기, 거기다 우리 아침 식사용으로 준비한 볶음밥, 샐러드, 파인애플 조각들이 든 플라스틱 통들이 온갖 냄새를 풍기며 하나씩 나오고 있다.

달아오르던 내 얼굴은 이제 화끈거리기 시작한다. 속옷을 몽땅 내보인 느낌이다. 그 순간 남편과 내 이름이 방송을 타고 나온다. 빨리 탑승하러 오라고 한다. 남편에게 빨리 가서 내가 갈 때까지 비행기를 잡아두라고 했다. 옆에 있던 남편은 황급하게 먼저 탑승 게이트로 갔다. 나는 공항 직원에게 지금 우리 이름을 방송했으니까 빨리해 달라고 했다. 가방 점검을 하던 공항 직원은 무서운 얼굴로 내 눈을 쏘아보며 기다리라고 한다.

이윽고 조사는 다 끝났지만, 아직도 채소들은 펼쳐진 채 신문지 위에 흐드러져 있었다. 내가 싸서 넣어도 되겠느냐고 물으니까 그러라고 했다. 얼른 신문지에 다시 싸서 가방 안에 넣는 동안 공항 직원은 장갑을 갈아끼고 소독약을 들고 뿌릴 준비를 하고 있다. 흉악하고 징그러운 벌레를 살상하려고 중무장하고 있는 자세와 표정이 아마 저렇지 않을까 싶었다.

어릴 적 방학 때 시골 큰집에 갔다가 돌아오던 시외버스 속에서 버스가 기우뚱할 때 쏟아졌던 어떤 시골 할머니의 푸성귀들이 생각난다. 흐트러진 채소들로 버스 속이 난장판이 되었다. 차장 아가씨의 짜증 내는 소리에 할머니는 주눅이 잔뜩 들어 기우뚱거리며 주섬주섬 채소로 줍고 있었다. 지금 내 나이가 그때 그 할머니 나이 정도 되었을 것 같다. 그래도 부끄러운 마음은 어찌 이리 늙지도 않을까.

가방 한 개는 끌고 다른 하나는 들고 부리나케 뛰어서 게이트 쪽으로 가니 남편도 나를 보고는 뛰어서 중간쯤 마중 나오고 있다. 기다려 줘서 고맙다고 게이트에 있는 직원들에게 인사하고 비행기 안으로 들어가서 자리를 찾아 앉았다. 우리가 자리에 앉자마자 곧 이륙했다. 그래도 예정 시간보다 5분 전에 이륙했다. 이른 아침부터 심신을 뜨겁게 달구고 난 후의 비행기 속은 참으로 호젓하고 편안했다.

우리 인생 여행이 이런 것 같다. 엎치락뒤치락 덜렁대고 뛰어가다가 넘어지고, 실수하고, 같은 실수를 수없이 되풀이하고…. 쓸데없는 것에 목매고, 마음 졸이고 규율의 속박 속에 얽매이기도 하고, 때로는 원망과 불평을 해가며, 때로는 속옷까지 다 보이는 수치를 당하기도 하고… 그러면서 낮아지기도 하고 여물어져 가기도 하고… 그렇게 살아왔던 내 인생의 경중이 저울대 위에서 측량 당하는 날이 오겠지. 엑스레이 투과하듯이 내 생각과 행동의 동기까지 투명하게 찍힌 사진이 온 우주 앞에 밝히 드러나는 날이 오겠지.

생각할수록 두려운 날이다. 이 행성에서의 여행이 끝나는, 내 인생의 성적표가 나오는 그날, 생각 없이 살아가면서 수없이 만들었던 죄악의 발자국이 드러나는 날, 내 모든 묻혔던, 잊혔던 무서운 비리가 드러나는 날, 나의 모든 오만과 미움과 원망과 참을성 없음과 무절제와 무정함과 위선과 거짓이 여지없이 드러나는 그날이 틀림없이 올 것이다.

그날은 내가 계획할 수도, 예상할 수도 없는 내 영역 밖의 날이다. 그러나 지나온 길을 되돌아보면 나 혼자서 헐떡거리고 가는 줄 알았는데 나를 붙잡아 주시는 강한 손이 분명히 있지 않았던가… 내가 절망의 골짜기와 눈물의 강을 지날 때 날 꼭 붙들고 가시던 그 능하신 손이 하늘 길까지 인도하지 않겠는가? 내 눈에 눈물을 닦아주고 내 지은 죄를 다 담당하신 그분께서 나를 변호하시겠다는데 무슨 걱정을 하리오. 두려울 것도 애석할 것도 원통할 것도 조급할 것도 없는 인생이다.

이제는 세상을 쥐고 있던 손을 풀어서 내 눈을 그분께 고정시키리라.

내 마음의 고삐를 그분께만 맡기리라. 지나간 날들처럼 그날에도 그분의 날개 속으로 나를 숨겨 주실 것을 나는 안다. 이 멀고도 엄청난 여행이 그분께 속한 것인데 마무리도 그분께서 하시지 않겠는가. 그날 이렇게 호젓하고 평안한 하늘 여행을 꿈꾸며 조용히 입속으로 흥얼거려본다. "…나의 손목 잡으시고 나와 동행하옵소서…"

잘매를 보내며

잘매는 중환자실에 입원해 있었다. 정맥주사를 손에 꽂으면 자꾸 뽑아 버린다고 했다. 식사를 못 해서 희부연 영양액이 발의 정맥을 따라 들어가고 있었다. 그래도 오늘 아침과 점심은 미음 반 공기를 삼킬 수 있었기에 내일은 요양병원으로 옮길 것이라고 했다.

잘매는 이제 나를 못 알아본다. 자꾸만 헛소리를 한다. 눈동자도 초점 없이 어디를 바라보는지 알 수 없다. 간병인이 지난밤에도 밤새 헛소리했다고 했다. 맘속에는 옛날 젊은 시절 살던 곳으로 돌아간 것 같다. 간병인이 중환자실에는 보호자가 있을 수 없으니 가라고 한다. 잘매의 손녀딸인 화야가 자기네 집에 가서 자고 내일 요양병원으로 옮기면 다시 오자고 내 손을 끌었다. 하지만 미국에서 한국 경상도 시골 골짜기로 하루 종일 걸려 잘매 보러 왔는데 잘매를 두고 떠날 수가 없었다. 잘매 침대 위에 올라가서 그녀를 끌어안고 누우니 흘러내리는 눈물을 주체할 수가 없었다. 화야는 나를 말리다가 포기하고 간호사에게 부탁해서 오늘 밤 옆의 빈 침대에 자도 된다는 허락을 받아냈다.

화야도 가고 그 방 담당 간병인도 불을 끄고 잠이 들고 있다. 같은 방의 다른 세 환자분은 의식이 없는 듯했다. 나는 빈 침대에 자지 않고 잘매 침내에서 잘내를 끌어안고 울너 울너 기도를 계속했다. 잘내가 한 많았던 이 세상을 떠나기 전에 예수님께서 우리 잘매를 만나 달라고 기도했다. 조상에게 제사를 지극정성으로 지내는 우상숭배에 빠져있던 잘매를 대신해서 회개하고 생각나는 대로 잘매가 지었을 만한 죄를 예수님 앞에 울면서 내려놨다. 십자가 위에서 예수님을 만나고 부활의 소망을 갖고 잠들 수 있도록 기도했다.

잘매는 계속 혼잣말을 하면서 손을 더듬어 뭔가를 계속 찾는 듯했다. 나는 속으로 예수님께서 저 손을 붙들어 달라고 기도하면서 내 손을 잘매 손안에 넣었다. 잘매는 내 손을 붙잡고 한참 동안 힘 있게 문지르면서, "아이가, 얄구지라." 라고 계속 되풀이했다. 그러더니 내 손을 잘매 입에 갖다 대고 한참을 입 맞추었다. 우리 잘매는 신기한 것이나 사랑스러운 것이나 믿을 수 없는 일이 벌어지고 있다는 표현을 그렇게 했었다. 어떤 일이 잘매의 생각 세계에서 일어나고 있었는지 알 수 없지만 좋은 일이 일어나고 있는 것은 틀림없는 것 같았다.

다음 날은 옆 건물인 요양 병동으로 옮겼다. 미음을 먹여드리고 영양 캔을 먹여드리고 목욕시켜드리고 청력을 잃은 귀에다 예수를 듣는 귀가 뚫리게 해달라고 기도하며 찬미가를 꽂아주었다. 밤에는 잘매를 끌어안고 자면서 기도했다. 금식 기도하려고 마음먹었지만, 기운이 없어 엄마가 싸준 마른 누룽지를 먹었다. 사박 오일을 잘매의 침대에서 그렇게 같이 지냈다. 그런데 한 번은 잘매가 "아이고 더워라." 하시길래 나는 침대 밑에 있던 간이침대로 내려갔다. 얼마 후에 자다가 잘매를 보니 머리가 내 쪽으로 향하게 침대의 가로로 누워 발이 저쪽 침대 가로대 사이로 빠져 있었다. 나를 찾았던 것일까… 그것도 알 수 없다. 잘매는 계속 알 수 없는 세계에 있었으니까.

또 잘매를 두고 떠나야 하는 아침이 왔다. 미음을 떠먹이고 목욕시켜

드리고 온몸에 로션을 바르고 침대 보도 갈고 새 옷으로 갈아입혔다. 그러는 동안에도 새벽에 드렸던 기도가 뇌리를 떠나지 않고 있었다. 새벽에 잘매를 붙잡고 기도하면서 아직도 잘매가 예수님을 받아들인 확신이 없이 가야 해서 불안했다. 징조를 보여달라고 기도했다. 기도 후에 내 눈앞에 스치고 지나가는 장면이 있었다. 가게에서 물건을 사고 신용카드로 지불할 때 계산대의 작은 스크린에 취소와 확인의 표기를 한다. 그 확인 글자에 초록색 불이 들어왔다.

그런데 그것이 확실한 것인지 내 머릿속의 잡념이 아니었는지 시간이 가면서 확신이 없고 의심이 갔다. 내가 너무 미신적으로 믿는 것인지 나 자신도 가늠할 수가 없었다. 믿음 없는 나는 또 가끔 회의에 빠지기도 했다. 오랫동안의 기도가 응답받지 못하는 것 같아서 때로는 초조하고 절망의 구렁텅이를 왔다 갔다 하고 있었다.

내가 잘매를 떠나온 지 6주 후에 잘매는 돌아가셨다. 기도하고 9시 7분쯤에 잠자리에 누웠다. 그런데 바로 잠이 들었던가 보았다. 화야가 9시 15분에 카톡 보낸 소리를 못 들었다. 새벽 1시 44분에 요란한 전화벨 소리에 잠이 깼다. 잘매가 돌아가셨다고 화야가 몇만 리 한국 땅에서 연락해 왔다. 그때 카톡 소리를 들었다면 한국의 목사님께 연락해서 잘매의 임종을 지켜서 나쁜 세력에게 잘매를 뺏기지 않고 예수님께 확실히 인도되었을 것이라는 생각으로 낭패감을 느꼈다. 근래에 회의 속을 들락거리며 기도를 게을리했던 내가 원망스러웠다.

많은 친척이 잘매 임종 때 침상에 있었지만, 예수를 믿는 사람은 아무도 없었다. 잘매가 숨을 모으고 있을 때 잘매의 외농딸인 사촌 언니에게 연락하니 임종 때 잘매가 언니는 오지 말라고 했다면서 안 오려고 했단다. 청력을 잃은 잘매가 그 말을 알아들었는지 전화 통화 이후에 마지막 숨을 거두었다고 했다. 딸을 기다려서 그렇게 침상에서 오래 기다렸는지…. 언니는 잘매와 다투고 하는 말을 진짜로 들었던 건지 아니면 점쟁이가 그렇게 말했는지 알 수 없다.

기도를 할 수가 없었다. 한동안 머리가 텅 빈 느낌이었다. 가슴속에 쌓여가는 의심의 안개에서 벗어날 수가 없었다. 그래도 일상은 내 주위를 바쁘게 돌아가고 있었다. 억지로 머리를 조아렸다. 하나님께 삐져 있는 나 자신이 참 기가 막힌다. 그냥 하나님을 부르니 눈물만 나온다. 나한테 이 넘치는 은혜를 누가 주셨는데… 늘 선하게 내 인생을 여기까지 인도해 오신 하나님의 선하심을 또 잊어먹고 있었다.

징조를 구하는 악한 나다. 믿음이 없어 갈대처럼 흔들리는 나다. 어둠 세력의 밥이 되고자 하는 몸짓을 하고 있다. 나의 선하신 하나님은 우리 불쌍한 잘매를 선하고 공평하게 심판했을 것이고 나와 많은 사람의 기도도 분명 들었을 것이다. 그런데 나는 믿음 없는 태도로 어둠의 편에 가담하고 있지 아니한가. 그런데도 불구하고 나를 안아주시고 위로해 주시고 세상이 줄 수 없는 평안을 주시는 나의 하나님을 찬양한다.

나는 천하보다 더 귀한 우리 잘매를 만드신 나의 하나님을 믿는다. 낙원에서 잘매와 나의 눈에서 눈물을 닦아 주시는 주님과 함께 있을 감격 된 날을 기대한다. 하지만 그리되지 않을지라도 선하고 공평하신 하나님의 판단을 경외하고 감사한다.

※잘매: 작은 어머니의 경상도 방언

5부
위험한 일탈

끝없는 그분의 품

주중에는 애들이 바쁘니까 조신하게 기다렸다가 주말이 되어야 멀리서 사는 아이들과 전화로나마 대화를 나눈다. 그런데 아들이 먼저 토요일 오후에 전화를 해왔다. 지난주에는 여러 가지 생각을 많이 했다고 한다.

"제가 주위를 다 둘러봐도 우리 부모님들보다 더 좋고 훌륭한 분은 없는 것 같아요. 하지만 제가 부모님의 아들로서 많이 부족하다는 생각이 들어요."

"무슨 소리야, 네가 우리 아들이어서 우리가 더 감사하지."

몇 년 전부터 부모에게 존댓말을 해오던 아들은 심각한 대화를 하게 되면 아들에게는 어려울 수도 있는 존댓말은 뒤로하고 한국말과 영어를 섞어서 한다.

"그런데 엄마, 어릴 때 생각을 많이 했는데 누나와 내가 어릴 때 아빠는 집에 없을 때가 대부분이었고 엄마는 스트레스가 많았던 것 같았어. 엄마는 그 스트레스를 우리한테 풀었던 것 같아."

"한 번은 엄마가 우리에게 화가 많이 나서 우리만 남겨두고 집을 나갔어. 엄마가 다시는 안 돌아올 줄 알았어. 누나가 감자를 만들어줘서 같이 먹으면서 이제 감자만 먹고살아야 하는가 보다 고 생각했어."

"엄마는 걸핏하면 우리에게 '엄마를 차라리 잡아먹어라.'라고 했어.

나는 그 말이 참 싫었어. 아빠는 내게 관심도 없고 나를 사랑하지 않은 것 같았어. 엄마는 내가 가치 없는 사람이라고 생각하는 줄 알았어."

"아들아, 엄마가 잘못했다. 정말 잘 못했어. 미안해."

이제는 아들과 나는 말을 더 이상 잇지 못하고 전화기의 양쪽 끝에서 같이 소리 내어 엉엉 울었다. 한참 후에 아들은 목소리를 추스르고 말했다.

"엄마, 엄마도 힘들었을 거라는 거 알아. 그리고 엄마께 고마운 맘이 훨씬 더 많아. 그런데 내 속에 있는 말을 하면 더 건강한 관계가 형성된다는 것을 책에서 읽었어. 그래서 말하는 거야."

아들은 유난히 예민하게 상처를 잘 받는 것 같았다. 그래서 나는 아들의 마음속에 있는 상처를 하나님께 토설하고 자유함을 받게 해달라고 기도했었다. 그런데 그 상처를 받기 쉽게 만든 장본인이 엄마인 나였다. 지금은 기억에도 없는, 무심코 했던 말이 내 목숨보다 더 귀한 내 아이에게 독침으로 꽂혀서 계속 독을 뿜고 있었다. 어떤 변명이 있을 수 있겠는가.

남편의 아버지는 가장 역할을 제대로 못 하다가 일찍 돌아가셨다. 그래서 아버지 역할을 어떻게 해야 하는지 배우지 못하고 자랐다. 남편 나름대로는 아버지 노릇을 잘하려면 가장인 자신이 사회적으로 경제적으로 안정적인 직위에 있어야 한다고 생각했다고 한다. 그래서 가정을 행복으로 이끌 학위를 따기 위해 열심히 공부하느라 아이들과 놀아줄 시간도 없었고 가정을 돌볼 시간이 없었다. 보이지 않는, 그러나 더 를 깃 깊은 미래의 행복을 위해 지금 귀중한 가정의 행복을 포기한 것이다. 아이들이 제일 아빠의 사랑이 필요한 시기를 외면했었다. 그러니 남편도 공범이다. 무심 죄, 책임 회피 죄, 아무리 그래도 내 죄를 따라 올 수 있을까….

이스라엘 민족이 광야의 여정에서 에돔을 통과하는 지름길로 가지 못하고 둘러 가게 되니 길 때문에 마음이 상하였다. 그래서 하나님을 원망하고 불평하다가 불 뱀에게 물렸다. 나 역시 인생길이 험난해서 피곤하다고 짜증 내며 나 스스로가 불 뱀이 되어 내 새끼의 생명을 갉아 먹는 짓을 하고도 무슨 짓을 했는지도 모르고 살았다. 최선을 다했다는 변명으로 면죄부로 삼는 비겁한 어미가 되고 싶지는 않다. 내가 아무리 힘든 상황에 부닥쳐서 죽게 되더라도 아들에게 내 사랑을 확인시켜주고 보호해야 하는 나의 임무를 못 했다.

나의 소유가 아닌 하늘의 왕자님인 것을, 이 땅에 살 동안 내게 잠시 맡겨진 역할이 나의 아들임을 나의 소유인 줄 착각하고 함부로 대했다. 하얀 도화지 같은 애를 무심하고 무참하게 얼룩 반점으로 물들였다. 아무것도 모르고 아무 방비도 없는 약한 어린애를 내가 더 강한 어른이라는 이유로 가해자가 되었다. 아이도 생각이 있었을진대 내 생각대로 아이의 인생에 칼질해서 상처를 입혔다. 나의 죄는 살인죄에 해당한다. 부모가 될 자격이 없는데 부모가 되어서 무슨 짓을 한 것인지…. 무릎을 꿇고 머리를 조아렸다. 나는 짐승같이 며칠 동안 절규했다.

"내 죄를 절대 용서하지 마세요. 제게 맡겨준 당신 아들과 딸을 죽인 나의 죄를 절대 용서하지 마세요. 하지만 당신의 제게 맡겨주신 자식들에게 나로 인한 것이거나 다른 것으로 인한 것이거나 간에 숨겨진 상처를 모두 찾아내서 깨끗하게 회복시켜 주소서. 그 상처가 아물어서 더욱 더 강하게 되어 그것으로 인해 더 감사와 축복이 넘치게 해 주소서. 제가 독사의 자식인지라 어미가 되었건만 당신의 귀한 자녀들에게 그 독을 품어 대었습니다. 친부모인 당신이 그 독을 속속들이 찾아내어 해독해 주시고 더 굳건하게 회복시켜주소서. 당신의 모습이 그 아이들에게 나타나기까지 회복시켜주소서. 이제는 당신 자녀들의 모든 허물의 값을 제게 돌리소서. 혹시 아이들이 받을 죄가 있다면 제가 대신 받겠습니다. 그 아이들을 대신해서 제 생명을 바치겠습니다."

십자가가 보인다. 참으로 뻔뻔스러운 나의 끝없는 허물로 지금도 피 흘리고 계시는 예수님이 십자가에서 나와 내 아들을 위해 울고 있는 것이 보인다. 원래는 내가 매달렸어야 하는 저 십자가 꼭대기에 나도 매달려본다. 가시면류관이 온 머리를 할퀴어 피가 이마를 타고 내려오면서 내 눈 속으로, 입속으로 자꾸만 흘러 들어온다. 양쪽 손목과 발에 박힌 큰 못은 뼈를 무지막지하게 부서뜨렸다. 극심한 아픔을 어찌 말로 할 수 있으리. 한번 내리칠 때마다 살점이 우두둑 떨어져 나가는 여러 개의 낚싯바늘 같은 갈고리가 붙은 채찍으로 수없이 내리침을 당한 내 등짝은 이미 사람의 것이 아니다. 오랫동안 마시지 못하고 계속 흘러내리는 피로 인해 극심한 탈수로 혓바닥은 입속으로 말려들어 가는 것 같다. 실오라기 하나 걸치지 않고 발가벗은 채 피투성이가 되어 만인이 보는 곳에 매달려있다. 인간에게 존엄함과 체면이라는 것이 있었던가? 정신이 혼미해지면서 무게로 인해 온몸이 아래로 쳐지면 숨이 가빠 온다. 한줄기 공기를 마시려 몸을 추슬러 올리면 손발에 박힌 못은 더욱 상처를 헤집어 놓아서 또 한 번 비명이 새어 나온다. 죄라는 것의 뒤안길이 이런 것이다. 하지만 나는 죄인이니까 당연히 이 형벌은 나의 몫이다.

죄 없는 예수님이 그의 몸으로 내 죄를 덮으시고 십자가에서 돌아가셨다. 이런 엄청난 육체적인 고통보다 나의 죄로 인한 마음의 고통이 훨씬 더 심하여 심장이 터져버린 예수님, 그러나 나는 죄인이면서도 죄 때문에 심장이 터지진 않는다. 아버지의 마음, 나 같은 가짜 부모가 아닌 진짜 부모의 마음. 절대로 나는 감당할 수 없는 그 수치와 고통을 해결해 주신 분. 벌거벗은 나를 가만히 덮어주시는 분, 오열 속에 또한 감격이 북받쳐온다. 당신 아들의 영혼을 살해한 나 같은 인간을 위해 생명을 주신 분. 이런 살인자도 품어 주시는 그분 품의 끝은 어디란 말인가?

미신

평생을 매일같이 하는 밥인데도 가끔은 진밥이었다가 된밥이었다가 한다. 하지만 우리 집 밥은 진 편이다. 그것은 어려서부터 엄마께서 진밥을 즐겨 짓기에 입이 길든 것일 것이다. 엄마는 평소에 진밥을 선호하지만, 가끔 밥이 되직하게 되었을 때마다 낭패 한 얼굴로 "아이고 오늘 하루 일이 고되게 생겼구나." 하셨다. 그리고 정말 그대로 믿었다. 목욕탕 하수구 망에 끼어있는 머리카락은 쓰레기통에 버려서 소각장에서 태워져야 그 머리카락 주인의 일이 불일 듯이 잘 일어난다고 믿고 있다. 그래서 엄마 앞에서는 머리카락을 변기통에 내리면 안 된다. 흰 머리카락이 겉보다 속에 더 많이 있으면 겉보기보다 속 썩을 일이 더 많다고 믿고 있다. 묵은 된장과 새 된장을 섞으면 자녀들의 혼인이 늦어진다고 한다. 이루 헤아릴 수도 없이 수많은 이런 비과학적이고 논리적이지 못한 미신이 엄마껜 진리로 자리 잡고 있은 지가 엄마의 인생만큼 오래되었다. 엄마의 어쩌면 순수해 보이기도 하지만 당혹스러운 이런 믿음 때문에 나의 인생도 그 영향권에서 답답하고 당황스러울 때가 많았다.

엄마는 오래전부터 신년이 되면 온 식구들의 토정비결을 뽑아와서 그것으로 가족들 일 년 서동의 지침으로 삼았다. 당신께서 오래진 빙판에 넘어져서 팔목 골절 입은 것도 액이 있는 마지막 날이었다고 한다.

거의 다 지나갔으니 별일 없을 것으로 생각하고 나갔다가 변을 당했다고 했다. 멀리 떨어져 있어도 자식들의 토정비결을 손수 책을 보고 연구해서 전화로 전달해 준다. 그리고 그것이 엄마의 중요한 임무라고 생각한다. 연로하신 엄마 비위를 건드리지 않으려고 거북하지만 듣는 척을 한다. 그래도 좋은 운이라고 하면 어쩐지 기분이 좋아지고 나쁜 운이라고 하면 기분이 안 좋다. 아마 나도 모르는 새 내 뇌리에 미신이 뿌리내리고 있었던 것인지도 모르겠다.

새해가 또 닥쳤다. 오랫동안 기도하던 중요한 일들이 이뤄지지도 않았는데 해가 바뀌니 마음이 착잡하기도 하고 조바심이 난다. 공연히 하나님이 야속하고 새삼 반항심까지 생겼다. 그럴 때 때맞춰서 엄마께서 신년 토정비결 때문에 전화를 한 것이다. 하는 말씀이 "내 손자가 신년에도 운세가 안 좋아 고생 많이 하겠다. 우짜모 좋겠노. 내사 마 너거 아이들만 잘되모 지금 죽어도 한이 없을 낀데…" 엄마는 흐느끼듯 말했다. 손주에 대한 사랑이 넘쳐나는 것이 전해져 오지만 기분은 참 언짢았다. 무시하려고 노력해 보지만 믿음이 부족한 나는 잠이 들 수가 없었다.

뒤척이다가 잠자리를 박차고 일어나 인터넷을 뒤졌다. 내 마음을 송두리째 흔드는 토정비결의 정체가 무엇인지 알아보고 싶었다. 인터넷에서 공짜 토정비결 사이트를 찾았다. 거기 들어가서 가족 모두의 생년월일을 넣어보았다. 올해뿐만 아니라 내년 운세에도 식구 모두를 넣어봤다. 그런데 올해 딸의 운세와 내년의 남편 것과 내 것이 똑같았다. 그러면 그렇지. 이렇게 세 명의 운세가 어떻게 같을 수가 있겠나. 역시 믿을 것이 못 된다는 것이 판명되어 무거웠던 마음의 짐을 내려놓고는 잠이 들 수 있었다.

　나는 결혼하고 도미를 한 다음에 예수를 믿게 되어 엄마와는 다른 길을 가게 되었다. 나를 언제나 불안하게 붙들고 있던 합리적이지 못한 미신을 의식적으로 무시했다. 그러나 어느 날 아직도 그것에서 벗어나지 못하고 있는 나를 보았다. 엄마가 말하는 신년운세를 부정한다고 하면서도 일이 잘 안되면 그래서 그런가 하고 나도 모르는 새 생각 하곤 했다.

　그런데 엄마와는 다른 모양의 미신에 빠져들어 가는 나 자신을 발견했다. 성경에서 사람의 숫자로 상징되는 6은 피하고 하나님을 상징한 7은 선호하고 있었다. 호텔 방도 7이 들어간 방을 선호했다. 아이들에게 수표를 써 줄 때도 7자가 들어간 것을 사용하기 좋아했다. 친구의 딸 결혼 선물로 77불짜리 수표를 써 주기도 했었다. 네잎클로버를 행운의 상징이라고 친구에게 나눠 준 적도 있다. 이런 것을 어찌 미신이라고 말하지 않겠는가. 나의 이런 행위 또한 합리적이거나 논리적이지 못한 미신 속에서 아직도 벗어나지 못하고 있는 증거가 아닌가.

　남편은 나보다 한 수 위다. 신혼여행 때 내 딴에는 분위기 잡는다고 자존심도 뭉개버리고 거울에 남편의 이름을 립스틱으로 써놓고 사랑한다고 썼다. 나는 남편의 반응을 잔뜩 기대하며 자는 척하고 있는데 샤워하고 나온 남편은 빨간색으로는 죽은 사람 이름이나 쓴다고 한다면서 무참하게 지워버리는 것이었다. 그 미신이란 것 때문에 일생에 한 번뿐인 가슴 떨려야 했을 신혼여행이 얼마나 엉망진창이 되었는지 기가 막힌다.

　하나님의 성민이라 일컫는 유대인들에게도 미신이 있었던 것 같다.

성서 외에 유대 지도자들이 만든 인간의 유전은 그들의 생활을 참으로 힘들게 옭아맸다. 그것은 하나님에게 다가가지 못하게 하는 걸림돌이 되었다. 무엇이든지 근거 없는 것을 믿고 내 맘과 몸이 불편하고 생활에 지장을 받는 것이 미신이라는 생각이 든다. 사전에서는 미신을 '마음이 무엇에 홀려서 망령된 믿음에 집착함, 종교적 과학적 견지에서 망령되다고 생각하는 신앙'이라고 했다.

지금, 이 순간에도 인간이 만든 여러 가지 미신 때문에 희생당하는 불행한 사람들이 세계 각국에 숱하게 있을 것이다. 그 미신에 사로잡혀 있으면 인생이 여간 고달픈 것이 아니다. 이사나 여행을 갈 때도 액운이 없는 날을 잡아야 하고 집안에 못 하나도 원하는 곳이나 원하는 때에 박을 수도 없다. 오래전에 돌아가신 우리 큰이모도 미신 때문에 사람도 잘 만나지를 않고 선물도 거절했다고 한다.

그런데 문제는 그 미신 같은 것도 믿으면 그렇게 될 때가 있다는 것이다. 그것이 자기도 모르는 사이에 간절한 기도가 되어버린다. 원하든 원치 않든 맘속에 눌어붙어서 밤낮 그것에 대해 묵상하고 있다. 시어머니가 미워서 항상 이를 갈고 있던 며느리가 시어머니와 꼭 같이 생긴 아이를 낳은 것과 같은 이치가 아닐까 싶다. 그래서 예로부터 임신했을 때는 좋은 것만 보고 좋은 것만 생각하라고 했는가 보다. 어찌 임신했을 때만 그러랴.

미신의 이면에 깔려있는 다른 얼굴이 불안함을 창출하는 두려움일 것이다. 앞날에 대한 두려움, 삶에 대한 두려움, 죽음에 대한 두려움, 이 두려움이 잉태한 산물들에 의해 태초에 신이 만들었던 우리의 고상했던 유전자가 변형되어 가고 있는 것 같다. 오래된 일본 작가의 소설

〈빙점〉에서 범인은 유괴한 아이가 무서워서 우는 것을 보고 두려워서 자신도 모르는 새 엉겁결에 살인을 저질렀다고 했다. 이 숱하게 많은 두려움에서 벗어나 보고자 그렇게 많은 비과학적이고 어이없는 미신들이 만들어졌는지도 모르겠다. 두려움이 언제부터 인간을 지배했던가? 이것이 인간의 한계인가?

비록 인간은 한계가 있을지라도 인간을 만든 조물주는 그 두려움을 제거하는 능력이 있을 것이다. 더욱이 인간의 탄생에 개인의 의지가 개입된 것이 아니니 만든 분이 책임져야 하는 것이 맞는 말이다. 갓난아이가 엄마 품에서는 호랑이가 으르렁거린들, 총칼을 갖다 댄들 두려워할까. 수영을 못하는 아이가 붙들어주는 아빠를 믿고 물속에 첨벙 뛰어든다 이렇게 온전히 부모를 신뢰는 아이처럼 내 인생에서 호랑이, 총칼과 창수가 덮쳐와도 나를 만드신 그분의 품은 두려움을 제거하는 큰 능력이 있다. 그분이 안아주신다면 물속이나 불속에라도 뛰어들 수 있을 것이다. 온전한 신뢰는 두려움에서 자유할 수 있는 조물주가 우리에게 준 열쇠인 것 같다.

위험한 일탈

아마 초등학교 2학년 때쯤이었을 것이다. 나는 동네 담벼락에 붙어 있는 영화 포스터 앞에서 넋을 놓고 있었다. 제목은 생각나지 않지만, 영화배우 김지미가 공주 옷을 입고 귀고리, 목걸이, 왕관으로 온몸을 장식한 화려한 포스터였다. 나는 자주 그 포스터 앞에서 서성거렸다. 영화에 흥미가 있었다기보다 공주의 화려한 치장에 관심이 더 기울어졌다.

그렇게 포스터의 공주와 눈을 맞추고 있던 어느 날, 이웃의 숙영이 언니가 내게 다가왔다. 숙영이 언니는 이 동네서 제일 크고 좋은 집에 산다. 밖에서 태어난 딸이라 집안에서 일만 하고 학교는 안 다닌다고 했다. 하지만 인물은 진짜 딸인 큰언니보다 더 좋고 말도 잘하고 잘 웃었다.

"뭘 그렇게 열심히 보고 있냐?"

"저 목걸이, 귀고리, 왕관, 옷이 너어~무 예쁘잖아."

"우리 집에는 저런 것들 잔뜩 있어. 한 방으로 가득해."

"네가 내 말만 잘 들으면 우리 집에서 저런 것들 입어보게도 하고 해보게 해 줄 수 있어. 나한테 잘 보이면 그냥 줄 수도 있어"

"저런 공주 옷도 있어?"

"그으럼~ 저것보다 훨씬 더 좋은 것들이 우리 집에 꽉 찼어."

나는 내 맘속에 반짝하고 햇살이 떠오르는 것 같았다. 숙영이 언니가 너무나 멋지고 대단해 보였다. 저렇게 크고 웅장한 언니 집에는 저런 귀금속들을 두는 방도 있구나 생각하고 언니네 그 대단한 방에 가보고 싶었다.

"그래, 언니 말 잘 들을게. 제발 그 방 구경 좀 시켜줘."

숙영이 언니는 이것들이 비싼 것이니까 아무에게나 안 보여준다고 했다. 우선 돈이 좀 필요하니 엄마 지갑에서 돈을 빼내오라고 시켰다. 나는 엄마도 좋아할 테니까 말하고 얻어 오겠다고 했더니 그러지 말고 나중에 놀라게 해드리면 더 기뻐할 것이라고 했다. 나는 내가 모아 두었던 용돈을 언니가 원하는 만큼씩 여러 번 갖다주었다. 언니는 내게서 돈을 받고는 가끔은 가게에 가서 어묵과 맛있는 군것질을 사주기도 했다. 하지만 언니 집안에 여러 가지 사정이 자꾸만 생겨서 언니 집에 잔뜩 있다는 귀금속들은 계속 구경시켜 주질 못하고 있었다.

내가 모아두었던 용돈은 이제 바닥이 났다. 여태까지는 예상치 못했던 사정들이 있었지만, 이제는 어떤 일이 있어도 정말 보여줄 것이라고 했다. 그리고 내가 원하는 것을 공짜로 줄 테니까 돈을 더 갖고 오라고 했다. 언니는 말을 참 잘했다. 내 돈이 다 떨어졌다고 했더니 엄마 지갑의 돈을 조금만 갖고 오면 나중에 훨씬 더 비싸고 귀한 것을 꼭 주겠다고 했다. 그래서 엄마 지갑에서 돈을 꺼내다가 엄마께 들켰다.

"돈이 필요하면 말을 하지 왜 그랬냐?"

"응, 엄마, 내가 엄마를 많이 기쁘게 해 주려고…"

나는 계획에 다소 착오가 생겼지만, 엄마께 의기양양하게 모든 일을 다 말씀드렸다. 엄마는 숙영이 언니를 나쁜 애라고 같이 놀지 말라고 했다. 나는 엄마가 몰라서 그렇지, 언니가 착한 아이라고 했다. 꿈에라도 나는 언니가 거짓말한다고 생각지 않았다. 엄마는 숙영 언니 어머니를 만나고 오겠다고 했다. 나는 엄마께 숙영 언니 엄마 만나서 이야기 다 하고 숙영이 언니가 준다고 약속한 목걸이 귀고리 꼭 받아 오라고 했다. 물론 엄마도 그 집에서 공주 반지 하나도 갖다 주지 않았다. 그 뒤로 엄마는 숙영이 언니를 우리 집에 못 오게 했고 언니도 밖으로 잘 나오지 않아서 먼발치에서는 봐도 다시는 만나보지 못했다. 숙영 언니와의 이 일은 오랫동안 씁쓸하게 남아있는 아쉬움과 안타까운 기억이다.

우리의 시조 이브 할머니도 선악과에 홀려서 나처럼 그 앞에서 넋을 잃고 있었을 것이다. 그 열매의 고혹한 자태와 그윽한 향내와 신비로운 매력은 오관을 녹아내리게 했으리라.

필요 이상으로 맘을 들뜨게 하는 일탈은 언제나 위험을 동반하는 것 같다.

하나님의 임재

미국교회에 출석한 지가 30년 정도 된다. 작고 풍파 많았던 교회에 언어와 문화 차이라는 핑계로 깊이 관여치 않고 단지 예배만 드리고 오면서도 집에서 인터넷으로 한국말 설교를 들었으면 더 은혜가 되었을 텐데 하는 생각을 할 때도 있었다.

교회 임직원 추천 위원으로 뽑힌 집사님이 나에게 여 수석 집사로 추천되었다고 내 의견을 물어온다. 나는 강한 손사래로 거절했다. 언어도, 통솔력도, 지혜, 믿음도 부족한 내게 당치도 않는 일이다. 그런데 자꾸만 께름칙했다. 기도하면서 드는 생각은 늘 내가 교회에서 봉사하고 싶다고 생각하지 않았던가? 내가 하는 것이 아니고 나를 여기까지 오게 하셨던 그분이 하실 것인데…. "2주 동안 그 자리가 아직 공석이면 제가 하라는 것으로 알겠습니다."라고 기도했다.

2주 후에 그 집사님이 또 인사를 건네 왔다. 사람 구했냐고 물어보니 아무도 하지 않으려 한다고 했다. 아무도 원치 않는 직임이니까 피하지 말고 내가 해야겠다는 생각이 강하게 들었다. 내가 하겠다고 말하면서 "위에 저분께서 해 주시겠지요."라고 했다. 그래서 한 번도 해 본 적이 없는 여 수석 집사직을 맡게 되었다.

신년부터는 임기가 시작되어 직원 회의에도 참석해야 하고, 10월에 있는 위스콘신주 전체 Town Hall 회의를 위한 주 전체 회의에 교회 대표로 참석해야 했다. 두렵고 떨리는 마음으로 참석했다. 여태까지 무심하고 몰랐던 교회의 사정을 조금씩 알아가게 되었다.

성만찬 예식을 준비하는 첫 임무를 맞닥뜨렸다. 코비드 때라 예전과는 다르게 좌석으로 빵과 포도 주스를 돌리지 않고 각자 앞으로 나와서 빵과 주스를 한꺼번에 먹고 자리로 돌아가기로 했다. 나는 집사님들에게 전자 우편을 보내고 여러 가지 의견을 나누고 물어봐도 소식이 없어서 전화했다. 7분의 여 집사님 중 3분은 코비드 시대이고 연로하셔서 교회 출석을 안 하시고 4명이 분담해서 해야 했다. 다들 성만찬 때 도와주겠다고 했다.

뭐부터 해야 할까 생각하다가 성만찬에 필요한 컵이 충분한지 알아봐야 할 것 같아 푸디 여 집사님을 비롯하여 여러분과 연락했다. 하지만 아무도 제대로 아는 사람도 없었고 책임감을 느끼는 사람도 없었다. 결과적으로 목사님께서 플라스틱 컵을 준비하셨다. 예배 30분 전에 다 모이라고 여 집사 모두에게 전화했다. 기도하면서 성만찬 빵을 굽고 준비했다. 그런데 제일 경험이 많은 푸디 집사님이 감기가 들어서 못 오신다고 연락이 왔다. 걱정하지 말고 푹 쉬시라고 우리가 기도드리겠다고 했다.

35분 전에 교회에 도착해서 칼린과 다이안 집사님과 함께 부엌에서 준비하는데 모두 뭐가 어디 있는지 몰라서 우왕좌왕 필요 이상의 시간이 걸렸다. 성만찬 예식에 필요한 모든 물건이 정리되지 않은 채 여러 박스 속에 뒤죽박죽 섞여 있고 필요한 것들을 찾기 힘들었다. 여기를 잘 정리해야겠다는 다짐부터 했다. 목사님께서 준비하신 컵이 너무 커서 성만찬 그릇에 다 들어가지를 않는다. 그냥 작은 유리 주스 컵에다 빵을 넣기로 하고 빵과 주스 준비를 했다. 이제 차려 놓은 성만찬 빵과 주스를 덮는 하얀 천을 찾아야 하는데 못 찾겠다.

그리고 이미 예배 시작하기 얼마 전이고 성도님들은 교회 의자에 앉아있는데 탁자가 단 앞에 설치가 아직 되어있지 않다. 푸디 집사님이 남 집사님들이 그런 것은 다 한다고 해서 나는 신경을 안 쓰고 있었다. 올해 처음 남 수석집사를 맡은 그랙 집사님은 지하에서 세족 예식 준비를 혼자서 땀을 뻘뻘 흘리며 하고 있었고 탁자 설치는 생각지도 않고 있는 듯했다. 칼린과 나는 예배 단상 뒤쪽 창고에 가서 탁자를 찾아다녔다. 인조 꽃들이 잔뜩 놓여있는 큰 탁자를 발견하고서 칼린은 이것이라고 했다. 나는 꽃들을 치우고 탁자를 옮길 준비를 했다. 칼린은 울상이 되어 외쳤다. "오늘 성만찬은 다 망쳤어. 우리가 어제 와서 준비를 다 해둬야 했는데… 이제 예배가 곧 시작될 텐데 테이블을 들여갈 수도 없고… 이래서는 도저히 예식을 할 수 없어."라면서 절망적으로 계속 같은 말을 큰소리로 되풀이하고 있다.

일이 올바르게 진행되지 않고 우왕좌왕 엉클어진 실타래 같은 느낌이었다. 이 엉클어진 상황을 정리시킬 지혜를 주시라고 속으로 계속 기도하다가 나는 칼린 집사님에게 우리 기도하자면서 손잡고 기도했다. 영어로 기도하는 것이 불편했지만 다급한 상황에 영어로 칼린과 손잡고 간절하게 기도했다. 오늘 성만찬 예식에 방해를 막아 주셔서 순적하게 진행되어 모든 교인이 성만찬에 담긴 당신의 십자가 사랑을 알게 해주시라고 기도했다. 우리가 기도하는 동안 그랙 집사님이 왔다. 다 같이 큰 탁사를 보면서 이것은 너무 크니까 작은 탁사를 지하에서 갖고 오기로 했다. 나는 그랙 집사님과 함께 좀 더 작은 접는 탁자를 갖고 왔다. 그런데 문제는 예배가 이미 시작되었는데 탁자를 들여갈 수도 없고 어떤 탁자를 들여가야 할지를 몰랐다. 수석 장로님을 불러내어 물어봐도 어떤 탁자인지 잘 모르겠다고 하신다.

목사님께 물어봐야 하는데 이미 예배는 시작되었고 그랙 집사님이 사모님을 살짝 불러서 물어보니 교인들이 지하에 내려가서 세족 예식 하는 동안 작은 테이블을 설치하면 된다고 했다. 그렇게 쉬운 것을…. 칼린이 덮는 천도 찾았다. 우리는 이제 문제가 다 해결되어 평온하게 예배에 참석할 수 있었다. 세족 예식 하러 교인들이 지하로 내려간 뒤에 이윽고 탁자를 설치해두고 내려가서 나도 남편과 같이 더욱 간절한 마음으로 세족 예식을 할 수 있었다.

칼린 집사님과 같이 빵과 주스를 덮은 천을 벗겨서 접어 앞자리에 앉는데, 아차! 목사님과 같이 결정한 먹고 난 빈 유리컵을 담을 그릇을 준비해야 했는데 못 했다. 저쪽 맨 끝에 있는 헌금 바구니를 갖다 쓸까? 이 엄숙한 때 맨 앞에 앉은 내가 일어나면 온 시선이 집중될 것인데… 에라 모르겠다. "아버지께서 순적하게 지나가게 해 주실 것을 압니다." 속으로 말하면서 앉아 있었다. 근데 하나님께서는 우리 목사님께 지혜를 주셔서 "먹고 난 그릇은 그 자리에 다시 꽂아 주세요."라고 말씀하시는 것이다. 아! 지금 여기 살아계셔서 계속 손잡아 이끌어 가시는 나의 아버지. 이 교회를 지키시는 우리 하나님은 지금 여기 계시는구나!

입에 빵과 주스를 넣고 녹이면서 자꾸만 눈물이 나온다. 이 작디작은 나와 이 작은 교회를 돌보시는, 이런 사소한 일도 감당치 못해 뿌리까지 흔들리는 연약한 우리를 고아처럼 버려두지 않으시겠다는 약속을 지키시는 신실하신 나의 아버지. 당신의 피와 살을 먹고 사는 버러지 같은 우리를 위해 돌아가신, 나를 사랑하시고 인정해 주시는 내 아버지, 지금, 이 순간에 우리 곁에 살아 계신 우리 보호자의 임재는 벅찬 감동이었다.

성만찬 예식 후에 여러 사람이 나와서 십자가 간증을 했다. 나도 아침의 하나님께서 우리의 성만찬 예식을 인도하셨던 경험을 나누고 같이 은혜를 받았다. 칼린 집사님도 일어나서 나를 꼭 껴안으면서 "우리가 기도하고 나서 모든 일이 순조롭게 진행되었어요. 정말 그 순간에 그 기도가 필요했고 그 즉석 기도는 그대로 응답되었어요. 하나님이 지금 여기 계십니다!"

박봉진 선생님 전 상서

스승님,

간밤에 스승님을 꿈에서 뵈었습니다. 교회 내의 어느 집회인 것 같았습니다. 선생님과 도서관에서 마주 앉아서 대화하고 있었어요. 대화 내용도 생생하고 인자하신 얼굴과 미소 지은 얼굴도 생생했습니다. 벽에 붙은 광고를 자세히 보고 계시는 것을 보고 모든 것을 예사롭지 않게 관찰하시니까 심오한 수필을 생산하시는구나!라고 생각했답니다. 제가 선생님께 감사드린다니까 크게 웃기만 하시더군요. 너무나 생생한 꿈이었습니다.

3개월 전에 스승님께서 82세로 유명을 달리하셨다는 너무나 갑작스러운 비보에 한동안 가슴 한 켠이 빈 것 같고 먹먹해 있었습니다. 그런데 꿈에서 선생님을 뵙고 나니 고맙기도 하지만 너무나 아쉽고 더욱더 그리움이 몰려옵니다.

나의 스승님, 수필의 대가이신 분, 같은 고향의 익숙하고 정겨운 방언은 친정 식구의 친숙함으로 늘 저를 푸근하게 안아 주셨습니다. 재림문학의 인연으로 문학 사제 간이 되었지요. 제가 써 둔 글 몇 편을 보시고 추천해 주셔서 에세이 문학지에 발을 들여놓게 되고 등단까지 하게 되었지요. 그뿐만 아니라 중앙일보 응모를 권하셔서 신인상을 받기도 했어요. 선생님께서는 저보다 먼저 신문을 찾아서 스캔해서 보내주셨을 뿐 아니라 신문을 우편으로도 보내주셨어요.

늘 스승님은 저에게 고마운 분이었습니다. 신인상을 받고 상금을 받고 나니 스승님께 고마운 마음을 표현하고 싶었습니다. 첫 월급 타면 부모님께 그러듯이 소액과 카드를 보낸 후에 스승님의 귀하고 따끔한 다음의 반신이 왔었지요. "마음 써 줌은 고맙지만 그건 전혀 예의도 선한 마음의 발로도 아닙니다. 왜냐면 여태 서로를 귀히 여기고 아끼는 순수성의 교분이 난감해지기 때문입니다. 전처럼 그 마음을 계속 그리해주고 싶어도 그것 때문에 멈칫거려질 것을 헤아려야지요. 적절한 해법이 없어 '가든 수필 문학회'에서 유용하게 쓰겠으니 꼭 이번만으로 끝내기 바랍니다."

생각이 미숙하고 소견이 좁은 저는 참 부끄럽기도 했지만, 더욱 스승님을 존경하게 되었습니다. 그러나 언제나 받기만 하는 것이 너무나 송구스러웠어요. 우리 동네 지천으로 널려있는 은행나무 열매를 보니 건강에 좋은 것이지만 선생님 계신 곳은 귀할 것 같았어요.

그래서 가을이면 남편과 함께 은행을 집어 와서 씻어 말려서 선생님께 보내 드렸지요. 그런데 스승님께서는 더 큰 상자에 직접 재배하신 극상품 아보카도, 최고로 달콤하고 말랑한 말린 감, 사모님께서 정성 들여 만드신 강정 종합세트, 각종 나물 말린 것들을 보내주셨습니다. 역시 저는 모든 면에서 스승님 신발 벗은 곳만큼도 따라가기가 불가능한 것을 알게 되었습니다.

스승님께 일거리만 더 만들어 주는 결과가 됐지만 그래도 스승님은 제가 보낸 허접한 은행을 칭찬해 주시고, 또 그것으로 수필까지 한 편 발표하셨지요. 그 수필에 담긴 스승님의 사람 냄새와 사랑에 흠뻑 젖어

들었습니다. 저는 늘 이렇게 스승님이 알게 모르게 부어주는 사랑을 받기만 하는 것에 익숙한 철없는 제자일 뿐이었습니다.

남가주에 사는 딸 방문차에 선생님 출석교회에 불쑥 찾아갔었죠. 생전 처음 보는 스승님 얼굴이지만 낯익은 모습과 음성은 몇십 년 동안 같이 지내던 친정 식구 같은 느낌이었습니다. 선생님께서 가르치던 가든 수필 교실의 문하생들과 함께 모여 식사도 하고, 많은 환영도 받았지요. 스승님께서 전신으로나마 저도 그 교실의 문하생으로 넣어주시고, 수필 교실에서 저의 수필 몇 편을 교제로 사용하셔서, 처음 만났지만 다들 저를 알고 반겨 주셨지요. 지난번 스승님 운명하셨다는 연락도 이 수필 교실의 문우님께서 해 주셨습니다. 스승님의 부재로 이 수필 교실의 상실감은 또 얼마나 엄청난 것일지 상상할 수가 없습니다.

스승님은 자주 뵙지는 못했지만, E-Mail로 전화로 늘 제게 필요한 정보를 제공해 주시고 안부를 물어 주시던 따뜻한 아버지 같으신 분이셨습니다. 고향이 같은 스승님과 가끔 고향 이야기도 했었지요. 같은 고향 사투리로 제 유년이 살았던 그 시절의 고향에 관해서 이야기를 할 수 있는 호사를 누렸습니다. 감히 스승님의 작품에 비할 수 없는 저의 졸작이 스승님의 수필과 앞서거니 뒤서거니 문학책에 실리는 것을 선생님께서는 참 흐뭇해하셨지요. 그리고 가끔 같은 책에 나란히 작품이 실려있거나 제 글이 들어 있는 책을 보시면 꼭 연락해 오시고 기뻐하셨지요. 이제는 스승님의 따뜻한 전화나 메일을 다시는 받아보지 못할 것이라는 생각에 속에서부터 몰려오는 막막함을 감당하지 못하겠습니다. 몇 년 전에 스승님께서 보내주신 메일을 읽고 또 읽어 봅니다.

"주영희 님

Thangksgiving Day 잘 지내셨겠지요?

제게는 이해의 Thangksgiving Day는 더욱 고맙게 지냈습니다.

주영희 님의 2번째 수필집; 베개 도둑과 정성이 많이 든 은행 열매 선물도 받았으니까요.

수록된 43편 중엔 낯익은 제목들도 많아서 그리운 사람의 재회 같아 좋았고 목차 첫 페이지부터 읽었어도 줄줄 읽히는 재미가 있어 참 좋았습니다.

그리고 교회 지난 12월 호에도 주영희 님의 작품과 저의 권두 수필이 함께 들어있어 얼마나 반갑던지요.

에세이 문학에서는 같은 호는 아니지만 앞서거니 뒤서거니 하는 작품 등재로 친밀한 가족의 누대 같은 느낌이 들었어요.

가내 다복하심과 늘 즐거운 일상 이어지길 간구 드리며 다시 한번 고마운 마음 전해 올립니다."

스승님의 존함에 누가 되지 않는 제자가 되어야 할 텐데 스승님이 안 계시니 그 또한 자신이 없어지는군요. 어린 저의 글을 다듬어서 완성시켜 주기도 하시고 충고도 해 주시던 분, 저를 수제자라 불러 주시고 모래 속에서 캐낸 진주라고 해주시던 분, 실력 없고 자신 없는 저를 그 인자하고 부드러운 격려의 칭찬으로 일으켜 주시던 분, 이제는 누가 실력 없고 형편없는 저의 글을 아버지의 눈으로 읽어 주겠습니까? 스승님의 든든한 울이 저를 두르고 계심에 늘 넉넉한 느낌이었습니다. 시시때때로 필요를 채워주시고 챙겨주셨던 은혜에 감사드립니다. 받은 은혜를 어찌할 바 몰라서 먼지 같은 작은 정성으로 허접한 것을 보냈는데 스승님께서는 제가 감당하지 못할 태산 같은 사랑을 더 보내주셨습니다.

하나님의 은혜가 이런 것이겠지요? 갚을 길은 없고 제 작은 그릇으로 감사함을 표현할 길도 없지만, 그 고맙고 포근했던 감사한 마음은 늘 간직하겠습니다. 이제는 이 세상 소풍을 마치신 스승님 편안히 쉬십시오. 나중에 스승님과 저희들의 고향 마산보다 더 좋은 본향에서 제 꿈 속에서 크게 웃으시던 그 모습 그대로 뵙기를 원합니다.

황치신 사모님 가시는 길에

무엇이 그리 급해서 이리도 황망히 떠나셨나요? 사모님의 든든한 등에 기대어 자주 묻어 나오던 목사님의 편안하던 미소는 어찌시라고요? 사모님 닮아서 베풀기 좋아하고 희생과 양보와 은혜의 그릇이 무지하게 큰 행소 목사님의 무너지는 가슴은 또 어찌하라고요? 예수님께로 인도하는 사모님의 따뜻한 손길을 목 놓아 기다리는 사람들은 어찌하라고 뒤도 돌아보지 않고 그리도 야속하게 정을 달리하셨나요?

비행기 표 몇 푼 아껴서 이 쓸데없는 중생들을 위해 선교 자금하시려고 그렇게 힘든 여행하시다가 이런 변을 당하셨나요? 자신의 빈속보다 남의 배 속이 더 안타까워 당신 입에 들어가던 숟가락도 빼서 남의 입 속에 집어넣던 당신…. 그래서 몸을 지탱할 기본 진액이 부족해진 당신 몸은 균형을 잘 잃고 그리도 자주 넘어졌던가 봅니다.

그래도 어찌 갈비뼈가 부러져가며, 팔다리 얼굴이 터지고 부어오르는데도 선교 여행을 서두르셨는지요…. 병원에 가야 할 때 빨간약만 바르고 감사함으로 허접한 비행기에 오르셨는지요….

결혼 초부터 주위에 널려 있는 필요한 사람들의 등록금, 생활비, 병원비를 위해 전당포를 내 집 드나들듯 하시던 분. 어쩌다 값진 것이 손에 늘어오면 눈여겨 봐뒀던 주위 사람들이 밟혀서 하루 동안이라도 그것을 지닌 적이 있었던가요. 좋은 것은 당신 품에 있는 것보다 다른 사람에게 안겨줘야 편하다는 생각 구조를 가진 분.

　바삐 두루 다니면서 비밀 요원처럼 아무도 모르게 하나님 백성의 가려운 곳을 가만히 긁어주고 필요함을 채워 주던 분. 숨어 다니며 선행을 하지만 하늘 아래 비밀이 어디 있겠습니까. 마음이 상한 자, 기죽은 자, 눌린 자들의 손을 가만히 예수님께 끌어가시던 따뜻하던 당신의 손. 늘 겸손하고 수더분한 카리스마가 넘쳐서 아무도 감히 그 손을 거절하지를 못하지요. 부담 없는 명랑함으로 주위를 편안하고 밝게 만드시던 분. 항상 기뻐하고 범사에 감사하고 늘 누군가를 위해 기도해 주시던 당신은 성경의 삶을 몸으로 살았던 분입니다.

　홍 목사님의 영성 있는 말씀과 영혼을 울리는 눈물 어린 호소 뒤에는 언제나 한결같은 사모님의 희생과 사랑의 기운이 있음을 듣는 이들은 느낄 수 있었습니다. 하나님이 창조하신 자연 속에서 목사님과 함께 단순한 삶을 살면서 작은 풀 하나, 꽃 한 송이, 돌멩이 조각에서도 우리 주님의 사랑을 발견하고 전하던 사모님. 그런 하찮은 것에서도 하나님을 볼 수 있는 당신의 눈은 어린아이의 순수하고 깨끗한 것이었습니다.

　생각할수록 애통하고 원통하다. 이런 귀한 분이 어찌 이리도 빨리 가야만 했나. 이런 막대한 상실을 남은 이들이 어찌 감당하리오. 누구에게 이 책임을 물어야 하며 어떻게 이 원통함을 푼단 말인가. 누가 가해자고 누가 피해자란 말인가….

　그러나 이런 투정도 남은 자의 몫일 것이다. 아직 준비가 덜 된 우리들의 몫일 것이다. 우리 사모님은 하나님이 귀히 여기고 사랑하는 사람이라 편안한 잠을 주신 것인데 무슨 말을 하리오. 실수가 없으신 하나님께서 당신과 의합한 사모님을 데리고 간 것인데 무슨 말을 하랴. 사랑하는 사람을 이제는 편히 쉬게 해주고 싶어 하시는 하나님의 의도한 사랑을 누가 탓할 수 있으랴.

쓰레기 더미 같은 이 세상을 떠나 달콤한 잠에 빠져들어 간 사모님, 예수님의 빛을 반사하던 그 착한 행실을 본받아 저희도 하나님께 영광을 돌려야겠다고 다짐해 봅니다.

사모님 없이 가야 할 홍 목사님과 행소 목사님의 사역 여정에 하나님의 은혜와 기적의 홍수를 내려주시고 세상이 주지 못하는 하늘의 위로가 있길 바랍니다. 사모님의 희생으로 목사님의 사역에 더 깊은 통곡의 회개 골짜기가 열리고 영광스러운 부활의 아침으로 속히 연결되길 간절한 맘으로 빌어봅니다.

나는 부활의 아침에 에스더 왕비보다, 아브라함의 아내 사라보다 더 아름다운 황 치신 사모님을 먼저 만나보고 싶다. 빛도 없이 이름도 없이 온몸과 맘을 다해 불태워 바쳐 순교의 반열에 들어서신 사모님을 기립니다. 사모님 그때까지 편안하게 쉬십시오.

친구여 잘 가시게

꼭꼭 씹어본다. 씹을수록 입안에서 달큼한 맛이 감도는 것이 한시름 놓게 하는 기운이 온몸에 퍼진다. 쫀득거리며 이빨에 들러붙기는 하지만 씹을 때마다 내 안에 쌓여 있는 무거운 짐이 씹혀 사라져 가는 느낌에 빠지기도 한다. 딸기 맛 Twizzlers다. 우리는 이것을 '플라스틱 스트레스 사탕'이라고 불렀다. 머리 딴 것같이 꼬여 있는 길쭉하고 쫀득한 씹어 먹는 사탕이다. 나는 이것을 처음부터 좋아한 것은 아니었다. 다이안이 적극적으로 권했지만 내 입맛 취향은 아니라고 했다. 다이안은 스트레스 해소에 이만한 것이 없다면서 긴 것을 하나 건네주면서 먼저 질경질경 씹기 시작했다. 어릴 때 먹던 심심풀이 오징어 다리 생각이 난다. 밤번을 하면서 모두 모여 앉아 하나씩 들고 인생의 스트레스를 씹어 날리고 있다. 내 인생의 짐이 많이 무겁게 느껴지던 때였다.

다이안 말대로 이것은 정말 내 스트레스 해소를 도와주는 친구가 되었다. 다이안이 가고 없는 지금, 나는 그녀가 생각나면 Twizzles를 씹는다. 그리고 가끔은 그녀의 옛집 앞에서 서성인다. 그녀가 간 지 1년 반이 넘었다. 아직도 그녀 생각에 코끝이 저려온다. 그녀는 나보다 17살이 많지만 우리는 너무나 맘이 잘 맞았다. 언제나 내 말을 잘 들어줬다. 그녀는 내 속을 까뒤집어 보여줄 믿을 수 있는 친구며, 어깨의 무거운 짐을 내려놓게 해주던 신실한 상담자며, 다정한 자매이자, 바른길로 안내하는 선생님이며, 우울할 때 안아주던 엄마이기도 했다. 그녀는 나를 보석이라고 했고, 인정해 주고 늘 나에게 찬사를 아끼지 않던 나의 치어리더였다. 그녀는 낯설고 말 설은 남의 나라에서 휘청대고 있는 나에게 하늘이 보내주신 천사였다. 울고 싶을 때 그녀의 어깨에 기대서 울었고 그녀의 넓은 품에서 위로받았다.

그녀는 감성이 아주 풍부했고 대단히 유식했다. 정말 여성적이면서도 말할 수 없는 카리스마가 넘치기도 했다. 20대 초반에 디트로이트 우범지역에서 몇 년 동안 경찰로 근무하던 시절에는 명사수였다고 했다. 불의를 보고는 참지 못하는 보기 드문 정의 파였다. 목에 칼이 들어와도 바른말을 하는 강직한 면이 있는가 하면 꺾인 꽃 가지에 눈물짓는 여린 소녀 같은 면도 있었다.

그녀의 특별한 라자냐는 우리 동생들도 참 좋아한다. 크리스마스쯤이면 큼직한 판에 라자냐를 만들어 우리 집에 갖고 오던 친구. 우리 애들을 그녀의 부엌에 초청해서 그 유명한 라자냐를 같이 만들며 재미난 추억을 만들기도 했다. 우리 애들의 생일을 잊지 않고 늘 챙겨주고 숙제도 도와주던 다정한 이모 같았던 그녀였다. 그녀의 생일은 11월이고 내 생일은 9월이어서 늘 생일쯤에 만나서 같이 식사하며 서로의 생일을 축하했다.

그녀는 직장노조에서 중요한 역할을 하면서 직장 상사들의 눈엣가시였다. 불의에 자기 유익 챙기지 않고 맨발 벗고 나서다가 다치는 일이 많았지만, 끝까지 굽히지 않는 강직한 용사였다. 그래서 억울한 일을 많이 당하기도, 왕따를 간혹 당하기도 했다. 하지만 환자들과 의사들에 겐 인기가 대단히 높았다.

다이안은 조기 퇴직하고 몇 달 후에 암 선고를 받았다. 지방에서 시작된 암이 겨드랑이 림프샘으로 전이되었을 때 발견됐다. 병원에서는 수술해도 살 확률이 50% 미만이라 했다. 수술하고 항암치료도 하고, 대체의학으로 침도 맞고, 기 치료도 받고, 내가 준 뉴스타트 비디오테이프를 보고 채식으로 바꿨다. 풍수지리설도 받아들여 집 밑으로 지나가고 있는 수맥을 피하려 공사를 하기도 했다. 그녀 남편 프랭크의 지극한 사랑의 간호는 그녀를 감격시키기에 충분했다. 금방 죽을 것 같던 그녀는 살아나서 16년을 더 살았다.

그녀가 기 치료받으면서 그것의 매력에 빠져서 몇 년 동안 배워서 치료사 자격증을 따고서 아예 집에서 기 치료 사무실을 차렸다. 기 치료를 배우면서 만난 기도 그룹의 사람들과 자주 만나 기도 모임도 하고 영험한 기 치료사가 되었다. 죽은 사람과 대화도 한다고 하고 심리학자가 포기한 희귀한 정신과 환자를 받아서 신통하게 잘 치료하기도 했다.

그녀의 남편 프랭크가 병원에 입원했을 때 그 기도 그룹의 친구들이 와서 며칠을 같이 밤새워 기도했다. 그 기도 그룹 중의 하나가 기도 중의 환상에서 프랭크가 일어나서 걸어가는데 점점 젊어지면서 걸어가다가 사라졌다고 했다. 그때부터는 모두 기도 방향을 바꿔 프랭크가 잘 가게 해 달라는 기도를 했다고 했다. 그리고 얼마 후에 프랭크가 죽었다. 온몸이 마비되어 꼼짝 못 했는데 죽기 전에 한쪽 손을 올려 뭔가를 찾았다고 했다. 그때 다이안이 그 손을 잡으니까 다이안 손을 꼭 잡더니 바로 운명했다고 했다. 프랭크는 이 땅에서의 임무를 성공적으로 완수했기 땜에 다음 단계로 옮겨졌다고 했다. 그가 죽은 뒤에도 가끔 프랭크가 다이안에게 와서 같이 대화한다고 했다. 다이안은 나한테도 문제가 있을 때면 돌아가신 우리 아버지께 물어보라고 했다.

　이런 일들이 잘못된 것으로 생각하는 나와 그녀와의 사이에 틈이 조금씩 생겨나기 시작했다. 다이안은 그 기도 그룹과 늘 만나고, 죽은 사람과 대화했다. 난 나대로 한국의 친정엄마 수술 후 간병해 드리고 집에 와서 밀린 일 처리로 바빴을 때, 가게에서 그녀가 좋아하던 노란 장미 묶음을 보고 저걸 다이안에게 사다 줘야겠다고 생각했는데 다른 일 하다가 잊고 그냥 나왔다. 그때는 그녀를 만날 수도 있었을 텐데… 얼마 후 옛 친구로부터 다이안이 죽었다고 하는 소식을 들었다.

　잘 못 들었을 거라고 중얼거리며 그녀의 쌍둥이 딸 애니에게 전화를 했다. 지난 8월에 다이안은 암이 재발한 것을 알게 되었다고 했다. 그녀는 그때부터 인생 정리에 바빴던 것이었다. 가을에 생일 축하 식사하자고 했더니 집 정리로 바쁘니까 한가해지면 전화하겠다고 했다. 집 정리한 지 얼마 안 되었는데 뭐 또 할 것이 있냐고 했더니 할 것이 너무 많다고 했다. 그때 눈치를 챘어야 했는데… 해를 넘겨 2월이 되어서야 다른 친구와 셋이서 겨우 식사 자리를 같이할 수 있었다. 그녀는 이상하게 슬퍼 보였고 빨리 프랭크 곁으로 가고 싶다고 했다. 그때도 눈치 못 챘던 내가 바보 같다. 그리고 5개월 만에 그녀는 죽었다.

　애니 말로는 그녀는 그동안 변호사와 의논해서 유언과 모든 신변 정리를 다 끝내고 죽기 5일 전에 자식들에게 전화했다고 한다. 장례식도 하지 말고 신문에도 내지 말고 아무에게도 알리지 말라고 했단다. 이렇게 직계가족에게도 마지막 순간에 연락했다고 했다. 멀리 있는 자식들 귀찮게 안 하려고 기노 친구 한 사람에게 부탁해서 마지막 남은 것들을 정리시켰단다. 그리고 그녀 뜻대로 화장해서 흔적도 남기지 않았다. 나는 주저앉고 싶었다. 그때가 우리의 마지막이었을 줄이야. 그녀의 흔적을 아무 데서도 찾을 수가 없었다. 전화 저쪽 끝의 애니도 화난 목소리로 고집 센 엄마라고 몇 번을 말했다. 가족 같은 너한테 참 미안하다고 말하는 애니와 나는 전화의 양쪽 끝에서 오열했다. 나한테 한 마디도 안 남기고 간 다이안이 야속하기도 했고 내가 그녀를 너무 오랫동안 방치했던 것 같아 미안하기도 했다. 너무나 허탈했다. 난 아직 그녀에게 작별 인사도 못 했는데… 준비도 안 되었는데…

그녀의 집이 방 매가로 나왔다. 복덕방에 전화하니 벌써 팔렸다고 한다. 사정 이야기를 하고 중개인과 그 집에서 만나기로 약속할 수 있었다. 내 친구 집에 마지막으로 가서 내 나름대로 작별 인사를 하려고 노란 장미 한 송이를 준비했다. 그런데 약속 전날에 복덕방 중개인이 집 관리하는 다이안의 기도 친구 진이 집을 아무에게도 보여주지 말라는

연락을 해왔다고 했다. 진의 전화번호를 얻어 전화했더니 자기에게 다 일임했다고 다이안의 아들 스티브도 그렇게 하라고 했다고 한다. 너무 답답해서 다시 전화해서 진에게 메시지를 여러 번 남겼지만, 연락이 없었다.

어린 시절 가톨릭 학교에서 많은 상처를 받았던 터에 기독교인이라면 질색하던 그녀였다. 그녀는 나같이 진실한 기독교인은 생전 처음 만났다고 했다. 그래도 끝까지 예수님을 부인하고 갔다. 기독 서적 '대쟁투'를 선물했을 때 그녀는 예수도 믿지만, 부처도 믿고 이 세상의 모든 신을 믿으니 이 책은 읽지 않을 것이니 도로 가져가라고 했다. 내가 경험했던 신과 그녀의 신이 달랐던 것이었다. 그녀와 나 사이에 깊은 계곡이 있었는데 나는 그것을 어떻게 할 줄도 모르고 그녀를 놓치고

말았다.

　나는 다이안과 가끔 가던 호숫가의 벤치 옆, 오래되어 말라 버린 노란 장미 송이를 갖고 가서 내 나름대로 작별 인사를 했다. 내 인생 여정 중 거친 길을 가는 중에 내 길 동무가 되어줬던 친구. 넌 나의 천사, 나의 위로자, 나의 눈물을 닦아주던 내 친구. 널 그렇게 허무하게 보내게 되어 너무 미안해. 하지만, 너와 내가 함께 했던 그 시간은 내 마음속에 영원히 간직하고 있을 거야. 사랑하는 내 친구여, 잘 가시게…

금성아!

   수천 번, 아니 수만 번도 더 불렀던 이름 내 친구 금성아. 사진에서는 이렇게 곱게 웃고 있는 네가 이 세상에 없다는 것을 믿을 수가 없구나. 너를 보내기가 이렇게도 힘이 드는지 모르겠다. 우리가 함께 웃고 울었던 그 셀 수 없는 수많았던 기억들만 부여안고 혼자만 아파해야 하는 거니?

   대학 기숙사에서 커다란 식빵 하나를 우리 둘이서 다 먹어 치운 것 기억나니? 정신병원에 실습 다니면서 만우절에 거짓말하고 깔깔대며 도망가던 일도 있지. 네가 먼저 도미하기 전에 부산에 있던 내게 와서 함께했던 그 바닷가의 파도 소리가 아직도 들리는 것 같지 않니? 넌 나보다 생일도 늦으면서 항상 언니 노릇을 했어. 언제나 네가 날 챙겨주고 엄마 노릇을 하니 내가 너한테 더 기대고 내가 널 더 좋아했던 것 같아.

   우리가 처음 도미해서 살던 아이오와의 작은 아파트를 제일 먼저 찾아준 사람도 너였지. 우리 아들이 태어났을 때 네 남편 목사님과 함께 예쁜 아기 침대를 사서 800여 마일 되는 우리 집을 찾아와서 축하해 주었지. 내 딸 생일에 네가 보내 준 예쁜 드레스를 내 딸은 작아져서 못 입을 때까지 아끼며 즐겨 입었단다. 너의 가족과 우리 가족이 함께 갔던 플로리다 여행은 너의 시어머님, 친정어머님 그리고 우리 친정어머니와 가까운 사이로 이어주기도 했었지.

늘 긴장된 생활을 해 오던 네가 결혼하고서 항상 온유하게 웃는 네 남편 목사님의 느긋하게 웃을 수 있는 하나님의 지혜를 배워가던 너를 보며 나도 감탄했어. 큰 애 진아를 출산하면서 임신중독증과 양수가 미리 터져 많이 고생하고서 품에 안은 아기를 보며 세상을 다 얻은 것같이 좋아했었지. 늦게 얻은 딸 진희를 눈에 넣어도 아파하지 않을 것 같이 사랑하고 아끼더니 그런 귀한 딸들을 두고 넌 어찌 말이 없니?

의사가 포기한 네 엄마의 불치병을 너의 한방치료로 치유한 너의 효성과 영특함에 세상이 놀라워했지. 그 후에 몇 년을 잘 지내시다가 다른 이유로 엄마께서 돌아가신 후에 내리막길로 가는 너의 모습에 나도 애가 탔었다. 나한테까지 늘 자비하시던 너의 친정엄마의 기도와 말씀의 인도하심에 살던 너니까 오죽했겠니…

미국 생활에서 남편 뒷바라지하고 애 키우면서 직장 생활하다가 직장에서 허리를 다치고, 여러 번 교통사고로 허리를 다쳐서 몇 번의 수술을 거듭하면서 너는 다른 사람으로 변해갔구나. 목사님의 그 온유한 미소도, 천하보다 귀한 딸들도, 애끓는 형제자매들도 잡을 수가 없는 길로 너는 가 버렸구나.

하지만 금성아, 우리에게는 이것이 끝이 아니잖아. 우리가 늘 사모하던 것이 이제 바로 눈앞에 있구나. 내일 아침에 예수님의 목소리에 깨어나면 우리가 꿈에도 그리던 예수님을 만날 거잖아. 이 거친 세상에서 그동안 많이 고생했다. 이제 아무 걱정 하지 말고 푹 쉬어라. 넌 그럴 자격이 충분히 있어. 우리 남아있는 사람들은 우리 몫을 하고 자러 갈 테니 그동안 잠이 많이 부족했을 네게 하나님이 쉬게 해주시니 이 또한 축복이 아니겠니?

우리의 소망이신 그분이 우리를 데리러 오시는 그날에 옛날의 장난스럽게 웃던 너와 서로 갈비뼈가 으스러지도록 안아보자꾸나!! 금성아, 다시 만날 때까지 잘 자!!

대은아!

　다정한 이름, 내 친구야, 이 세상에서는 이렇게 불러 보는 것이 마지막이겠구나. 30년 가까이 암과 싸우던 너는 늘 내 맘속에 애틋한 기도를 불러오던 그리운 친구였단다. 너의 고운 목소리를 이 땅에서 다시 들을 수 없다는 것이, 우리 둘만이 할 수 있는 대화가 이제는 끊어졌다는 것도 믿을 수가 없어. 난 하나님께 네가 10년만 더 살게 해달라고 애원했다. 내 남은 생명에서 5년, 네 남편 오 목사님 5년을 너에게 보태서 10년만 더 살게 해달라고 울며 떼를 썼어. 하지만 그것은 나를 위한 이기적인 기도였더구나. 진통제 반 알도 아껴 먹으며 고통을 참고 사는 너의 아픔을 대신해 줄 수도 없으면서 이제는 안식해야 할 널 막으려 했던 대책 없는 내 알량한 이기심이었더구나. 하지만 그 고통과 아픔에서 널 해방시켜 주시고 편히 쉬게 해 주신 하나님께 감사한다. 잠시 너와 헤어지는 것이 슬프기는 하지만 우리에겐 다시 만날 소망이 있으니 천국에서의 감격스러운 만남만 생각하려고 해. 그리고 우리들의 아름다웠던 날들만 생각할 거야.

　지난날 우리에게 허락되었던 그 꿈과 같은 시절이 너무 감사해. 같은 직장과 기숙사에서 같이 살며 우리는 자매가 되어갔었지. 같은 병원에서 근무하시던 네 아버님은 내게도 너무나 인자하신 아버님이셨지. 해도 해도 끝이 없던 우리의 이야기는 거리에서, 기숙사에서, 바닷가에서, 일터에서, 늘 우리를 싱그럽고 풍성하게 만들어 줬었어. 부서지는 파도 소리를 들으며 바다 내음에 젖어서 같이 자전거 타던 해운대 바닷가에 같이 가보자고 약속해놓고 못 지켰네. 미안해. 이담에 해운대보다 더 좋은 우주여행을 같이 하자.

선희 언니가 만든 생선찌개는 늘 일품이었잖아. 같이 먹고 웃고 살가운 대화가 오가며 동고동락하던 좋았던 옛날이 우리에게는 있지. 우리들의 마음에 같이 자리하고 있는 귀한 기억들과 아름다운 추억은 영원히 가슴속에 살아 있어. 교회 가기 싫어 틈만 있으면 도망 다니던 나를 위해 언제나 기도하던 너 땜에 나도 이젠 하나님을 알게 되고 여기까지 왔단다. 정말 고마워.

그 당시 너의 남자친구가 군대 문제로 오랫동안 소식이 단절되었을 때가 있었지. 혹시 엇갈려서 다른 사람과 결혼하게 된다고 하더라도 이혼하고 남자친구 오지연 청년과 다시 결혼하게 될 것 같다던 너의 깊은 믿음에 감탄했었어. 대학교 1학년 때 만난 그 남자친구 오지연 청년과 너의 결혼식 때 난 너의 들러리를 섰었지. 그리고 너는 남편이 끼워주는 결혼반지를 끼고, 네가 늘 끼고 다니던 금반지는 내게 끼워주고 넌 다시 남편과 미국으로 들어가 버렸어. 그리고 첫 딸 누리가 태어나고 그 사진을 보내왔지. 누리는 남편 목사님을 똑 닮았더구나.

지금은 누리가 두 아이의 엄마가 되었네. 이제는 엄마로, 아내로, 변호사로 어디다 내놔도 자랑스럽지. 훌륭한 사위를 보고는 얼마나 좋아했니. 둘째 나리는 널 많이 닮았는데 너보다 많이 더 예쁘더라. 목사님께서 개량종이라 해서 모두 웃었잖아. 나리가 수술방에서 인정받고 사랑받는 간호사로서 제 몫을 똑똑하게 잘하고 있다고 얼마나 뿌듯해하고 자랑스러워했니…. 너의 보호자로 병원에 같이 다니던 나리를 네가 많이 의지했었지. 널 닮아서 나리가 똑똑하고 야무진가 봐. 딸들에게 둘러싸인 넌 참 행복했었지. 넌 늘 이 아이들을 위해 기도하는 숭고한 엄마였었지. 네가 오랜 세월 동안 그 여린 몸으로 꿋꿋하게 투병할 수 있었던 것도 이 아이들 때문이었잖아. 이제는 아이들이 완전히 독립하고 손주들까지 보고 편안히 눈을 감은 너는 축복받은 여인이구나.

우리가 미국과 한국에 각각 살고 있을 때 넌 종이만 보면 내게 편지 써야 하는 충동을 느꼈다고 했었지. 태평양을 오고 가던 우리들의 편지는 내가 미국 올 때까지 계속되었지. 미국에서 처음 너와 전화하면서 우리는 양쪽 전화 끝에서 서로 목이 메었잖아. 미국에 오기만 하면 널 만날 줄 알았는데 서로 가난했던 우리는 이 큰 땅덩이에서 전화에 의존할 수밖에 없었잖아. 그런데 내 주위 사람들은 반가워서 울어주는 친구가 어디 있냐며 믿지 못하고 날 거짓말쟁이로 만들어 버리더라.

내 아들이 사춘기로 우리 부부를 힘들게 할 때, 목사님 가정에서 교육 좀 받고 오라고 너희 집에 아들을 염치없이 3주 동안이나 보냈잖아. 우리 아들이 지금까지도 목사님과 너와 누나들을 참 고맙게 생각하고 있단다. 아들의 사춘기 불을 꺼준 너희 가족에게 참 감사한다. 고맙다, 친구야.

27년 동안 투병하면서 지칠 만도 할 텐데 너의 영원한 남자친구 목사님은 자존심도 강하신 분이 울며불며 기도 동냥하러 전국을 다니시더구나. 의리의 돌쇠로 소문난 목사님의 기지 때문에 너의 집에 손님이 끊어시지 않았어노 넌 목사님 원망 한마디 안 하더라. 오히려 남편 사랑에 흠뻑 빠져 행복해하던 남편 바보였지. 네가 죽으면 화장해서 주머니에 널 항상 갖고 다니겠다고 했다는 목사님의 마음은 오죽했겠니. 네가 진작 갈 수도 있었는데 목사님의 사랑으로 손주들도 보고 누리, 나리가 튼튼하게 발 딛고 사는 모습을 보고 가게 되었잖아. 늘 죽음의 주변에서 살았던 친구에게 큰 사랑의 확신을 심어주신 목사님 참 감사합니다.

대은아, 늘 그립고 애틋했던 친구야, 이제는 고단한 이 세상의 일정을 훌륭하게 잘 마치고 그렇게도 귀하게 여기던 가족들의 사랑을 받으며 잠든, 복 많은 친구여. 한국과 미주의 모든 성도와 친구들의 사랑과 기도를 받은 너는 모든 사람이 부러워하는 위치에 있구나. 선하고 온유하면서 누구도 엄두 내지 못할 견인불발의 의지를 보여주고 간 너의 자취는 우리 가슴에 고운 향기 되어 남아 있단다. 이제는 맘 놓고 몸과 맘을 누이고 푹 쉬어도 돼. 우리 모두가 기다리는 재림의 그날, 아픔 없는 해맑은 얼굴로, 예전 부산에서 그 아름다웠던 모습으로 만나서 그동안 밀린 이야기 실컷 하자꾸나. 그때까지 푹 쉬렴.

6부
겨울 나라

한국인으로 살고 있는 Twinkie 아들

남편 학교의 기말시험이 끝난 다음 날로 우리는 비행기를 탔다. 피닉스 공항에서 캘리포니아로부터 온 딸과 합류해서 엘파소 공항에 도착하니 아들이 기다리고 있었다. 우리가 사는 위스콘신주에서 애리조나주의 피닉스 공항을 거쳐서 텍사스주의 엘파소 공항에 도착해서 뉴멕시코 주의 아들 집까지 네 개의 주를 거쳤다. 아들은 대학 졸업 후에 소원이었던 정부에서 운영하는 유기농법과 과학 분야의 교육 봉사를 하는 중이었다.

아들 룸메이트는 우리 가족을 배려해서 사흘 동안 집을 비웠다. 남자둘이 사는 곳치고는 깨끗하고 부엌도 구색을 다 갖추고 있었다. 룸메이트가 닭과 개를 기르고 있어서 신선한 유기농 달걀을 먹을 수도 있는, 제법 가정을 느낄 수 있는 곳이었다. 생각보다 좋은 환경에서 사는 아들을 보니 안심이 되었다.

나는 다음 날 아침에 아이들이 원하는 대로 콩국수를 만들기로 했다. 남편은 단호한 얼굴로 "아침에 무슨 국수"라고 외쳤다. 그러나 아이들이 좋아하니 삽시간에 남편은 아침 식사 취향이 바뀌어 얼굴 근육이 풀어졌다. 준비해 갔던 재료에다 이 집의 유기농 계란을 보태서 만든 우리 집의 단골 식단이 아침상에 올랐다. 아이들이 엄지손가락을 치켜세우며 숨넘어가게 맛있는 시늉을 하는 것에 간밤의 피로는 다 달아나 버렸다.

아들은 우리를 학교에 데리고 가서 많은 선생님과 직원, 학생들에게 소개했다. 그들은 이미 우리에 대해 다 알고 있는 듯했다. 아들을 침이 마르게 칭찬하고 좋아하는 것에 진심이 묻어있어 보였다. 우리는 아들의 후광으로 인해 대환영을 받았다.

우리는 1학년 교실로 안내되었다. 그 교실의 담임선생님과 보조 교사와 학생들은 함박웃음으로 우리 가족을 반겨주었다. 아들은 조물조물한 1학년 아이들을 앞에 앉혔다. 먼저 수업 중 지켜야 할 규칙을 아이들에게 상기시킨 후에 책을 읽기 시작했다. 재미있게 실감 나게 책을 읽는다. 아이들은 중간중간 까르르 웃으며 재미있어했다. 채소를 싫어하는 아이가 시금치 씨를 땅에 심어서 키우고 추수한 다음에 맛보니 좋았더라는 내용의 이야기다. 아들은 열댓 명의 아이와 온몸과 눈으로 연결된 듯한 특별한 수업을 하고 있었다. 아이들이 말을 안 들으면 "그렇게 하면 다음부터 미스터 남이 안 올 수도 있어요."라고 하는 담임 선생님의 말씀에 길 안 든 망아지 같던 애들이 순식간에 순한 양처럼 되었다.

책을 다 읽은 다음에는 아이들을 줄 세워 교실 밖의 채소밭으로 데리고 가서 그 앞의 시멘트 길 가 위에 넉넉한 간격을 두고 세웠다. 다시한번 규칙을 구령에 따라 외치게 한 다음에 운동을 시작한다. 스트레칭으로 시작해서 국민체조, 강남 스타일, 군대 스타일과 요가를 합한 것같은 아들이 만든 '정원사의 춤' 동작을 따라 했다. 아이들도 선생님들도 우리 가족도 뛰고 굴리고 깔깔대며 수업에 임했다.

아들은 아이들의 작은 손바닥 위에 시금치 씨 두 개씩을 나눠줬다. 손가락으로 흙을 헤집고 씨를 심는 시범을 보이고 아이들에게 따라 해보라고 했다. 아들은 조막만 한 손으로 씨를 심는 아이들에게 칭찬을 듬뿍해주고 모두 해 같이 맑은 뿌듯한 얼굴로 교실로 다시 돌아갔다. 교실의 키 작은 싱크대에서 아이들은 줄을 서서 손을 씻는 동안 아들은 요리 교실 준비를 한다. 아들은 너덧 명씩 마주하고 앉은 아이들의 동근 테이블마다 우리 가족 중 한 명을 배정해 주었다. 테이블마다 큰 플라스틱 그릇의 시금치와 작은 그릇의 딸기가 배당되었다. 플라스틱 도마, 포크와 칼도 각자에게 배당되었다. 칼 사용에 대한 주의를 환기 한 후에 딸기 자르기를 했다.

우리 가족은 아이들의 딸기 자르기를 도와주었다. 종알종알 대며 먼저 하겠다고 기를 쓰는 애가 있는가 하면 망설이며 선뜻 덤비지 못하는 애들도 있었다. 순서대로 천천히 칼질하는 아이들의 손을 잡아서 보조해 주기도 하고 칭찬도 해가며 딸기는 잘리고 있었다. 딸 혜은이는 아이들과 소곤거리며 눈을 맞춰가며 재미있게 지내는 듯했다. 남편도 평소에 우리 애들에게 하듯이 아무것도 아닌 것에 지나치게 크게 칭찬을 해가며 즐겁게 잘 어울리고 있는 듯했다.

이윽고 시금치 딸기 샐러드가 완성되었다. 이제는 시식 시간이다. 아들은 혹시 이것을 못 먹겠으면 "This is not for me." 하고 조용히 쓰레기통에 버리라고 했다. 조그마한 하얀 종이 접시에 초록색과 빨간색이 어우러진 샐러드가 그림처럼 놓였다. 아이들은 호기심 어린 눈으로 자기네들이 만든 샐러드를 잠시 쳐다보더니 조심스레 입에 넣고 꼭꼭 씹는다. 안심하는 표정으로 변하면서 눈이 반짝거린다. 한 여자아이가 조용히 접시를 쓰레기통에 버린다. 담임선생님이 그 아이 가족은 모두 채소와 과일보다 쿠키나 단것을 선호한다고 했다. 그 외의 다른 아이들은 잘 먹는 것 같았다.

오후에는 다른 학교에 갔다. 거기서도 우리 가족은 성대한 환영을 받고 아들이 안내하는 학교 부엌으로 갔다. 아들은 우리보다 2시간 먼저 와서 전기밥솥이 없는 이곳에서 큰 냄비 두 개에 가득히 밥을 해두었다. 김밥용으로 단무지, 시금치나물, 당근 나물과 참치를 준비해 두고는 우리를 데리러 온 것이다. 나는 밥에다 참기름과 소금을 넣어 섞었다. 딸과 자원봉사 학생은 아보카도와 오이를 아들의 지시대로 썰었다. 아들은 이것저것 총지휘하느라 바쁘다. 남편은 아들과 같이 김밥 재료들을 나열해 두고 김밥 만들 탁자를 준비하고 있다. 탁자 위에 김밥 재료 준비한 것을 나열했다.

한 탁자에 작은 플라스틱 컵들에 간장을 조금 넣어 쭉 나열을 해뒀다. 5학년 학생 2명이 자원봉사자로 김밥 마는 것을 도와주겠다고 왔다. 내 옆에 온 아이는 한쪽 팔을 못 쓰는 지체 장애아다. 아들이 김 발을 밑에 두고 김을 깔고 밥을 얇게 펴서 그 위에 오이, 단무지, 아보카도, 시금치 나물, 당근을 올리고 살살 만 다음에 양손으로 꼭 눌러 김밥 완성하는 것을 시범해 보였다. 나는 지체 장애아 학생을 도와서 김밥이 완성되면 크게 'high five'로 요란한 성취 확인 의식을 거르지 않는다. 교사 한 명과 자원봉사 학생과 나는 김밥을 계속 만들었다. 딸 혜은이는 김밥을 썰기도 하고 썬 김밥을 작은 플라스틱 용기에 담기도 했다.

아들은 줄 서서 몰려오는 학생들과 교사들에게 "안녕" 하며 한국말 인사를 가르쳤다. 그리고 우리 가족을 소개했다. 그들은 활짝 웃는 얼굴로 우리에게 모두 "안녕"했다. 아들은 준비한 컴퓨터의 태극기를 보여주면서 한국을 소개한다. 세계지도에서 한국의 위치를 알려주고 한복 입은 누나와 자기의 어릴 때 사진을 보여준다. 한국의 명소, 고궁들과 명절과 음식 등을 소개했다. 약 300 명에게 우리나라의 김밥 만드는 것을 선보이고 맛 보여 주면서 한국을 소개했다. 지리, 사회, 요리 수업을 곁들인 모두가 환호하는 역동적인 수업 시간이었다.

아들은 미국에서 태어났지만, 영어 이름이 없고 '태영'이라는 한국 이름만 지었다. 클 '태' 영광 '영' 하나님과 국가의 영광이 되는 삶을 살라는 뜻으로 지었다. 우리가 그렇게 했지만, 나중에 아들이 철이 들었을 때 원하는 영어 이름을 만들면 호적에 넣어 주겠다고 했더니 자기는 한국인이니까 이대로가 좋다고 했다.

아들은 스스로 자기는 겉으로는 노랗지만 속은 흰 Twinkie(하얀 크림이 들어 있는 노란 케이크)라 한다. 하지만 아들 '남태영'은 한국을 사랑하고 자랑스럽게 생각하는 스스로 한국인이라고 생각하는 애국자이다. 미국에는 있지도 않은 한국의 스승의 날에 은사님들께 안부를 묻는 한국인이다. 자라면서 한국과 미국의 두 문화 속에서 갈등이 많았을 것이다. 하지만 한국과 미국의 좋은 문화만 선택해서 따라가고자 노력하는 아들이 대견하고 고맙다. 우리나라의 훌륭한 음식문화를 자랑스럽게 선보이는 아들의 앞길에 우리나라를 보호하시는 하나님의 가호가 있으시길 기도한다.

친구 같은 언니였더라면…

영화가 끝났다. 사람들은 떠나가기 시작하고 실물결 같은 음악은 아직도 흘러나오고 있다. 이윽고 모두가 떠난 빈 극장 안에서 사춘기의 아들과 엄마는 손을 잡고 춤을 추기 시작했다. 사랑이 넘치는 눈으로 서로 마주 보며 껴안기도 하고 뽀뽀도 하고 모자간의 사랑을 나누고 있다. 그들은 입시 준비로 바쁜 아들과 늘 긴장되는 생활 속에 사는 변호사인 엄마다. 그래도 틈을 내서 뮤지컬 영화를 같이 보고 그 남은 열기로 그 자리에서 잠시 모자가 춤을 즐기며 사랑을 확인하는 낭만도 가져 본다. 이것은 내 막냇동생 이야기다. 이 이야기를 듣고 내 가슴에서 뭉클한 것이 올라오더니 눈가에 물을 맺히게 한다. 참으로 감격적이고 고맙고 존경의 맘까지 든다.

나는 늘 각박하고 엄격하고 경직되고 긴장된 생활이 몸에 밴 채 살아왔다. 그것은 전쟁 직후 세대라 그런지 아니면 맏이라서 그런지 내 성격 자체가 그런지 알 수는 없다. 나이 차이가 꽤 있는 두 동생이 기억하는 나는 선생님 같은 언니였지 다정한 언니는 아니었다고 한다. 나는 동생들이 결혼한 후에도 참견하고 종종 잔소리하곤 했었다. 동생들에게 엄격하고 무서운 언니였다. 그러나 지금은 동생들이 나보다 모든 것을 더 잘하며 같이 늙어가고 있다. 내가 살아왔던 세계의 법칙은 큰 구멍이 뚫려 퇴색해 버렸다. 곁에 있을 때 가장 사랑하는 내 동생들에게 사랑 표현을 못 했던 것이 후회되고 미안하기도 하다. 나처럼 살지 않고 있는 동생들이 고맙기만 하다.

내가 대학 입학했을 때 내 동생들은 초등학교 2, 4학년이었다. 나는 내 동생들이 나의 모든 것이라고 생각했다. 힘든 일이 있어도 동생들을 생각하면 속으로부터 웃게 되었다. 대학 기숙사의 책상과 군데군데 붙여 둔 동생들의 사진을 보며 힘든 객지 생활을 견뎌냈다. 모든 면에서 나보다 우수한 동생들이 참 자랑스러웠다. 눈 속에 넣어도 아프지 않을 것 같은 동생들이었다. 동생들은 나를 신처럼 따르고 좋아했다. 착한 그 아이들은 내 입안의 혀같이 내 말을 잘 들었다.

경제적인 책임은 부모님 몫이지만 다른 책임은 내가 맡아 하고 싶었다. 늙으신 부모님보다 젊은 나의 감각으로 옷도 입히고 교육도 하고 싶었다. 방학이 되면 용돈을 아껴서 동생들의 예쁜 옷을 사 와서 입히는 것은 나의 큰 즐거움이었다. 아들 없는 우리 부모님께 열 아들보다 더 훌륭하게 성장하는 모습을 보여드리고 싶었다. 아들이 없어서 늘 기죽어 지내는 엄마 기를 우리 딸들이 살려드리려 애썼고 그래서 더 동생들에 대한 기대치가 높았다.

그러나 동생들에 대한 나의 지나친 애정은 늘 부질없는 염려와 근엄으로 가장한 잔소리 공세와 엄격함이 뒤따르곤 했었다. 동생들은 그래도 불평하지 않고 잘 따라와 주었지만 나는 제일 중요한 것을 놓쳤던 것 같다. 인생의 우선순위 배열을 잘 못 했던 것 같다. 소중한 것을 지켜나가는 방법에 서투르고 무심하고 무식했다. 흘러간 시간은 다시는 돌아오지 않는다는 간단한 진리를 진작 터득했더라면….

나는 내 동생들이 태어나자마자 그 아이들은 나의 자랑이었지만 언제나 표현을 절제하며 살았다. 겸양지덕을 위선적일 만큼 내세우던 친정 가문의 영향도 컸을 것이다. 그런데 이제는 큰소리 내어 맘껏 내 동생들을 자랑하고 싶다. 이제는 지천명의 나이에 접어든 동생들이 재물과 명예를 얼마큼 축적했는지 말하는 것이 아니다. 동생들은 자녀들에게 말할 수 없는 인내심으로 사랑을 표현하고 그 사랑으로 아이들의 마음을 천국으로 바꾼다. 어렸을 적에 동생들에게 그런 모본을 보인 기억은 없는데 어떻게 그렇게 잘하는지 참 자랑스럽고 존경스럽다.

9살 차이 나는 바로 밑의 동생은 온유하기가 그지없다. 화내는 적이 거의 없다. 침착하고 남의 나쁜 점도 좋은 쪽으로 뒤집어보고 아름답게 바라본다. 인내성이 많고 말없이 추진력이 대단하다. 엄마를 설득하여 내가 늘 염원하던 아버지 산소 이전의 꿈을 이루게 해서 아들 없는 우리 친정집의 묵은 복잡한 문제가 해결되었다. 엄마를 노인 아파트로 진출하게 해서 엄마가 행복한 여생을 보내게 되었다. 한국에서 엄마를 혼자서 모시면서 어려운 여러 가지 일들이 많았지만 생색내지 않고 말없이 잘 해내는 실질적 맏이 역할을 하는 고마운 동생이다. 오래전에 제부가 큰 병을 앓았을 때 그 힘든 과정을 묵묵하게 과감하게 잘 뚫고 간 믿음직하고 대견한 내 동생이다. 아이들 입시 공부할 때도 같이 잠 안 자고 함께 공부하면서 눈물겹게 적극적으로 교육에 참여해서 조카들은 명문 대학에 거뜬하게 졸업했다. 아이들을 대하는 것도 인격적으로 참을성 있게 재미있게 대해줘서 아이들에게 엄마의 인기가 대단하다. 사랑 표현도 은근하고 하는 둥 마는 둥 하는 것으로 보이지만 참 진솔하다. 지혜롭고 인내성이 많고 과감하면서도 온유한 인품을 가졌다.

막냇동생은 사랑 표현의 기회를 놓치지 않고 아주 적절하게, 아로새

긴 은 쟁반에 금 사과같이한다. 아무리 바빠도 아이들을 위한 시간은 결코 희생치 않는 훌륭한 부모다. 우리 막내의 환한 성격은 어디 가더라도 호감과 주목을 받게 한다. 언제나 좋은 에너지와 내가 생각지도 못했던 아이디어가 넘친다. 딸을 위해 한국 가서 고전 무용을 같이 배워 미국 사회와 한인회의 특별한 행사에 초청받아 모녀가 공연하기도 한다. 부모들의 사랑이 아이들에게서 뚝뚝 흘러넘치는 것이 보인다.

나는 동생들에게 살림이며, 눈에 보이는 물리적인 것에만 강조했는데 동생들은 정신적인 세계를 더 중요하게 생각하며 사는 것 같다. 자녀들의 마음 밭을 아름답게 잘 가꾸며 소통을 잘하고 있다. 내가 맏이고 성질이 급해서 집안 대표로 가서 간혹 대립 상태가 벌어질 때가 있다. 이제는 동생들은 그런 일이 예상되면 나한테 걱정하며 미리 싸우지 말라고 부탁한다. 내가 누구와 대화 중에 내 목소리가 화난 것처럼 들린다고 언질 힌트를 주기도 한다. 나의 최근 대부분의 옷은 큰동생이 사다 준 것이다. 내가 까다로운 편이라 옷을 사다 줘도 맘에 안 드는 때가 많아서 반환하는 경우가 많다. 벌써 까탈스러운 언니 옷 사는 것 그만뒀을 텐데 그래도 끊임없이 사고 반납하고를 되풀이하며 내 옷을 사대는 무던한 동생이다. 막내는 내가 사기를 당했을 때 나서서 해결해 준다. 격세지감이란 말을 이럴 때 써도 되는지 모르겠다.

다시 어린 시절로 돌아가서 동생들이 내 보살핌이 필요한 그때로 돌아간다면, 나는 우선순위를 바꿀 것이다. 물질적인 것보다 정신적인 것을 우선으로 둘 것이다. 말 한마디라도 골라 사용해서 여린 마음에 상처 입지 않게 할 것이다. 선생님 같으면서도 친구 같은 언니가 되어 온갖 비밀을 주고받는 사이가 되었으면 얼마나 좋았을까. 내일에 되어야 할 우리들의 모습에 신경 쓰다가 오늘을 즐기며 살지 못했다. 내일이 없는 것처럼 그날 하루하루를 동생들과 여유롭게 웃으며 기쁘게 행복하게 지내고 싶다.

지금도 옛날과 똑같이 내 동생들은 이 세상의 무엇하고도 바꿀 수 없는 귀하고 귀한 내 보석이며 피붙이다. 나보다 우수하게 태어나 준 내 동생들이 예나 지금이나 무척 자랑스럽다. 많이 부족한 나를 언니라고 믿고 따라주어서 고맙다. 부지 간에 동생들에게 상처도 많이 입혔을 것이다. 늦었지만 지금이라도 동생들에게 사과하고 싶다. 영원히 사랑하는 내 동생들이다. 근데 이제는 언니 자리를 동생들에게 내어주어야 할 것 같다. 동생들이 나보다 똑똑해서 일 처리도 더 잘하고 오히려 나를 보살피려 드는 믿음직한 언니 같으니 말이다.

내 동생 결혼하는 날에 남혜은

※딸 혜은이가 동생 태영의 결혼식에서 보내는 축사

내 사랑하는 동생, 태영아, 너는 태어날 때부터 아주 행복한 아이였어. 태어나자마자 주위의 모든 사람에게 밝은 빛과 사랑을 가져다주었단다. 네가 걸음마를 시작할 때부터 우리가 살던 학교 아파트 안에서 환한 미소를 띠며 누비고 다녔어. 늘 넘쳐나는 행복을 만나는 사람마다 나눠주며 자랐지. 너의 그 이기심 없는 넘치는 사랑이 너를 온 세상의 등불이 되고자 하는 꿈을 갖게 한 것 같구나.

너의 반쪽을 만났다고 했을 때 솔직히 좀 의심을 했단다. 하지만 네가 은진이에 대해 이야기를 할 때 너에게서 흘러나오는 확신에 찬 행복한 모습을 보고 내 생각이 틀린 줄 알았어. 행복에 감전된 듯한 너의 모습과 목소리에서 네가 너의 분신을 찾은 것을 알았다.

내 동생의 반쪽 은진아, 우리 가족이 된 것을 환영한다. 우리 가족은 너를 만나기도 전에 모두 너를 사랑했단다. 왜냐하면, 너는 내 동생이 사랑하는 사람이기도 하지만, 너를 만나 잊어버린 조각을 맞춘 퍼즐처럼 온전한 그림으로 완성되는 것이 보이기 때문이야. 가족 대표로 감사함을 전한다. 내 동생 눈 속의 맑은 빛을 발견한 네가 고마워. 이제는 서로 바라보고 서로의 손을 잡으렴. 붙잡은 두 손은 너희 둘의 미래를 같이 만들어갈 손이란다. 너희들이 두 손을 잡을 때 하나님께서는 세상이 무너져도 같이 기도할 힘을 주실 것이고 너희들의 눈물을 씻어 주실 것이라고 믿는다. 이 험난한 세상에 하나님께서 너희 둘을 짝지어주신 것은 너희 둘은 조건 없는 사랑으로 서로의 부족을 채워주며 성장해 나갈 수 있기 때문이야.

어린아이같이 순수하지만, 의지가 강한 내 사랑하는 동생, 아가야, 서로의 눈을 바라보렴. 서로의 눈이 이제는 너희가 머물러야 할 너희들의 집이란다. 서로의 눈이, 거친 세상에서 서로를 안 위해주고, 너희들을 성공과 승리로 인도하는 빛이 될 거야. 알터 아론이라는 심리학자는 부부가 36개의 질문을 서로에게 하고 서로의 눈을 4분 동안 뚫어지게 바라보는 실험을 했었어. 이 실험에서 사랑은 머물러 있는 상태가 아니고 노력하는 행동이라는 것을 발견했다고 해. 그러니까 너희 둘 중에 의심이 생기기 시작하거든 모든 생각과 행동을 멈추고 심호흡해 보렴. 그리고 상대방의 눈을 4분 동안 바라보면 왜 하나님이 너희 둘을 짝지어 주셨는지 기억하게 될 거야.

시 하나를 소개하려고 해. 간결하지만 서로의 아름다운 사랑을 적절하게 표현한 것이야.

로이 크라프트의 '사랑'

내가 당신을 사랑하는 것은
당신 존재 자체이기도 하지만
당신과 함께할 때 내가 더 나은 모습으로 변하기 때문입니다.

내가 당신을 사랑하는 것은
당신 스스로가 만든 당신뿐 아니라
당신이 나를 아름답게 만들어 가기 때문입니다.

내가 당신을 사랑하는 것은
당신은 내 속에 있는 선함을 드러나게 하기 때문입니다.
당신의 손을 나의 쓰레기 더미 같은 심장에 얹을 때
나의 미련함과 약함을 빛으로 끌어냅니다.
당신은 여태까지 아무도 찾을 수 없었던
내 속 깊숙이 파묻혀 있던 아름다운 보물들을 찾아냅니다.

내가 당신을 사랑하는 것은
내가 내 삶의 재료들을 기초로 하여
술집을 짓는 것이 아니라 성전을 지어 올리도록 돕기 때문입니다.
당신은 나의 매일의 삶이 짐이 아니라 노래가 되게 합니다.

내가 당신을 사랑하는 것은
내 인생의 어떤 신앙보다 당신이 나를 더욱 선하게 만들었기 때문입니다.

당신은 어떤 운명보다 더욱 나를 행복하게 만들었습니다.

만지지도 않았는데, 말도 없었는데, 표시도 없었는데

당신은 해냈습니다.

그것은 오로지 당신인 까닭입니다.

끝으로, 늘 서로에게 물어보고 서로의 의견을 잘 듣도록 하렴. 너희 둘은 서로에 대한 사랑이 있기 때문에 이전 어느 때보다 지금이 더 나은 사람이라는 것을 기억했으면 좋겠다. 은진아, 다시 한번 우리 가족이 된 것을 진심으로 환영한다.

My baby bother Tae young's wedding

My baby brother Tae young, you are one of the happiest individuals I know. Ever since you were born, you have been bringing your bright light and love to those around you. When you had just learned to walk at our old university housing, you would march yourself over to a new apartment every day. You would walk right in and say hi to everyone. No one was excluded from your expansive love. You carried this exuberant love with you as you grew up and you wanted everyone to experience your love. This exuberant love took you all over the world, in your selfless quest to become a beacon of light.

When you told me that you had met your match, I was honestly a little skeptical. However, the happiness that shone through when you talked about Eunjin was different. There was a new fullness to your happiness and I knew as soon as I heard that spark in your voice that you had found your matching light.

And so with that, I want to speak to you, Eunjin. I would like to welcome you to our family. I want you to know that our family loved you before any of us even met you, because my brother loves you and even more, for filling in the last missing puzzle piece of my brother's life. And as our family representative, I want to thank you for that light you see in his eyes. Look at each other. Take each other's hands. These hands will work with you while you build your future together. They will wipe away your tears and they will give you strength to pray when the world is falling apart. While life can never be perfect on this world, God brought you together to be partners because He knew that you two will provide the other with growth and with unconditional love.

Monkey! My strong-willed, pure-hearted baby brother. Look into each other's eyes. These eyes are now your home. These are the eyes that will steady you, when things seem out of control. These are the eyes that will shine with all of your successes and triumphs. There was a psychologist named Arthur Aron who published an experiment about falling in love. There is a series of 36 questions that the couple is supposed to ask each other and then they stare into each other's eyes for 4 minutes. The interesting thing about this experiment is that it shows that love is an action, not a state of being. So when either of you starts to doubt, stop in that moment. Take a deep breath and truly look at your partner. For 4 minutes, if you have the time. And you'll remember why God brought you two together.

Before I end, I wanted to share a poem I heard recently. The words are simple but one that I thought was so beautiful in its glimpse into what it means to love another.

Love by Roy Croft
I love you,
Not only for what you are,
But for what I am
When I am with you.

I love you,
Not only for what
You have made of yourself,
But for what
You are making of me.

I love you

For the part of me

That you bring out;

I love you

For putting your hand

Into my heaped-up heart

And passing over

All the foolish, weak things

That you can't help

Dimly seeing there,

And for drawing out

Into the light

All the beautiful belongings

That no one else had looked

Quite far enough to find.

I love you because you

Are helping me to make

Of the lumber of my life

Not a tavern

But a temple;

Out of the works

Of my every day

Not a reproach

But a song.

I love you

Because you have done

More than any creed

Could have done

To make me good,

And more than any fate

To make me happy.

You have done it

Without a touch,

Without a word,

Without a sign.

You have done it

By being yourself.

So this is where I will end. Remember to keep asking each
other questions and even more, to hear each other's answers.
Remember that you are both better now because of the love
you have for each other. And again I say, welcome to our
family.

재홍이 짝이 된 민정에게

민정아,

너는 사슴같이 선한 눈매를 지녔구나. 그 눈매가 얼마나 나를 안심시켜주는지 너는 모를 거야. 재홍이가 어릴 때 우리 집에 1년 정도 있었단다. 내가 PM shift 하고 밤 12시쯤 집에 가면, 재홍이가 자고 있는 방에 가서 자주 울면서 기도했단다. 이제 보니 내 기도의 응답이 민정이라는 생각이 든다. 재홍이 맘에 들지 않는 이모인지 모르겠지만 나는 재홍이가 내 작은 아들이라는 생각을 많이 한단다. 재홍이가 이상하게도 나를 많이 닮아 미안한 맘이 들기도 해. 그리고 같이 살 때 잘 못해준 생각만 나서 더 미안하기도 하고….

민정아,

너의 선한 영향력을 나는 믿는다. 따뜻한 햇살이 눈을 녹게 하고 옷을 벗게 하는 것 같은 부드럽지만 힘 있는 영향력을 하나님께서 우리 민정이에게 주실 것이라 믿는다. 안심시켜주는 민정이가 참 고마워. 그리스도인들은 빚진 자들이잖아. 그런 의미로 너와 나는 재홍이와 가족들에게 빚진 자라는 생각이 들어. 그래도 이제는 빚진 자 동역을 함께 할 민정이를 주신 하나님께 너무 감사하구나. 나는 늘 기도로 함께 할게!!

재홍이의 진가를 발견한 너는 참으로 깊은 심미안을 가졌구나.

너도 알겠지만 재홍이는 성실, 책임감, 올바른 사고와 생활, 총명, 따뜻한 인간미를 가졌어. 그리고 인간의 도리를 알지. 더 좋은 표현이 당장 생각이 안 나지만 어디 내놔도, 무엇을 맡겨도 믿을 수 있는 재홍이란다. 그리고 절대 딴짓하거나 한 눈 팔지 않을 것이란 것은 내가 보증한다. 가정적이고 자신보다 부인의 필요를 우선적으로 둘 사람인 것을 너도 알 거야.

하지만 재홍이도 인간인데 부족한 점이 왜 없겠니? 제대로 마음 표현할 줄 모르지. 마음은 그렇지 않은데 엉뚱한 말이 나가기도 한단다. 이해해 주고 감싸주기 바란다. 아무리 가까워도 가장을 왕같이 대접해 주면 넌 왕비가 되는 원리를 민정이가 알고 있을 거야. 한국 사회가 뭐라 해도 아직은 남자가 대접을 받아야 부인도 같이 대접을 받더라. 이제 재홍이는 네 사람이니까 네가 잘 아름답게 만들어 가길 바래. 남자는 여자가 Mold 해가는 Frame 안으로 들어오게 되어 있어.

오래 살아보니까 부부간에도 아무리 화가 나고 극한 상황이 되더라도 안 해야 할 말이 있더라. 마지막까지도 해야 하지 않을 말은 있더라. 한참 지나 생각하면 그 말을 안 한 것이 참 잘했구나 할 때가 더러 있었어. 그리고 남자들은 마지막 자존심은 버리지 못하니까 칭찬도 가끔 해주고 세워주는 말도 자주 해주면 좋을 거야. 민정이는 영민하니까 잘할 거라 믿어. 그러면 너에게 유익이 더욱 많아진단다.

부부 싸움을 안 할 수는 절대 없지, 하지만 싸우더라도 절대 각방 쓰지 말고 격앙되었을 때는 서로 침묵하고 다시 생각해 보고, 상대편 입장에서도 생각해 보고, 대화로 풀어 가길 바래. 상대방을 불쌍하게 바라보는 눈을 기르도록 서로 노력했으면 좋겠다.

따지고 보면 아무리 가까운 부부라도 언젠가는 떠나보내야 할 내 인생의 손님이잖아. 그러니 손님 대접을 잘하는 것은 우리나라 미풍이기도 하지만 성경 말씀에도 있으니 서로에게 예의를 지키는 것이 더 좋은 관계 유지에 도움이 되는 것 같아. 그러고 보니 이웃을 내 몸처럼 사랑하라는 말씀도 해당되는구나. 제일 가까운 이웃이니까 말이야.

한 가지만 더 부탁할게. 너희 시부모님들이 예쁜 며느리를 보고서 너무나 좋아하시는 것이 너도 보이지? 갑자기 시댁과 가까워지기는 시간이 걸리더라. 그래도 차츰 편하게 마음 문을 열어서 시부모의 마음도 만져보렴. 부모님은 재홍이가 말이 없어서 더러 속앓이도 했을 거야. 민정이가 예쁘게 맘 써서 가교 역할도 하고 있으니 참 고맙구나.

그리고 곧 결혼할 준홍이네와도 사이좋게 왕래하니 더욱 고맙다. 서로의 장점은 닮아가고, 약점은 채워주고, 덮어주는 아름다운 형제의 정을 세상 끝까지 유지하면서 같이 행복하길 바란다. 너는 맑고 현명하고 의젓하게 잘하고 있으니 참 믿음직하고 고마울 따름이다.

이모가 쓸데없는 잔소리가 심했지? 미안해.

※ 재홍이 민정이 부부의 집에 하나님께서 주인이 되셔서 어디로 가든지 무엇을 하든지 보호와 인도의 손길로 늘 동행해 주시고 축복을 넘치게 쏟아부어 주시기를 빕니다.

사랑하는 큰이모가

준홍의 반쪽 율아!

율아,

오래전에 준홍이 군대로 면회 갔을 때 먼발치에서 너를 처음 봤단다. 네게서 퍼져 나오는 밝고 선한 빛에 사로잡혀 그때부터 난 너한테 꽂혔단다.

너희들은 중학교 때 만나서 친구였다가 스무 살에 연인으로 발전했다더구나. 네가 오래전에 준홍이네 가족 생일에 떡 케이크를 정성껏 만들어 보냈었지. 먹어보진 못했지만, 사진의 케이크는 내가 봤던 것 중에 제일 멋있었어. 맛도 기막히다는 말도 전해 들었다. 지난번 너희 시부모와 캐나다 여행 중에 네 시어머니의 생일이 끼어있었지. 여행 중이면서 준비한 네가 만든 치즈케이크와 미역국, 잡채, 김치, 나물, 불고기 등 한 상 가득 생일상을 차려낸 네가 참 고맙고 기특하더구나. 딸이 없어 늘 아쉬워하던 너희 시부모께 귀한 딸 노릇을 해 주고 감격하게 해 주니 참 고맙다.

순수하고 마음이 따뜻한 준홍이를 알아봐 주고 기다려준 네가 고맙고 신뢰가 간다. 준홍이는 남들이 보지 못하는 것을 보고, 남들이 생각지 못하는 것을 생각하는, 사람의 마음을 만져주고 감격시키는 귀한 마음을 가졌단다. 내 허리 다친 것 기억하고 걱정해 준 사람은 준홍이뿐이었잖아.

준홍이는 아직도 집에서 아가로 불리고 있는 막내지만 듬직하고 신뢰할 수 있는 남편, 책임감 있는 직장인, 자랑스러운 아들이라는 것을 의심치 않는다. 그리고 무엇을 하든지 최선을 다해서 그 자리에서 최고가 될 거야. 너희들은 오랫동안 사귀면서 서로 힘들 때 격려해 주고 힘이 되어주어 너희들의 관계는 더욱 견고해졌을 것으로 알아. 결혼해서도 둘이 힘을 합하면 다가올 인생의 파도들을 아름답게 잘 타고 즐길 수 있으리라 믿는다.

율아,

너는 준홍이의 반쪽으로 퍼즐이 제자리를 찾아간 것처럼 잘 맞아 보이는구나. 너의 밝고 긍정적인 행복 에너지는 준홍이의 타고난 부드러움과 배려심으로 너희들 곁에만 가도 행복이 묻든다. 부부는 서로의 그릇에 담기는 물과도 같더라. 특히 남자가 여자의 그릇에 담기는 때가 더 많은 것 같아. 착하고 현명한 율이가 우리 준홍에게 늘 선하고 좋은 그릇이 되어줄 것으로 믿는다.

그런데 율아,

몇 가지 이모가 부탁하고 싶은 게 있어. 남자는 부인을 엄마로 착각할 때가 있더라. 말도 안 되게 고집부리고 떼쓸 때도 있고 힘들어할 때도 있더라. 그럴 때 율이가 잠시 엄마 노릇을 해야 할 때가 올 거야. 근데 율이가 준홍에게 그렇게 감싸주고 보호하는 모습을 이모는 이미 봤어. 준홍이도 네게 그럴 거야. 참 고맙고 안심이 되더라. 그리고 부부간에 대화가 제일 중요하다고 생각하는데 그것도 너희들은 벌써 잘하고 있더라.

그리고 너희 양가 부모님께도 너희들이 행복 에너지를 퍼뜨리고 다니니 고마워. 하지만 부모님께도 지켜야 할 예의가 있다고 생각해. 우리 할머니(준홍이 증조할머니)는 참 인자하셨지만, 예의 교육은 철저하셨어. 부모께 지킬 도리는 너희들이 잘 생각해서 하길 바란다. 그리고 아무리 가까운 부부 사이에도 지켜야 할 예의가 있는 것은 너희가 알고 있을 거야.

그리고 율이가 이미 잘하고 있지만 형님네와도 계속 사이좋게 잘 지내도록 하렴. 재홍이 형님은 겉으로는 무뚝뚝해 보여도 속이 깊고 정이 많고 바른 생활인이란다. 그 집 부부가 비슷하게 바른 생활인인 것 같아.

너희 시부모님들은 복이 많아서 좋은 며느리들을 한꺼번에 맞아 집안에 웃음꽃이 넘쳐나는구나. 이 행복이 눈넝이처럼 해가 갈수록 더욱 불어가길 빈다. 이모가 너희를 위해 늘 기도하고 있단다.

이모가 너희들이 이미 잘하고 있는데 쓸데없는 잔소리만 해서 미안해!!

사랑하는 큰이모가

겨울 나라

눈 녹는 소리를 들어본 적이 있나요? 그 소리는 세상의 번잡한 것에서 떠나 자연에 동화되어야 들을 수 있는 소리다. 주의를 기울이지 않으면 지나칠 수밖에 없는 세미하고 맑은 신비의 음이다. 그것은 우주의 운행에 맞춰가는 부드러운 희망의 소리다. 그 소리는 봄이 저 언덕 너머에서 달려오고 있다는 것을 알려주는 소리다. 움츠러들었던 우리의 심신을 살며시 펴주는 고마운 소리다. 암담하던 현실에 한 줄기 빛으로 다가오는 소리다.

벌거벗은 나뭇가지에 매달려 있는 얼어붙은 물방울들의 눈부시게 빛나는 행렬을 본 적이 있나요? 솟아오르는 햇살이 얼음 나뭇가지 송이 위에 내려앉아 만들어가는 맑고 영롱한 빛의 쇼는 이른 아침에만 볼 수 있다. 해가 조금씩 조금씩 높이 오르면서 햇빛은 나뭇가지의 얼음 방울들을 여러 방향에서 속속들이 비춰주고 있다. 순간순간 다른 신비한 아름다운 모양새를 보여주는 살아 움직이는 것 같은 얼음 나뭇가지에 넋을 뺏긴다. 일찍 집을 나서는 부지런한 겨울 사람과 밤일을 끝내고 귀가하는 피곤한 겨울 시민들에게 주는 자연의 귀한 선물이다.

파란 물이 배어 나올 것 같은 상큼한 하늘을 배경으로 얼음 방울이 팔랑팔랑 날아다니는 것을 본 적이 있나요? 내쉰 숨이 콧속에서 바로 얼어버리는 매서운 날, 문밖에서 비눗방울을 후 우하고 불면 비눗방울이 얼음 방울이 되어 날아다닌다. 비눗방울은 터지지도 않고 새 깃털처럼 가벼운 얼음 공이 되어 공중에서 춤을 추고 있다. 아이들은 추위에 빨개진 코에도 아랑곳하지 않고 얼음 비눗방울을 잡으러 촐랑촐랑 뛰어다닌다. 파란 하늘 아래 가볍게 춤추는 얼음 방울을 쫓아다니는 아이들의 밝고 명랑한 모습은 내 기억의 방에 오랫동안 걸어두고 보고 싶은 아름다운 그림 한 폭이다.

뽀도독뽀도독 소리 내며 눈길을 걸어본 것이 언제였나요? 눈 위로 걸을 때 들리는 발걸음 소리는 참 맑고 청아하다. 습도가 적당한 가벼운 눈은 내딛는 발의 느낌도 포근하고 가볍다. 눈 밑에 숨어있는 얼음만 잘 피하면 된다. 겨울 산책은 색다른 상쾌함이 있다. 신선한 공기를 폐 속 깊이 받아들이면 산소가 내 온몸 구석구석의 세포마다 새롭게 해주는 것 같다. 눈앞에 보이는 온 세상이 하얀색으로 덮여 세상의 온갖 더러운 것을 가려준다. 더러움으로 찌들어 있는 내 마음도 깨끗해지는 느낌이다. 구름이 낄 때는 날씨가 포근하고 매서울 때는 햇살이 눈부시다. 참 공평하기도 하다. 매일 매서운 것도 아니고 구름 낀 것도 아니다. 변덕스러운 내 마음을 잘도 맞춰준다. 더욱 선명하게 초롱초롱한 겨울 하늘의 별들과 함께 걸으며 별을 지으신 분을 생각해 본다.

찬란한 무지갯빛에 감싸인 채로 아침에 잠에서 깨어본 적이 있으신가요? 자리에서 일어나기 싫은 몹시 추운 날, 동으로 나 있는 우리 침실 창을 파고드는 햇빛에 반사되어 만들어 내는 신비한 아름다움에 눈을 뜨게 된다. 창문에 눌어붙어 있는 두꺼운 성애들이 햇빛 아래서 다이아몬드처럼 반짝거린다. 천박하지 않고 은은하면서도 화려하게 반짝거리는 아주 밝은 빛들이 내 온몸 위로 쏟아진다. 온 방이 밝은 무지갯빛 보석으로 휘황찬란하다. 내 침실에서 시작되는 빛들의 합창은 황홀하게 나의 하루를 열어준다. 나는 빛의 나라 공주가 되어 찬란한 빛을 품고 새날을 시작한다.

눈사람은 언제 만들어 봤나요? 눈 폭풍이 지나가고 나면 밝은 햇빛이 온 누리를 비추고 산더미같이 쌓인 눈은 그 빛을 몇 배로 더 밝게 세상을 비춰준다. 어른들은 눈 치우느라 등골이 빠지고 아이들과 강아지들은 자기들의 세상을 만난 듯이 기뻐서 날뛴다. 아이들은 산처럼 쌓인 눈으로 온갖 것을 다 만든다. 눈 동물 농장도 만들고, 눈사람 가족도 만들어 모자도 씌우고, 스카프도 둘러주고, 소나무 가지를 잘라 눈썹을 만들고, 당근을 꽂아 홍당무 코를 만든다. 안경 낀 눈사람도 있고 여러 가지 얼굴들을 그럴듯하게 장식한다. 어른들도 합세해서 멋있는 눈사람 만들기 경합이 요란 벅적지근하게 벌어지기도 한다.

눈으로 만든 집을 본 적이 있나요? 아이들은 눈으로 벽돌을 만들어 집을 지어 그 속에서 놀기도 한다. 또는 눈 속에 굴을 파고 옆집 마당으로 왔다 갔다 하기도 한다. 아이들은 이것을 비밀통로라고 부른다. 온 동네가 다 아는 비밀통로이다. 바라만 봐도 으스스 추운데 아이들은 눈 벽돌집과 눈 동굴 속을 왔다 갔다 하면서 얼굴은 빨갛게 상기되어 맑고 싱싱한 기운을 뿜어낸다.

선한 사마리아인을 만나 본 적은 있나요? 강하고 무서운 눈 폭풍이 이 도시를 점령할 때가 년 중에 한두 번은 있다. 폭풍은 굶주린 짐승처럼 울어 대면서 온 거리를 휩쓸고 다닌다. 눈 떨기는 공중에서 방향을 잃고 천지로 흩날리며 난무한다. 거리에는 사람의 발길은 끊어지고 모든 관공서와 학교는 문을 닫는다. 그러나 병원은 그럴 수가 없다. 아픈 사람이 폭풍이 온다고 아픈 것을 쉴 수 있는 것은 아니니 말이다. 악천후에도 의료팀은 출근해야 한다. 그럴 때면 꼭 나타나서 본인의 사륜트럭으로 의료팀을 출퇴근시켜주겠다고 새벽부터 자원봉사하러 오는 천사 같은 선한 사마리아인들이 있다. 나도 몇 번 그 천사의 차를 타 본 적이 있다. 음산하고 괴기한 소리를 내는 바람과 미친 듯이 휘날리는 눈 속에서도 천사들의 차 속은 안전하고 평온하다. 그 차 안에서 바라보는, 세상을 뒤덮고 있는 백설이 아름답고 자원봉사 하는 선한 사마리아인의 마음도 이같이 아름다워라.

지평선이 맞닿는 호수 위에 무리가 모여서 연날리기하는 것을 본 적이 있나요? 꽁꽁 얼어붙은 바다 같은 호수 위에서 큰 무리의 사람들이 모여 연 놀이를 한다. 어른들도 아이들도 온갖 모양과 색깔의 연을 당기고 풀고 하면서 연이 춤을 추게도 하고 온갖 기교를 부리게도 한다. 서로 어우러져 겨울 하늘 아래 아롱다롱 연 잔치를 벌인다. 힘차게 솟구치는 연의 자취에 추운 겨울의 기운도 무색해진다.

하얀 눈꽃나무가 아치를 이루고 있는 오솔길을 걸어본 적이 있나요? 한여름에 길 양쪽에서 무성하게 자라 하늘을 가리던 가로수가 이제는 초록 이파리 대신 눈꽃 송이가 되어 하얗게 가는 길을 반기고 있다. 거기에다 눈 덮인 길에 첫 발자국을 내며 걸어가면 동화 속 나라에 들어가는 것 같다. 숲속의 왕자님이 어딘가에서 황금 마차를 타고 나타날 것 같다. 백설 공주가 되어 어깨를 펴고 허리와 고개를 꼿꼿하게 세우고 우아하게 발걸음을 옮겨본다. 어릴 적 꾸다 만 꿈속으로 빠져든다.

겨울은 기다림과 그리움의 계절이다. 기다림의 아픔이 우리의 거칠고 얼룩진 부분을 보석같이 변화시켜 주기도 한다. 오랜 아픔 속에서 진주가 만들어지듯이 말이다. 겨울은 우리에게 봄을 기다리면서 인내를 배우게 하고 희망도 가지게 하고 필요할 때는 미련 없이 포기도 하게 한다. 겨울이 없으면 봄도 없다. 그리고 그 봄은 반드시 온다. 겨울이 혹독할수록 봄에 피는 꽃은 더욱 어여쁘고 한줄기 봄빛은 더더욱 찬란하고 귀하다.

죽은 것 같은 겨울을 자세히 들여다보면 오묘한 생명과 약동을 준비하는 귀한 쉼의 진리가 있다. 그 겨울을 감사하며 알차고 가치 있게 보낼수록 생명도 인생도 더 부유해진다. 인생의 겨울을 지나가면서 버겁고 맞지 않는 겹겹이 껴입었던 무거운 옷은 벗어버리게 되고 욕심으로 움켜쥐었던 손도 풀게 된다. 아랫마을이 보이기 시작하고 낮은 자리에 가앉을 줄도 알게 된다. 기다리던 봄이 오면 따스한 봄볕을 온몸으로 즐기며 여물어지게 하는 겨울이 감사한 줄 비로소 알게 된다. 인생의 아름다움을 보는 눈이 열리는 것이다. 겨울은 인생이나 세상을 더 멋있고 정결하고 귀하게 만들어 주는 데 필요한 계절임이 틀림없다. 자연이 주신 제일 값진 선물이라 할 것이다.

별난 친구

그녀의 원래 이름은 크리스틴이다. 결혼 후에 대부분의 미국 여자는 성을 남편의 성으로 바꾸고 원래 성을 중간 이름으로 남긴다. 그러나 그녀는 결혼 후에 원래의 성 '윈프리'를 이름으로 바꾸고 남편의 성을 따랐다. 하지만 법적으로 바꾼 것이 아니고 스스로 자기를 그렇게 소개했기 때문에 모두가 그녀를 '윈프리'를 줄인 '윈'이라고 부른다. 이혼 후에 다시 이름을 바꾸어 호적상으로 원래 이름으로 돌아갔으나 그녀를 아는 대부분이 그녀 이름이 성과 이름이 똑같은 줄 안다. 윈은 나보다 몇 년 늦게 같은 병동 근무를 시작했다.

처음 몇 년 동안은 그녀를 신임하지 못하고 속으로 무시하기까지 했다. 약용량 계산을 잘못해서 환자를 위험한 상황까지 가게 했다. 무수한 실수로 사건 경위서도 여러 번 썼다. 그녀 다음 당번을 담당하게 되면 너무나 황당하다. 투약도 빼먹고 필요한 기록도 빼먹고, 꼭 해야 할 업무들을 안 해서 다음번 간호사를 동동거리게 만들기 일쑤였다. 환자가 물어오는 전문 의학 질문에 완전히 엉터리로 대답하는 것을 보고 기겁을 한 적도 있었다. 근무 유지에 필요한 시험 중에 손들어서 "이 시험에 통과 못 하면 파면됩니까?" 하고 심각하게 묻기도 했다. 하지만 그녀는 직무상 여러 가지 많은 시험도 몇 번 재수했지만 다 통과했다.

그리고 그녀의 외모 또한 독특하다. 밝은 갈색의 곱슬거리는 긴 머리를 묶어 올려 풍성한 머리카락 숲을 만들어 젓가락과 펜을 찔러 넣고 다닌다. 자기 머리카락 숲은 가장 편리하고 안전한 보물 함이라고 그녀는 말한다. 그리고 허리춤에는 작은 가방을 차고는 그 속에 온갖 것들을 넣고 다닌다. 양말을 안 신고 맨발에 샌들을 신고 다니다가 여러 번 높은 분들의 지적을 받았다. 요즘은 발가락 신발을 신고서 병동의 간호사로서 다소 모양은 이상하지만, 발가락은 가리고 다닌다.

나보다 3살이 어린 이 친구는 공식적인 학습장애(Learning Disability) 판정을 받은 친구이다. 하지만 자기가 하려고 했던 일은 절대 포기하지 않는 집념과 끈기가 있는 영리한 친구이다. 어릴 적부터 노는 것이 유별나고 과격해서 몸 구석구석 흉터가 많다고 했다. 음전하고 똑똑하고 예쁜 언니들과는 달리 외모도 두뇌도 형제자매들과는 판이하게 뒤쳐졌다고 했다. 엄마로부터 윈은 아예 제쳐놓은 아이로 외계인 취급받으며 사랑받지 못하고 자랐다고 했다. 자기가 옳다고 생각하면 굽히지 않는 성격이라 엄마는 윈을 불순종하는 사고뭉치라는 악명을 붙여줬다고 했다. 고기를 안 먹으면 큰일 나는 줄 아는 그 당시 사회에서 채식을 고집하여 온 집안에서 난리가 났다고 했다. 급기야 채식이 육식보다 더 몸에 좋다는 논문을 써서 아버지께 제출하고 수긍을 얻은 다음에 가정에서 채식을 공식적으로 허용했었다고 했다.

나는 이 친구에게 처음에는 적응하기가 매우 어려웠지만, 이제는 존경하게까지 되었다. 윈의 엄마가 몇 년 전에 암으로 오랫동안 고생하다가 돌아가셨다. 그런데 윈에게 유독 까다롭고 무섭게 대하던 엄마를, 당신이 유난히 차별을 두고 자랑스러워하던 형제자매들보다 윈이 더 지극정성으로 돌보았다. 그 자존심 세고 자칭 표준이 높던 엄마가 임

종 전에 원에게 미안하다고 했다고 한다. 원은 그 말을 듣고도 별 동요
도 없었고 엄마의 사랑을 한 번도 의심한 적이 없었다고 말했다. 이제
혼자 남은 아버지도 건강 문제로 어려워하고 있다. 원은 비행기로 가야
하는 먼 길을 자주 가서 집안일도 돌보고 아버지의 필요를 채워주고 오
는 착한 딸이다. 그리고 혼자이던 이모가 돌아가실 때도 정성껏 간호했
고 재산정리도 혼자서 공정하게 다 처리해냈다.

　그녀는 나이에 비해 많은 유별난 인생 경험을 자원해서 찾아다니며
했다. 초등학교 교사를 하기도 했고. 그래서인지 아이들과의 소통을 즐
기고 좋아한다. 목수 일을 배워서 집안의 아름다운 가구는 거의 손수
다 만들었다. 심지어 집도 두 채를 직접 본인 손으로 기초공사, 전기공
사와 하수도 공사만 빼고 지었다. 알래스카에서 실외 거친 생활을 1년
동안 했기 때문에 실외 캠핑에 밝다. 나무와 채소 가꾸기는 전문가 수
준이다. 그녀는 나뭇가지를 옆으로 풍성하게 분재하여 과일을 따 먹기
쉽고 아름답고 특별하게 꾸민다. 취미로 금속으로 액세서리를 만들면
서 혼자만의 시간을 즐긴다고 한다. 승마를 즐기고 애마하고 친밀하게
대화하기도 한다.

　학비를 대주고 뒷바라지했던 전 남편의 직장 때문에 이곳으로 남편
보다 먼저 오게 되었는데 남편은 바람이 나서 연고 없는 이곳에 혼자
남게 되었다. 그러나 그녀는 이유 없이 일어나는 일은 없다고 한다. 안
그랬다면 널 만나지 못했을 거잖아 라면서 웃는다. 교직 생활을 그만두
고 간호학을 여기 와서 다시 시작했다. 여기 처음 이사 와서 이 동네 지
리를 익히겠다고 택시 운전사를 몇 달 동안 했던 간이 큰 친구이다. 그
녀는 무엇이든지 도전해 본다. 어떤 때는 무모해 보이기도 하지만 우직

스럽게 누가 뭐라든 상관 안 하고 끝까지 밀고 간다. 그리고 여기서 착한 남자를 만나 재혼하고 서로의 생활방식을 존중하며 열정적으로 살고 있다.

나는 원의 고집과 여러 번 충돌하기도 했다. 아마 그녀의 업무 태도로 인해 내 속으로 그녀를 은근히 무시하고 있었기 때문이었는지도 모른다. 도대체 산과에서 당연히 알아야 할 기본 지식도 없었다. 그녀를 믿지 못했다. 나는 그녀가 기초도 안된 위험한 동료라 생각하고 내 환자를 절대 그녀에게 부탁하는 일이 없었다.

그러나 내 생각이 섣부른 것이고 교만이었다는 것이 드러나기 시작했다. 그녀는 오래 걸리기는 했지만 복잡하고 어려운 진급의 관문을 뚫고 우리 과의 지도자 대열에 성큼 들어섰다. 병원의 각종 위원회의 위원이 되어 온 병원의 정보통이 되었다. 내가 힘들어했던 '심폐소생술' 교사자격증 취득을 하여 병원의 모든 간호사가 매년 갱신해야 하는 심폐소생술을 가르치는 교사를 겸임했다. 그리고 주임 간호사가 되어 과의 어려운 문제를 해결하기에 이르렀다.

그녀는 특별히 까다로운 환자들을 잘 조정한다. 침착하고 단호하게 적당한 제한을 두고 환자와 협상한다. 폭력적인 정신질환 환자를 몸 사리지 않고 돌보다가 환자에게 구타당한 적도 있었다. 그녀는 대인 관계가 참 좋다. 솔직하고 겸손하고 인간적이라서 실수를 그렇게 많이 해도 쫓겨나지 않는 것 같다. 직장의 모든 분야에 있는 사람들과 관계를 잘한다. 청소부, 의사, 행정직 직원, 동료들, 위아래로 두루 원만한 편이다.

아직도 가끔 실수해서 황당한 일이 있긴 하지만 오히려 생활에 활력을 주는, 실수라고도 할 수 없는 일들이다. 원이 주임을 할 때 입원환자

숫자가 줄어서 동료 간호사에게 인력 조정 차원에서 직원에게 전화한 잠시 후에 어떤 남자가 심장마비 지경의 공황 상태에 이르러 병동으로 전화가 와서 한바탕 소동이 일어난 웃지 못할 일이 있었다.

사연인즉슨, 산과 병동은 환자의 숫자와 상태 정도가 수시로 변하기 때문에 인력 조절이 시시때때로 필요하다. 그래서 많은 전략이 있다. 그중에 이미 스케줄 되어있는 직원이 혹시 쉬고 싶으면 정해진 특별한 달력(heart call list)에 이름을 써넣어 미리 신청한다. 그것을 우리는 Heart call이라고 부른다. 그런데 원이 전화번호를 잘못 눌러 엉뚱한 남자, 심장이 매우 약한 남자의 자동 응답기에 "너는 heart call이니 오늘은 대기 상태야."라는 메시지를 남겼다. 이 남자는 자기 자동 응답기에 남겨진 의문의 전화 발신자 번호가 병원이니 무척 놀랐던 것이다. 그녀의 이런 실수가 이제는 너무 인간적이고 재미있고 더 가깝게 느껴진다.

겸손한 그녀는 "옛날에는 내가 항상 네게 물어봤는데 이제 네가 내게 물어볼 때도 있네." 한다. 이제 나뿐만 아니라 우리 병동 모든 이가 수시로 그녀에게 물어보고 배운다. "원에게 물어봐, 원이 알 거야." 하는 말이 통용된 지가 오래다. 어떤 때는 다소 뻐기면서 가르쳐주는 그녀가 밉지 않다. 그녀가 이렇게 된 것은 당연한 일이라는 생각이다. 다른 사람보다 배움의 시간이 더 걸리는 그녀의 포기할 줄 모르는 긍정적인 노력과 열정으로 비친 강한 신념이었을 것이다. 학습장애는 오히려 그녀를 더 열심히 열정적으로 살아가게 하는 장애가 아닌 아름다운 도구였다.

나는 나무, 채소, 꽃 재배에 관한 것, 동물, 집 관리에 관한 것 등도 그녀의 도움을 받는다. 내가 제일 좋아하는 우리 뒤뜰의 붓꽃과 복분자

모종과 재배법 또한 그녀가 나눠준 것이다. 그녀는 또한 콤부차도 만들어 나눠 주고 나는 김치를 나눠 먹고 서로 가르쳐준다. 특히 건강 음식에 관심이 많은 우리는 만나면 이야기가 끝이 없다. 아슬아슬한 그녀 인생의 이야기를 듣고 있노라면 나도 모르는 사이 그녀를 꼭 껴안아 주고 싶어진다. 내 고정 관념과 편견과 교만을 깨트린 별나게 깨끗하고 귀한 친구다. 그녀는 이제 내가 존경하는 좋은 친구가 되었다. 내 친구 원은 친구일 뿐 아니라 여러 면에서 내 인생 스승이다.

흘러간 인연

오늘도 하늘은 잿빛이다. 찬란하던 가을의 색깔이 스러지고 나뭇가지들은 옷을 벗었다. 내려앉을 듯이 무거운 하늘 아래 앙상한 회색의 나뭇가지들이 바람에 몸을 맡긴 채 애처롭게 흔들리고 있다. 온 세상에 회색빛 커튼을 드리운 것 같다. 그 회색 커튼이 내 마음에도 내려앉은 것일까. 몸은 찌뿌드드하고 마음은 끝 간데없는 나락으로 빠져들어 가는 듯하다.

나는 겨울이 오면 언제나 이렇게 몸과 맘을 앓는다. 무기력에 푹 빠져서 헤어나기가 힘들다. 겨울잠을 자는 짐승들이 부럽기만 하다. 남편은 이때가 되면 내 기분 기상을 살핀다. 하지만 늘 바쁜 남편에게 부담 주기 싫어 아닌 척을 한다. 그러면 눈치 없는 그는 쉽게 속아 넘어간다. 그래서 올해도 나는 이 겨울의 참담함 속을 혼자서 지나간다. 어차피 혼자 왔다가 혼자 가는 인생인 것을…

올해는 겨울도 오기 전부터 벌써 손가락 하나조차도 움직이기 싫어진다. 손목과 발목이 시리다. 팔 길이가 길어서 그런지 나는 손목이 잘 시리다. 지난해에 친구가 만들어준 털 코트를 꺼내 입었다. 코트라지만 부드럽고 아주 두껍지 않아서 원피스라고 해도 될 것 같다. 팔목의 끝단을 터서 소매를 길게 해서 손가락까지 덮으니 서늘하던 손목 줄기에 온기가 더해 온다. 털 부분이 원래는 밖으로 나와야 모양이 나지만 따뜻하게 입고 싶어서 털이 안으로 들어가게 뒤집어 입어봤다. 참 따뜻하다. 친구의 온기가 전해져 오는 것 같다.

일일이 손으로 섬세하게 뜬 솔기를 대하니 구석구석 친구의 손길이 느껴진다. 내 생각 하며 천을 떠와서 디자인하고 재단하고 손으로 한 땀씩 바느질하면서 옷을 만들었을 친구를 생각해 본다. 가슴이 먹먹하고 눈시울이 뜨거워져 온다. 내가 아프면 같이 아프던 내 친구, 내게 안 좋은 일이 생기면 자기도 안 좋은 일이 생기더라는 내 친구, 나의 분신 같았던 친구. 하나도 닮은 곳이 없는데도 사람들은 우리 둘을 쌍둥이라고 했었다. 늘 붙어 다니던 친구, 우리 사이에 비밀이라고는 없었다. 서로 집까지 보내준다면서 몇 시간을 밤이 늦도록 왔다 갔다 하다가 양쪽 가족들의 걱정을 듣는 것이 다반사였다. 그렇게 우리는 떨어질 수 없었는데 이리도 오랫동안 떨어져 있을까?

친구와는 초등학교 3학년 때부터 같은 반을 했지만 실제로 친구가 된 것은 중학교 때부터인 것 같다. 맏딸이고 남자 형제가 없는 나와는 다르게 그녀는 오빠들과 언니와 남동생까지 있었다. 나하고는 전혀 다른 환경과 성격을 가진 그녀는 나에게 참 신선하게 다가왔다. 그때부터 그녀의 존재는 내 인생에 절대적인 영향을 끼쳤다. 그녀는 내 인생의 모든 부분의 중요한 위치에 자리하고 있었다. 그녀와 나의 식구들도 친척들도 우리의 절친 사이를 인정해 주었다.

그녀는 내 절친이었던 사촌 언니를 생각나게 했다. 사촌 언니는 내가 태어나서부터 나와 늘 붙어 지냈던 또 다른 나였다고 생각했다. 나보다 일곱 달 먼저 태어난 사촌 언니가 언제나 나를 보호해 주기도 했지만, 또한 절친한 친구로 지냈었다. 나는 그 언니를 무척 좋아했다. 그녀보다 착한 사람은 아직도 만나보질 못했다. 그러나 우리 집이 다른 곳으로 이사를 하고 언니와 나는 각각 다른 중학교에 가게 되었다. 큰집에 가는 횟수도 줄어들고 절친 사촌 언니와는 자연 멀어질 수밖에 없었다. 멀어져 가는 언니와의 사이가 안타까워 애태우고 있을 때 이 친구가 내 인생에 끼어든 것이다.

그녀는 언니 같았던 친구였다. 내 사촌 언니가 언니면서 절친이었듯이 이 친구도 그랬던 것 같다. 실지로 언니는 나보다 일곱 달 먼저 태어났지만, 이 친구는 1년하고도 3일이 빨랐다. 세상사에서 모르던 많은 것을 사촌 언니를 통해 알았듯이 친구를 통해 많은 것을 알았다. 내가 말하는 것보다 언니의 말을 더 많이 들었듯이 나는 친구의 말을 듣고 있을 때가 더 많았다. 언니의 말이 절대 진리라고 생각했듯이 친구의 말도 그런 것으로 생각했다. 언니가 나보다 더 똑똑하고 예쁘고 힘도 세고 능력 있다고 믿었듯이 친구도 그렇다고 믿었다. 언니가 나를 아주 좋아한다고 믿었듯이 친구도 그러하다고 믿었다. 내가 언니를 무지하게 좋아했던 것처럼 친구를 아주 좋아했다. 부모님에게 못하는 이야기도 친구에게는 했다. 무슨 일이든 친구에게는 맘을 탈탈 털어 보여주고 상담도 했다. 그것으로 인해 부작용이 있고 어려운 일이 생겨도 상관없었다. 친구의 의견과 생각이 내 인생에서 아주 중요하던 때였다. 십 대의 갈등과 질풍노도 속을 그녀와 같이 손잡고 지나갔다. 인생의 중요한 결정이 이뤄지는 시기를 친구와 같이했다.

이 친구와 같이 있으면 안심이 되었다. 나는 친구를 막연히 우러러보았던 것 같다. 우리 부모에게는 맏이인 내 의견이 비중 있는 편이었고 집안의 웬만한 일을 결정할 때도 어린 나의 의견을 염두에 두셨다. 하지만 나는 내 생각보다 친구의 의견을 더 존중할 가치가 있다고 생각했다. 나는 항상 수동적이었고 친구는 늘 적극적이었다. 주로 우리 집에서 친구와 같이 지낼 때가 많았지만 식구들이 많은 친구 집에 가면 나는 부끄러워 항상 얼굴이 빨개졌다. 어물쩍한 나를 위해 단박에 갈 길을 제시해 주는 그녀가 멋있었다. 그녀는 심약하고 어정쩡한 나의 든든한 기댈 언덕이었다. 나는 덜렁대고 친구는 꼼꼼했다. 나는 늘 주위 사람들로부터 보호 대상 신분에 익숙해 있었던 것같이 친구의 보호 대상이었던 것 같다.

우리는 청년기에 집 떠나 멀리 서울 하늘 아래같이 살았지만, 직장의 거리상 따로 살 수밖에 없었다. 하지만 주말이면 늘 같이 있었다. 내 친구는 내 자취방에 오기만 하면 구석구석 바느질거리를 찾아내서 내게 잔소리해대며 옷을 꿰매 주고 갔다. 어릴 때 엄마께도 내 옷은 잘 찢어지고 뜯어진다고 별나다는 소리를 자주 들었는데 친구도 똑같은 소리를 했다. 따뜻한 남쪽의 우리 고향과는 달리 유난히도 길던 겨울이 가고 있던 우울한 어느 이른 봄, 친구는 히아신스를 내 작은방으로 갖고 왔다. 우리는 그 향기에 취해 아련한 고향의 봄에 젖어 들었었다. 대학 생활과 직장 생활에서의 문제와 인생에 대한 불안함과 두려움 속에서 우리는 웅크려 들어 있었다. 그래서 서로 더 의지하며 안아 줄 수 있었다. 무섭고 불안정하고 추웠던 이십 대 젊은 날들도 우리는 서로를 의지하며 지탱해 나갔다.

이십 대 후반에 각각 결혼하고 나는 미국에서 친구는 한국에서 육아와 직장 생활을 하면서 몸이 열 개라도 모자랄 정도로 바쁘게 살았다. 친구는 초등학교 교사로 나는 간호사로 직장을 천직으로 생각할 만큼 사랑하면서 살았다. 각자 떨어져 살아서 다른 통로로 만난 종교지만 공교롭게도 같은 종교를 갖게 된 것도 다행이다. 이제는 각자가 한두 가지씩 병도 짊어지고 있는 것도 비슷하다. 젊었을 때는 서로가 가난하고 바쁘고 녹록지 않은 생활에 적응하느라 만나지 못하고 오랫동안 각자 살고 있었다. 그래도 편지라는 매개체는 우리 사이의 끈을 끊어질 듯하다가도 애틋하게 이어주었다. 이제는 무서리 내리는 인생 속을 지나면서 좀 더 숙성해진 우리는 바라만 보아도 서로의 맘속에 자리한 연연함을 본다. 애처로운 맘으로 바라본다. 늘 아쉽고 못다 한 대화가 안타깝다.

우리는 서로의 많은 것을 알고 있다. 서로의 배경과 역사를 속속들이 알고 있다. 서로의 기호와 아픔과 약함을 다 알고 있다. 그녀 앞에는 부끄러움도 없고 감출 것도 없고 잘 보이려고 노력하지도 않는다. 오래된 편안함과 익숙함이 있다.

눈에 안 보인다고 잊을 수 있었던가. 말을 안 한들 잊은 적이 있었던가. 그녀는 나의 유년의 고향이고 그리움인데…. 멀어져 간 내 사촌 언니처럼 안타까운 나의 그리움인데….

그러나 그녀는 이제 신기루가 되어 내 눈앞에서 사라져 버렸다. 내 유년의 고향과 사촌 언니와 절친은 이제 손가락 사이로 빠져나간, 지워 버려야 할 흘러간 인연이 되어버렸다.

선택과 운명

동이 트기 시작하는 이른 아침에 산보 길을 나선다. 무너질듯한 하늘을 보고 다시 집에 가서 우산을 들고 나왔다. 들풀 꽃길을 들어서니 빗방울이 한두 방울 듣기 시작했다. 젊은 여자가 내가 가던 길에서 마트의 카트에 짐을 주섬주섬 챙기고 있었다. 며칠 전부터 여기서 노숙하던 남녀 중의 여자인 것 같았다. 그녀를 지나쳐 오면서 흘깃 보니 카트의 짐을 방수 천으로 덮고 있었다. 잠시 후 장대비가 쏟아진다. 아차 그녀의 짐은 덮을 수 있으나 몸은 비를 피할 수 없을 텐데 그 생각을 못 했다.

돌아가서 그 근처를 찾아봤지만, 그녀를 찾을 수 없었다. 5분도 채 안되었는데 그녀의 흔적조차 찾을 수가 없다. 그 근처를 찾아다니다가 그녀가 자던 나무 밑으로 가보니 남자가 누워있다. 나무 밑이지만 빗방울을 다 피할 수는 없었다. 남자는 얇은 침낭으로 얼굴을 가리고 죽은 듯이 자고 있다. 나는 허리춤에 차고 있던 휴대전화와 함께 뒀던 소액을 그의 머리 쪽 이불 밑에 두고 우산을 얼굴 위에 받쳐주었다. 내 생전 처음으로 꽤 비싼 신발을 신었는데 벗어줘야 하는 것이 아닌가 했는데 비교적 새것으로 보이는 나이키 신발을 신고 있어서 안심되었다. 이 순간에도 발동하는 나의 이기심에 곤고한 내가 보인다. 나는 그 남자의 어머니가 했을 것 같은 기도를 하면서 장대비를 맞으며 집으로 향해 뛰었다. 집에 다가가니 남편이 우산을 받쳐 들고 헐레벌떡 마중을 나온다.

이미 흘딱 다 젖어서 우산이 필요 없는 상태였지만 감격이었다. 그 거리의 남녀들도 이런 관심을 받았으면 얼마나 좋을까.

다음 날 아침에 다시 그 장소를 지나치다 보니 남자와 돈은 없고 우산만 내가 펴둔 채 그대로 나동그라져 있었다. 나는 우산을 접어서 집에 갖고 와서 소독약을 뿌려 집 앞의 햇볕에 말려서 넣었다.

며칠 후에는 그 남자가 일어나 앉아있다. 손을 흔드니 같이 손을 흔들어 웃으며 화답한다. 집에 와서 마음이 급해진다. 며칠 전 그 남자의 마트 카트 위에 책 몇 권과 공책이 있는 것이 기억나서 성경 책과 종교서적 2권을 더 챙겨 방금 찐 따뜻한 옥수수 2개와 사과 1개 오렌지 2개와 물 한 병을 같이 종이봉투에 넣었다. 계란 넣고 볶음밥을 만들어 갈까 하다가 그이가 어디로 움직이기 전에 빨리 가야 될 것 같아서 차를 타고 갔다.

그런데 거기에 그 남자는 없고 그가 앉아 있던 언덕에는 금방 만들어진 것 같은 악취 나는 배설물이 있어서 음식을 거기다 둘 수가 없었다. 언덕 밑의 길가에 그의 짐들이 있는 카트가 있어서 그 위에 내가 갖고 갔던 종이봉투를 두면서 긍휼의 마음과 미안한 마음이 가득했다. 두세 시간 후에 소낙비가 쏟아진다. 책이 젖을까 염려되기도 하고 책을 보았을지, 그의 반응이 어땠을지 궁금했다.

다음 날 아침, 간밤에 비도 많이 오고 폭풍도 있었기에 은근히 걱정하며 그 길을 다시 걸었다. 그이가 이번에는 길옆에서 웅크리고 자고 있다. 모기가 극성이라 그랬는지 곁에는 뿌리는 모기 약통들이 나동그라져 있고 동글 넓적한 그릇에 촛불이 타들어 가고 있었다. 카트 위에 뒀던 종이봉투는 어제 자던 곳에 있었다. 가서 보니 똥은 아직 그대로 있고 책은 봉투 안에 있어서 못 봤지만, 옥수수와 사과와 오렌지, 물은 밖에 나온 채 그대로 있었다.

다음날, 그와 그의 카트도 없었다. 책이 든 봉투는 그대로 있고 내가 갖다 둔 음식도 물도 그대로 있다. 자존심이 많이 상했을까? 음식이 입에 맞지 않았을까? 숙소를 찾았을까? 내가 잘못 행동한 것인가? 이제는 어떻게 행동하는 것이 옳은 것인가? 온갖 상념이 머릿속을 어지럽히고 있다. 봉투 안을 보니 책이 하나도 젖지 않았다. 성경 책과 두께가 있는 책은 봉투째 도로 갖고 오고 얇은 책「Step to Christ」만 한 권 그곳에 두고 오면서 들꽃 길에서 이 책이 그를 예수께 인도하는 징검다리가 되게 해 달라고 기도했다.

며칠이 지나도 그는 길가에서 자고 있고 내가 갖다 둔 음식과 물은 배설물 곁에 그대로 있다. 책도 그대로 있고 옥수수 위로 날파리들이 우글거렸다. 이런 사람들을 내 집에 들이지 못하는 나의 두려움과 이기심으로 인한 죄책감이 내 맘속에 늘 있었다. 그런데 내가 손 내밀어도 저 이의 선택까지 바꿀 수는 없는 것이라는 생각이 든다. 각 사람의 삶과 운명의 어느 정도는 개인의 선택으로 정해지는 것이라는 생각이 든다. 저 사람이 노숙하는 것은 선택인지 알 수 없지만 나의 단순하고 거친 음식은 자기 선택권에서 벗어난 것은 확실한 사실이다.

이 시대의 많은 사람은 단순하고 거친 음식보다 입맛을 사로잡는 양념이 강하고 첨가가 많이 된 화려해 보이는 기름진 음식과 음료를 좋아한다. 먹는 것, 마시는 것, 입는 것, 일하는 것, 자는 것, 생각하는 것이 어느 정도 서로 일치해야 같이 살아 낼 수 있다. 저 사람은 내가 주는 음식을 싫어하고 나의 삶의 방식을 혐오할지도 모른다. 나의 섣부른 도움이 저분에게는 귀찮고 짐이 될 수도 있을 것이다. 도움을 준다는 것은 참 조심스럽고 상대편의 맘을 읽을 줄 아는 깊은 배려와 사랑이 있어야 하는데 나는 그런 그릇이 못 되나 보다. 아무리 좋은 낙원이라도 자기 맘에 맞지 않으면 그곳에서 살아낼 수가 없을 것이다. 기호, 음식, 생각이 맞지 않는 사람들과 같은 장소에서 어떻게 같이 행복하게 살 수 있겠는가. 다른 사람의 선택을 하나님도 바꾸지는 못하는 것처럼 말이다.

오늘 아침에는 그이가 앉아서 먼저 나에게 인사를 건넸다. 날씨가 쌀쌀하다고 했더니 곧 해가 뜨면 괜찮을 거라고 한다. 이렇게 가까이에서 대화해 보기는 처음이었다. 술 냄새가 강하게 났다. 그의 이름은 '쟌'이고 72세라고 했다. 어렸을 때 유년 성경학교에 간 적이 있다고 했다. 역시 음식은 그대로 손도 안 댄 채로 썩어가고 있다. 따뜻한 음식을 만들어 주고 싶지만, 조심스러워서 다음 단계로 나갈 수가 없었다. 나와 하나님과의 관계도 그런 것일 것이다. 하나님께서 내게 원하는 순종을 무시하고 지나가면 그 자리에서 더 이상 관계가 진행되지 않는다. 곧 겨울이 오는데 여기서 지낼 수는 없지 않으냐고 했다. 가까운 양로원을 찾아가서 복지사를 만나야겠는데 버스비가 없어서 아무 데도 못 간다고 했다. 소액의 현금을 그에게 주면서 이걸로 버스비가 되겠냐고 물으니 충분하다고 했다.

다음 날, 그는 길가에서 얇은 담요를 감고 술 냄새를 역하게 풍기고 깊이 잠들어 있었다. 내가 순 돈으로 술 사 먹고 버스는 타지 않았나 보다. 나는 또 실수했구나. 집에 가서 담요를 갖다 줄까 생각하다가 늦을 것 같아서 입고 있던 두꺼운 윗도리를 벗어서 곁에 가만히 두고 살며시 떠났다. 그리고 집에 가서 야채 국을 진하게 끓여 크래커 한 줄과 함께 갖고 갔더니 그는 없고 그의 잡동사니 같은 짐들만 있다. 그의 짐이 있는 카트 위에 음식을 두고 왔다.

그다음 날도 그는 자고 있었다. 아, 이번에는 내가 벗어두고 왔던 재킷을 입고 있었다. 사기 야채 국그릇도 비어 있었다. 그러나 역시 술 냄새는 그를 떠나지 않았다. 그리고 그다음 날부터 그는 보이지 않았다. 양로원에 잘 들어갔기를 바라며 속으로 기도했다.

노숙자가 내 아들, 딸일 수도 있을 것이라는 생각이 처음으로 들었다. 내 자녀들의 선택도 나와 다를 수 있다는 것도 다시 한번 깨달았다. 비록 그들과 생각이 다르고 기호가 다를지라도 그들이 안전하고 바른 길을 선택하며 살아가기를 바란다. 내가 할 수 있는 건 조용히 그들을 위해 기도하는 것뿐이다. 내 삶의 근원 되시고 목적이 된 그분께 집중하며 조심스럽게 한 발짝씩 옮겨야 하겠다. 내 뜻대로 되지 아니하고 당신의 뜻대로 당신의 자녀들을 만지시며 만들어 가시는 크신 당신의 손에 우리 자녀들을 올려 드립니다.